19
ロクでなし魔術講師と禁忌教典《アカシックレコード》
Akashic records of bastard magic instructor

Akashic records of bastard magic
instructor

CONTENTS

「ああ！アンタは俺の……自慢の、
最高のお師匠様だよッ！」

「どうだ？ 私、格好良かったか？」

（私もこの人と同じ……この人を見ていると、懐かしい気持ちになる）

「貴女を一目見た、その瞬間……どうしても、お話がしたくなったのです」

《風皇翠将》

シル＝ヴィーサ

# ロクでなし魔術講師と禁忌教典《アカシツクレコード》19

羊 太郎

ファンタジア文庫

3098

口絵・本文イラスト　三嶋くろね

教典は万物の叡智を司り、創造し、掌握する。
故に、それは人類を
破滅へと向かわせることとなるだろう——。

『メルガリウスの天空城』著者：ロラン＝エルトリア

# Akashic records of bastard magic instructor

## Main

システィーナ＝フィーベル
—
生真面目な優等生。偉大な魔術師だった祖父の夢を継ぎ、その夢の実現に真っ直ぐな情熱を捧げる少女

グレン＝レーダス
—
魔術嫌いな魔術講師。いい加減でやる気ゼロ、魔術師としても三流で、いい所まったくナシ。だが、本当の顔は――？

ルミア＝ティンジェル
—
清楚で心優しい少女。とある誰にも言えない秘密を抱え、親友のシスティーナと共に魔術の勉強に一生懸命励む

リィエル＝レイフォード
—
グレンの元・同僚。錬金術で高速錬成した大剣を振り回す、近接戦では無類の強さを誇る異色の魔導士

アルベルト＝フレイザー
—
グレンの元・同僚。帝国宮廷魔導士団特務分室所属。神業のごとき魔術狙撃を得意とする凄腕の魔導士

エレノア＝シャーレット
—
アリシア付侍女長兼秘書官。だが、裏の顔は天の智慧研究会が帝国政府側に送り込んだ密偵

セリカ＝アルフォネア
—
アルザーノ帝国魔術学院教授。若い容姿ながら、グレンの育ての親で魔術の師匠という謎の多い女性

Character

## Academy

ウェンディ＝ナーブレス
—
グレンの担当クラスの女子生徒。地方の有力名門貴族出身。気位が高く、少々高飛車で世間知らずなお嬢様

リン＝ティティス
—
グレンの担当クラスの女子生徒。ちょっと気弱で小柄な小動物的少女。自分に自信が持てず、悩めるお年頃

ギイブル＝ウィズダン
—
グレンの担当クラスの男子生徒。システィーナに次ぐ優等生だが、決して周囲と馴れ合おうとしない皮肉屋

カッシュ＝ウィンガー
—
グレンの担当クラスの男子生徒。大柄でがっしりとした体格。明るい性格で、グレンに対して好意的

セシル＝クレイトン
—
グレンの担当クラスの男子生徒。物静かな読書男子。集中力が高く、魔術狙撃の才能がある

ハーレイ＝アストレイ
—
帝国魔術学院のベテラン講師。魔術の名門アストレイ家出身。伝統的な魔術師に背くグレンには攻撃的

Keyword

# 魔術

Magic

—

ルーン語と呼ばれる魔術言語で組んだ魔術式で数多の超自然現象を引き起こす、
この世界の魔術師にとって『当たり前』の技術。
唱える呪文の詩句や節数、
テンポ、術者の精神状態で自在にその有様を変える

# 教典

Bible

—

天空の城を主題とした、いたって子供向けのおとぎ話として世界に広く流布している。
しかし、その失われた原本(教典)には、
この世界にまつわる重大な真実が記されていたとされ、その謎を追う者は、
なぜか不幸に見舞われるという——

# アルザーノ帝国魔術学院

Arzano Imperial Magic Academy

—

およそ四百年前、時の女王アリシア三世の提唱によって巨額の国費を投じられて
設立された国営の魔術師育成専門学校。
今日、大陸でアルザーノ帝国が魔導大国としてその名を
轟かせる基盤を作った学校であり、常に時代の最先端の魔術を学べる最高峰の
学び舎として近隣諸国にも名高い。
現在、帝国で高名な魔術師の殆どがこの学院の卒業生である

# 序章　空の帰還

――聖暦前4000年。

無数の石柱が立ち並ぶ、タウムの天文神殿前広場にて。

「……空《セリカ》……一体、どこへ消えてしまったの……？」

背中に異形の翼を持つ、白い髪の少女が、赤く焼け爛《ただ》れた空の彼方《かなた》を見ていた。

その視線の先には、荘厳《そうごん》にて雄大、絶対的な圧迫感を以《もっ》て君臨する幻の天空城が浮かんでいる。

「貴女《あなた》の使命は、まだ終わってない……この世界を救えるのは、もう貴女しかいない……そのために、私達、ずっと頑張ってきたんじゃない……だから……ッ！」

「それが本当に、貴女の望み？　ラ＝ティリカ」

ラ＝ティリカと呼ばれた白い髪の少女の背後に、新たな少女が現れる。

まだ年端《としは》もいかぬ幼い少女だ。童女といってもいい。

足下まで長く伸びる髪、氷のような蒼眼《そうがん》。女性としては未発達なその身体《からだ》に、不思議な紋様の入った白いローブを、丈を余し気味に纏《まと》っている。

だが、その幼い外見とは裏腹に……その少女には、悠久の時を生きた者特有の風格と貫《かん》禄《ろく》が滲《にじ》み出《で》ていた。

「……ル＝シルバ」

ラ＝ティリカが振り返らず、友の名を呼ぶ。

長い髪の童女――ル＝シルバは、そんなラ＝ティリカの背へ向けて、言葉を続ける。

「本当は、このまま帰ってこなくてもいい……貴女はそう思ってる。違うの？」

「……そんなわけ……ないでしょう……私は……」

ラ＝ティリカの返す言葉に力はない。

「ごめんね、少し意地悪を言ったね。いずれにせよ……今の私達にできることは、空《セリカ》を信じて待つことだけだよ」

「……ふん」

ラ＝ティリカが不機嫌そうに、そっぽを向いた……その時だった。

ばちりっ！

その場の虚空《こくう》に、突然、青い紫電が走った。

「――ッ⁉」

ラ＝ティリカとル＝シルバが、弾《はじ》かれたように広場の中央へ目を向ける。

その地面には、複雑な紋様の魔術法陣が描かれている。

今、その法陣は、魔力を漲《みなぎ》らせて駆動し、迸《ほとばし》る稲妻と共にその権能を起動していた。

「これ……まさか……ッ⁉」

「帰って来る……あの子が帰って来る……ッ⁉」

何かを期待するような表情で、魔力が高まっていく法陣を見守る二人。

二人の前で、わだかまる魔力は際限なく高まって、高まって、高まっていって。

余波で発生する稲妻が、音を立てて周囲をのたうち回り、乱舞して。

やがて――

どんっ！

一際《ひときわ》、激しい落雷と共に。

虚空に〝門〟――《星の回廊》が開かれ、そこから何者かが舞い降りてくる。

黒を基調としたドレスに身を包んだ、その女の正体は――

「空《セリカ》ッ⁉」

ラ＝ティリカが叫んで、現れた女――セリカへと駆け寄った。

「無事に戻って来たのね⁉」

「ああ、私は戻って来たぞ、ナム――いや、この時代なら、ラ＝ティリカか」

セリカが淡々と言った。

「ああ、長かった……私は、ようやく帰ってきた……私の使命を果たすために」

「ようやく……？」

すると、セリカの言葉に、ラ＝ティリカが眉を顰《ひそ》める。

「ようやくってどういうこと？　そもそも、その変な服、何？　……え、ちょっと、待って⁉　貴女……一体、どのくらいの時間、飛ばされていたの⁉」

「……〝保険〟をかけておいて正解だったな。お陰でこうしてまた戦える」

ラ＝ティリカの問いには答えず、セリカが逆に問い返す。

「……今、いつだ？」

「貴女が、魔王に次元追放されてから、そう時間は経《た》ってないわ。……三日よ」

戸惑いながらも、ラ＝ティリカはセリカの問いに応じる。

「三日か。……偏差を考えれば、これが限界か。……だが、間に合った」

そう言って、セリカが一歩踏み出しかけて。

「……ところで、皆は？　お前達以外の連中は？」

ふと、思い出したように、そう聞いた。

「皆、死んだわ。今頃、魔都のどっかに吊《つる》されてる。もう、私達以外、誰もいない」

目を伏せ、神妙に答えるラ＝ティリカ。

「……そうか」

どこか切なげにセリカが呟《つぶや》いて。

「ル＝シルバ、来い。行くぞ。正真正銘、最後の戦いだ」

やがて、ル＝シルバにそう声をかけて、その場を立ち去ろうとする。

「ま、待って、空《セリカ》！」

すると、ラ＝ティリカが慌てて、そんなセリカを引き留めた。

「時間がないのに、なんだ？　ラ＝ティリカ。言っておくが、お前はここで大人しくしていろ。今のお前は、もう戦える状態じゃないだろう？」

「そうじゃなくて！　ちゃんと説明してよ！」

ラ＝ティリカは、セリカの背後を指差し、叫んだ。

「そもそも、貴女と一緒に、時空を越えてやってきた、その子達は誰よ⁉」

「……なんだと……？」

セリカが振り返る。

すると、そこには――二人の男女が、ぐったりと倒れている。

その二人の名は――

「グレン⁉　システィーナ⁉　バカな⁉　お前達がどうしてここに⁉」

セリカは、驚愕《きょうがく》のあまり目を見開いていた。

あまりにも有り得ない光景に、セリカの思考が一瞬空白になりかけるが、すぐさま、思考の糸を紡《つむ》ぎ直す。

「まさか、追って来たのか⁉　あの天象儀装置《プラネタリウム》に私が設定した転移先へ、そのまま飛べば、確かにこうなるが……なんて無茶なことを……ッ！」

頭を抱えてセリカが呻《うめ》く。

「なんで来るんだ……来てしまうんだよ、グレン……お前がこんな地獄にやってきてしまったら、私は一体、何のために……ッ！」

狼狽《うろた》えるセリカへ、ラ＝ティリカが問う。

「説明してちょうだい、空《セリカ》。貴女が、魔王から次元追放を受けた先で……一体、何があったの？　この子達は一体、誰？」

「…………」

しばらくの間、セリカは押し黙って。

「説明している時間はない」

冷たくそう言い切った。

「現時点で、魔都メルガリウスという器に乗せられた『供物《くもつ》』は、すでに溢《あふ》れんばかりに一杯のはずだ。後は、魔王が明日の夜明けと共に、件《くだん》の最終儀式を完遂すれば、世界は終わる。……世界滅亡のカウントダウンはすでに始まっている」

「そ、そんなことはわかってるけど……ッ！」

「でも、私が間に合った。だから、私は行く。過去と未来を……この世界の因果を繋《つな》げに行く。……後のことは頼んだ」

「空《セリカ》!?」

「こいつらが目を覚ましたら、あの天象儀装置を使って、即・未来に送り返してくれ」

「……み、未来……？」

「装置のログを見れば、転送先の時間座標はわかるはずだ。この時代の装置には、すでに致命的なガタが来ているが、後一回だけなら、まだ時空間転移できるはず。こいつには何も知らせず、未来へ送り返してやってくれ」

「ど、どうして……？」

「……知られたくないんだよ、私の悍《おぞ》ましい正体を」

「……ッ！」

ラ＝ティリカが何も言えないでいると。

セリカが、ぼそぼそと何事か呪文を唱え始めた。

それは、近代魔術《モダン》の下位《ロー》ルーン語による呪文ではない。

もっとより高度で、より洗練された、より『原初の音』に近い言語で括《くく》られた呪文。

それは――上位《ハイ》ルーン語による、古代魔術《エインシャント》と呼ばれるもののそれだった。

そして、呪文詠唱《スペリング》と共に、絶大なる魔力がセリカの全身から漲る。

グレンの意識が覚醒していたら、きっと驚愕していたことだろう。

その魔力は――グレンがよく知るセリカのそれではない。

それを遥《はる》か彼方に、圧倒的に上回る絶対的な魔力であった。

やがて、漲《みなぎ》る魔力がセリカの周囲に、幾つもの魔術法陣を展開する。

「ル＝シルバ、行くぞ。我が下僕」

「……わかったよ、貴女がそれでいいのなら」

セリカの言葉に、ル＝シルバが頷《うなず》いて。

その場に光の柱が突き立ち、世界を白熱させ、二人の身体《からだ》はその光の中へ消えていく。

空間転移呪文。

それは魔術師の常識を超えた業だ。桁違いの魔力だ。

だが、そんなセリカの魔術を目《ま》の当《あ》たりにして、残されたラ＝ティリカは、悲しげに
……そして、悔しげに呟いた。

「そんなに衰えて……一体、飛ばされた先で何があったの？　空《セリカ》……」

しばらくの間、ラ＝ティリカは去って行ったセリカを思い、呆然《ほうぜん》としていたが。

やがて、ふと我に返り、地面に目を向ける。

そこには、未《いま》だ眠りに伏せるグレンとシスティーナがいる。

「……何よ、もう……何なのよ、一体……？」

少し苛立《いらだ》ち混じりに、ラ＝ティリカはグレンの下へと歩み寄る。

そして、遠慮なく揺さぶりながら、叫ぶのであった。

「ちょっと、貴方《あなた》！　一体、誰なのよ⁉　いい加減、起きたらどう⁉　こんな所で寝ないでよ⁉　大丈夫なの⁉　ねぇったら！」

ゆさゆさ。ゆさゆさ。

ラ＝ティリカが、グレンの顔を覗《のぞ》き込みながら、その身体を乱暴に揺さぶりまくる。

しばらく、そうしていると。

「……う……あ……？」

やがて、グレンの意識が朧気《おぼろげ》ながら浮上してくる。反応を返し始める。

そんなグレンへ、ラ＝ティリカはさらに吠《ほ》えかかった。

「ねぇ、貴方、大丈夫なの⁉　ああもう、本当に世話が焼ける……ッ！　今日は一体、なんなの⁉　空《セリカ》が突然、帰って来たと思ったら、こんな変な連中まで……ッ！」

すると、グレンが薄《うっす》らと目を開き、ラ＝ティリカを見た。

そして、グレンはこう呟くのであった。

「……ナムルス……？」

そんなグレンへ、ラ＝ティリカが憤《いきどお》ったように頰を膨らませ、言い捨てる。

「……誰が、名無《ナムルス》しよ。失礼ね」

こうして。

聖暦前4000年──即《すなわ》ちグレン達の年代から数えて、5853年前の世界にて。

とある、過去と未来、この世界の因果を繋ぐ一つの物語が始まり、そして、決まりきった終わりに向かって、ただひた走るのであった――

――。

かの童話『メルガリウスの魔法使い』の著者、ロラン＝エルトリアは、その巻末にて、かく語りき。

〝この物語はすでに終わった物語であり、決まった結末が定められている。〟
〝結論を言えば、この物語に救いはない――〟

# 断章　メルガリウスの魔法使いⅠ

夢を――見る。

それは、今は遠き昔、遥か昔の物語。

とある一人の魔法使いの物語――

――――。


そこは、仰ぐ空に幻の城が浮かぶ、とある旧《ふる》き大都市の大通り。

不穏に、ざわめく民衆の前にて。

後ろ手に縛られ、首に縄を打たれた一人の金髪の少女が、馬に乗った兵士達によって、市中を引き回されている。

襤褸《ぼろ》を纏《まと》った半裸、見るも無惨《むざん》に傷つき、汚れた姿で引き回されている。

そんな、人の尊厳を失った哀れな少女を見て、民衆達は口々に呟いた。

「あの娘が……お隣のローザリア国の王女様かい……？」

「あぁ、なんて惨《むご》い……可哀想《かわいそう》に……」

「先の戦争……ローザリアの有様《ありさま》は、それはそれは酷《ひど》かったらしいぞ……」

「民は悉く《ことごと》虐殺され、王族は王女姉妹を残して、八つ裂きの刑に処されたそうな」

「王女の妹の方は、ティトゥス王に気に入られ、あの空の城へ連れ去られたらしい」

「そして……王女の姉の方は、こうして我々への見せしめのために……」

民衆達は、処刑場へと引かれていく金髪の少女を見て、震え上がった。

「ああ、ティトゥス様と、その配下の八騎の魔将星様に、人が敵《かな》うはずがないのに……」

「彼《か》の者らが率いるは、神をも落とす魔の軍勢……」

「彼の者らの前に、人は皆一様に地にひれ伏し、許しを希《こいねが》うしかないのに……」

「ああ、恐ろしや。ティトゥス王様、恐ろしや……」

民衆の誰もが、恐怖と絶望に歪《ゆが》んだ顔で、少女を見ている。

「…………」

無言で引かれていくその少女の長い金髪は、汚れてくすみ、幽鬼のように振り乱されている。俯《うつむ》いている少女の顔を、その髪が深く覆っている。

〝あの髪の下の顔は、さぞかし恐怖と絶望、後悔に歪んでいることだろう〟……民衆達の誰もがそう思っていた。

だが。

やがて、金髪の少女が大広場に設置された悍ましき拷問処刑具――車輪吊《つ》るし台の上に立たされた……その時。

一陣の風が、少女の乱れた髪を揺らし、その美しい顔立ちと表情を露《あら》わにした。

「――!」

その少女の予想外の表情に、民衆達の誰もが息を呑《の》む。

そう、少女は恐怖も絶望も後悔もしていない。かといって、全てを受け入れ、良心のままに死を受け入れた殉教者の顔でもない。

ただ、激しき憎悪《ぞうお》。

ただ、身を焦がすような憤怒《ふんぬ》。

誰もが、時の暴君の強大過ぎる力に怯《おび》え、心を折られ、ひれ伏し、尊厳を放棄して、惨《みじ》めさを許容している……そんな時代の渦中《かちゅう》で、その少女だけは違った。

確かに、それは決して綺麗《きれい》な意志ではない。正義や義憤などでは決してない。

少女が滾《たぎ》らせるは、この世界を焼き尽くさんばかりのドス黒い感情の業火《ごうか》だ。

だが、それでも――この暗黒時代、この世界でただ一人、その少女だけが屈することなく、暴君に抵抗する意志を、人の尊厳を持っていたのだ。

それが、たとえ――迫る死の間際《まぎわ》の、滑稽で虚《むな》しい抵抗だとしても。

「魔王ッ！　よくも、私の故郷を滅ぼして……ッ！　妹を……ッ！」

少女は地獄の底から響くような怨嗟《えんさ》を吐き出し、空の彼方《かなた》を見る。

誰もが下を向き、地にひれ伏す中、少女だけが傲岸にも空を仰ぎ見る。

その空色の瞳で、遥か上空に浮かぶ雄大な天空城を、呪わんばかりに睨《にら》み据える。

「絶対に許さない……ッ！　私は、お前を決して――……」

がっ！

その時、怒り狂った処刑執行人の振るう棒が、不敬不遜なる少女の脳天を打った。

足から力が抜け、がくりと地に両膝をつく少女。

そんな少女を、執行人達が取り囲み、さらに棒で激しく打っていく。

あまりにも執拗《しつよう》に。あまりにもヒステリックに。あまりにも無慈悲に。残酷に。

「なんて！　なんて、畏れ多いことを！」

「我らの偉大なる王を、よりにもよって、〝魔王〟だと⁉」

「不敬な！」「不敬な！」「不敬な！」「不敬な！」

このままでは処刑執行の前に死ぬ……そんな勢いで、少女は何度も打たれていく。

そんな少女を見ていられず、民衆達が目を背け、下を向く。

だが——それでも、少女は空を見上げ続ける。歯を食いしばって。

打たれ続け、骨が折れ、頭蓋が割れ、血が飛び散り、両目が潰されても。

それでも少女は空を見上げる。あの幻の天空城を仰ぐ。

その理由は、至極単純。

彼女は、ただ、死んでも許せなかっただけなのだ……自分の最愛の家族を奪い、故郷を滅ぼした、空にまします魔の王が。

だが、結局、それは抵抗ですらない、虚しい抵抗。

打たれ続ける少女の意識が、いよいよ遠のきかけた……まさにそんな時だった。


かちっ！


不意に響き渡った奇妙な時計音と共に、世界が瞬時に色を失い、モノクロとなる。

同時に、少女を滅多打ちにしていた執行人達と、その周囲を守る兵士達、その場に集まっていた民衆達の動きが、石像のようにピタリと固まる。

否《いな》、この瞬間、この世界の全てが凍り付いたように止まり、色を失っていたのだ。

色を保っているのは、死にかけている金髪の少女と。

「…………」

いつの間にか、その金髪の少女の前に立っていた、何者かだけだ。

その何者かは、病的なまでに白い髪と肌、淀《よど》んだ赤珊瑚《あかさんご》色の瞳、背中に異形の翼を持つ少女だった。

ぱちん。その白い少女が指を打ち鳴らす。

すると、今まで金髪の少女を打ち据えていた執行人達や兵士達が、固まったまま、さらさらと砂のように風化して……綺麗に消滅していく。

何か人知を超えた力で、敵を一掃した白い少女が、金髪の少女を見下ろして言った。

「……貴女《あなた》に、人としての生を捨ててまで、〝魔王〟と戦う覚悟はある？」

白い少女は、まるでガラス玉のような目をしていた。

金髪の少女の目を奈落とするなら、この白い少女の目は虚無であった。

「貴女は、もう助からないわ。この凍った時が動き出せば、貴女は死ぬ。でも、私は、そんな貴女に、その先に続く一つの道を提示することができる。

それはきっと、今、ここで野垂れ死にした方がよほど幸福な、辛《つら》く、苦しく、救いのない道。だけど、その艱難《かんなん》と辛苦に塗《まみ》れた茨の道を踏破した果てに……貴女の刃《やいば》は、〝魔王〟

の喉元へ届く……かもしれない。さぁ……どうするの？」

是も非もなかった。

金髪の少女は、この突然、現れた白い少女が何者かなど知らない。

一体、自分がどうなるのかなど、想像もつかない。

だが、終われない。

ここで、こんなところで、終われないのだ。

だから、それは——きっと運命だったのだろう。

「……ここに契約はなされたわ」

金髪の少女の答えに、白い少女が感情の読み取れぬ声で呟《つぶや》いた。

「今、この時より、私、《天空の双生児《タウム》》ラ＝ティリカのマスター権限を、魔王ティトゥス＝クルォーから貴女へと更新するわ」

白い少女が、背中の異形の翼を羽ばたかせると、その羽から零《こぼ》れ落《お》ちた鱗粉《りんぷん》のような光の粒子が、次々と金髪の少女へと降り注ぎ、その身体《からだ》の中へ染《し》み込んでいく。

もう手の施しようがなかった少女の負傷が、綺麗に消えていく。

潰れた両目が再生し、色変わりした血のように赤い虹彩《こうさい》の瞳が開かれる。

そして——少女の中で何かが変わっていく。

少女という存在が、人間という枠を離れ、別の何かに組み変わっていく。

人の姿を持ちながら、人の枠を外れた、何かに――

金髪の少女を人外の怪物へと作り替える白い少女が、厳かに問う。

「改めて、貴女の名前を、貴女の口からちょうだい、私の主様《マスター》。それで、この契約は全て終了するわ」

すると、金髪の少女は言った。

空を――遥《はる》か、頭上にいと高き、天空城を見据えながら言った。

「私は――空《セリカ》」

「空《セリカ》？」

白い少女が眉を顰《ひそ》める。

「違うでしょう？　貴女の本当の名前は――」

語気強く、金髪の少女――空《セリカ》はそう断言した。

「空《セリカ》、だ」

その憤怒と憎悪の目は、どこまでも空の城を見つめていた。

視線で燃やし尽くさんばかりに見つめていた。

この時、その少女は一体、何を思って、己《おの》が宿敵の住まう〝空〟の名を名乗ったのか。

今となっては――もう、誰もわからない。

「……わかったわ」

何かを諦めたように、白い少女は息を吐く。

「これからよろしくね、空《セリカ》。私は貴女を道具のように利用するし、貴女も私を便利な武器として扱えば良《い》い。私と貴女の望みは一致している。即《すなわ》ち――」

「――〝魔王を殺す〟」

「ふん。わかりがよくて助かるわ」

そう言って、白い少女は、空《セリカ》を連れて歩き始める。

「さぁ、行くわよ。まずは、貴女に魔王に抗しうる力をつけてもらうから――」

――――。

――そんな、とある魔法使いの、長い長い旅路の始まりを。

俺は、夢で見ていた。

なぜ、俺はこんな夢を見ているんだろう？

俺は――……

# 第一章　5853年の時を越えて

「……う、……ぁ……？」

不意に夢が途切れ、意識が浮上する。

夢と現《うつつ》が混じり合う胡乱《うろん》な意識の中、グレンが呻《うめ》きながら、目を開く。

「……ここは……？」

グレンが身を起こせば、そこはどこかの部屋の寝台（らしきもの）の上だった。

隣には、システィーナがぐったりと横たわっている。胸が上下に動き、ちゃんと息はしているので、まだ意識が戻っていないだけのようだった。

システィーナの無事を確認し、ほっとしつつ、グレンは周囲の様子を窺《うかが》った。

実に奇妙な石造りの部屋だ。

天井や床には、天球図を模したような幾何学的法陣がいくつも描かれている。

部屋の中心には、グレンの身長をも余裕で超える巨大な魔晶石《ましょうせき》が浮いていた。これほど巨大な魔晶石を、グレンは見たことがない。

正面、左右の壁を見れば、巨大な書架がある。書架と言っても、そこには、きちんと装丁された本が収められているわけではない。

納められているのは、大量の巻物《スクロール》と石板だ。

（……なんだこれ……？）

立ち上がって歩み寄り、それらをなんとなく手に取ってみる。

巻物の材質は、グレン達がよく使用している漉《す》き紙や羊皮紙ではない。植物の繊維を押し潰して作るパピルス紙だ。石板は、文字を書いた粘土板を焼き固めたものだ。

（こんな時代遅れの記録媒体……まるで大昔の……）

ぼんやりとそんなことを考えていたところで、不意にこれまでの記憶が鮮やかに蘇《よみがえ》り、いまいち胡乱だった意識が完全に覚醒する。

「そうか……俺は、過去の……古代の世界に……」

「……ようやく気がついたようね」

その時、不意に声がかかった。

見れば、巨大な魔晶石の陰から、白い髪の少女が姿を現していた。

「……ナムルス！」

「だから、名無し《ナムルス》呼ばわりは止《や》めて。私には、時の天使《ラ゠ティリカ》という無二の名前がある」

不機嫌そうに、ナムルス——もとい、ラ＝ティリカが目を細める。

「そんなことより、聞きたいことが色々あるわ」

ラ＝ティリカは、気まずそうに頬をかいているグレンへ問いを投げる。

「貴方《あなた》、何者？　なぜ、私を知っているの？　そもそも、貴方は空《セリカ》の何？」

そんな問いに、グレンは己が最大の目的を思い出し、ラ＝ティリカへと詰め寄った。

「俺だって、聞きたいことが色々あるんだッ！　セリカはどこ行った⁉　俺達とほぼ同じタイミングで、この時代に来ているはずだッ！　あいつは——」

「うるさい、落ち着け」

ラ＝ティリカが、顔を寄せてくるグレンを嫌そうに押し返す。

「ふん……どうやら、お互い色々と話がありそうね」

「お、おう……一つ一《ひと》つ一ついくか……」

ため息を吐くラ＝ティリカに、グレンが申し訳なさそうに引き下がるのであった。


——こうして。

とりあえずシスティーナを起こし、グレン達は三人で石のテーブルを囲む。

そして、グレンはラ＝ティリカに問われるままに語った。

グレン達自身のこと。グレンが知るセリカのこと。

グレン達の時代――未来の世界についてのこと。

天の智慧《ちえ》研究会の大導師にて、古代より存在を保ち続ける魔王のこと。

その魔王の暗躍によって、刻一刻と迫る邪神招来の時。

そして、フェジテに迫り来る《最後の鍵兵団《ウルティムス・クラーウィス》》。

その最中《さなか》、グレンの前から忽然《こつぜん》と姿を消した、セリカ。

それを追って、グレンが《タウムの天文神殿》の最深部、大天象儀室《プラネタリウム》にあった天象儀装置の隠し機能を使って、この過去の時代にやって来たということ。

グレンは、システィーナと共に、順を追って、淡々と話した。

「俺達の素性や状況は……大体、こんな感じだ」

あらかたの話を終えたグレンが、ラ＝ティリカを見る。

「で――今度は、こっちの質問に答えて欲しいわけだが……、お、おい……？」

「ナム……じゃなかった、ラ＝ティリカさん⁉」

その時、グレンとシスティーナがぎょっとする。

なぜなら、ラ＝ティリカが身を震わせて俯《うつむ》いていたからだ。

「そんな……四百年……？　なによ、それ……四百年もの間、あの子は記憶を失って、世界を一人彷徨《さまよ》っていたというの……？　自分の使命を果たすために……？」

しばらくの間、ラ＝ティリカは言葉を失っていたが、やがて、目元を手の甲でゴシゴシと拭って、いつも通りの冷たい表情を取り戻す。

「悪かったわね、取り乱したわ。……話を続けましょう」

「あ、ああ……」

「とにかく、グレン。貴方が未来人で、未来の世界における空《セリカ》の弟子だということはわかった。だから、これから話を続けるに際し、一つだけ約束して」

「いいぞ。なんだ？」

「これ以上、私に……ううん、この時代の者に、未来のことを話さないで。絶対に」

そう語るラ＝ティリカの表情には、有無を言わさない迫力があった。

「な、なんでですか⁉　もっと、色々、詳しく話した方がよくないですか⁉　せっかく、私達は未来のことを知って――」

「……わかった」

システィーナが抗議するも、あっさり同意してしまうグレン。

「仕方ない事態とはいえ、俺も確かに軽率だった。……俺がお前に好き勝手に話すのは拙《まず》いが、お前が俺に話す分には、何も問題ない……そういう理解でいいな？」

「さすがは空《セリカ》の弟子ね。話が早くて助かるわ」

そんな訳知り顔の二人に、システィーナは不満げに口を尖《とが》らせるしかない。

「さて、じゃあ……そういうことなら、俺も色々と聞くか」

一体、何から聞くか……それはもうグレンの中で決まっていた。

そして、その回答も薄々わかっている。

今まで、グレンが歩み続けてきた軌跡が、その回答の形を描いている。

だから──これはただの答え合わせだ。

「セリカは一体、なんなんだ？」

「……また、随分と漠然とした、抽象的な質問ね」

ラ゠ティリカが嘆息し、少しの間、言葉を切る。

「でも……貴方の問わんとしてる意図は理解できる。いいわ、順を追って話すわ。少し長くなるけど……そこはまぁ、容赦なさい」

すると、ラ゠ティリカは、ゆっくりと厳かに語り始めるのであった。

「まず……空《セリカ》を語るなら、その前に、とある魔術師について語る必要があるわね」

「とある……魔術師？」

「ええ。その魔術師を語らずして、空《セリカ》を定義することはできない」

そう頷《うなず》いて、ラ＝ティリカは言った。

「……昔、昔。この世界とは違う、とある異世界に、とある一人の魔術師がいたわ。彼は科学が支配するその世界で、魔術を修める希有《けう》な人物だった。

そして、彼は魔術を極めた果てに、外宇宙の邪神の一柱……すなわち私達、《天空の双生児《タウム》》の主《マスター》となった〝大導師《ヘヴン》〟だった」

「！」

「……で、まぁ紆余曲折《うよきょくせつ》あって、その彼のいた世界は呆気《あっけ》なく滅んだわ。彼も私達も、その世界を救おうと必死に手を尽くしたんだけど……無駄だったわね。

滅んだ理由？　まぁ、どこの世界にもバカな人間はいたって、それだけの話。

とにかく、彼は救えなかったその世界を捨てて、次元樹を旅し……こっちの世界にやってきたの。

信じられないかもだけどね。元々、この世界は魔術がない、とてつもなく原始的な世界でね……彼がこの世界に初めて魔術をもたらしたのよ。

そうね……例えば、数秘術、セフィロト、大アルカナ、ルーン文字……あなたの時代でも、そういう魔術概念、残ってない？　それらは、元々……、話が逸《そ》れたわね」

ふぅ……と、ラ＝ティリカが息を吐く。

「とにかくね、彼は、この世界の人々のために、その魔術の力を存分に振るい、乞われるままに魔術を教えたわ。おかげで、極めて原始的な生活を送っていたこの世界の人々は、どんどん発展を続けた。生活水準が信じられないほど向上した。

まぁ、その反面、そのせいで、科学の発展が遅れに遅れたから、どこか、ちぐはぐな文明になっちゃったけどね」

ラ＝ティリカは、テーブルの上に置かれた石板を摘まみ上げ、苦笑する。

「……とにかく、この世界は魔術的な発展を続け、やがて、一つの大きな国ができた。件《くだん》の彼は、いつの間にか、その国の王になっていた。

そして、彼と私達《天空の双生児《タウム》》は、もう長いこと、その国を、この世界を、守り手として見守り続けたわ。

本当に……それはそれは、平和で理想的な世界だった。魔術の恩恵によって、病気や飢えで死ぬ人なんかいない。戦争で悲しい思いをする人もいない。誰もが、幸福で笑顔になれる世界……かつて、彼が元の世界で夢見たような、ね」

そう語るラ＝ティリカは天井を見上げていて……どこかとても懐《なつ》かしそうであった。

「でもね……何千年かくらい、経《た》った頃かしらね。

彼が狂ったわ。今となっては、その狂気の理由はわからない。ただ……私は、ついぞ、彼の異変に気付いてあげられなかった。……気付いた時は手遅れだった」

ぎり……ラ＝ティリカがテーブルの上に置いた手を握り固める。

「彼は、次々に戦争を起こして周辺諸国を攻め滅ぼし、属国として支配下に置いたわ。

そして、世界を完全に支配した彼は、毎日、夥《おびただ》しい数の民の命を、己のとある魔術実験と研究の生贄《いけにえ》として、まさに湯水のごとく使い続けたわ。

世界の支配構造が変化したの。

彼と、彼に従うごく一部の特権階級の魔術師達が、そうでない全ての人間を家畜か奴隷のように扱い、支配する暗黒時代の到来。現実に顕現した地獄の世界。

彼と魔術師達は、この身勝手な箱庭の世界で存分に魔術を研究し、加速度的に魔術を発展させた。……当然よ、実験体や生贄にまったく困らない世界だったんだもの。

そう、かつて賢王と讃《たた》えられた彼は——いつの間にか、魔王と成り下がっていたの」

「…………」

いつもなら、古代文明談義には目の色を変えるシスティーナだが、さしもの彼女も、ラ＝ティリカが語る事実に、呆気に取《と》られて聞き入るしかない。

しばらくの間、ラ＝ティリカは、グレンとシスティーナの理解が追い付くのを待ってから、再び話を続ける。

「さて……ようやく、本題に入るわね。

まあ、当然といえば、当然だけど。私、その魔王に愛想《あいそ》が尽きたの。

《天空の双生児《タウム》》の片割れ……私の妹神レ＝ファリアは、頑《かたく》なに魔王を支持したけど……

私はあんな狂ったゴミクズ男、もうゴメンだった！　だって、こんな……こんな地獄を作るために、私は彼に力を貸したんじゃない！　私は、ただ――ッ！」

不意に、ラ＝ティリカが激昂《げきこう》しかけて。

そして、何度か深呼吸をして……続ける。

「……私は、魔王の元を出奔したわ。

そして、探した……あの魔王を倒しうる、誰かを。

でも、この世界の全ての人間が、すでに魔王の強大な力と恐怖を前に、心と膝を折っていた。逆らう気概なんて微塵《みじん》もない。すっかり牙を抜かれた家畜以下だった。

だから、よ。だからこそ……私は、空《セリカ》を選んだ。

誰もが魔王に屈服する中……彼女が、彼女だけが、魔王に抗し得た。

それが、たとえ肉親と故郷を滅ぼされたがゆえの、激しい憎悪《ぞうお》と憤怒《ふんぬ》から来る破滅的な敵愾心《てきがいしん》であっても……彼女だけが魔王と戦う気概を持っていた」

グレンが苦い顔で押し黙る。昔のセリカがよく、〝内なる声〟と〝果たすべき使命〟に囚《とら》われ続けていたことを思い出す。

そして、あの先ほど見た、夢の内容も──

「私は、空《セリカ》と契約をかわした。外宇宙の邪神の対人インターフェイスである私と同期《リンク》したことで、空《セリカ》は時の頸木《くびき》から解き放たれ、《永遠者《イモータリスト》》となった。

そして、私は百年の時間をかけて、彼女を鍛え上げたわ。私が知りうるあらゆる魔術の秘奥《ひおう》を彼女に教えた。邪神としての私が持つ権能を、私の《王者の法《アルス・マグナ》》を通して、惜しみなく与えた。彼女を人類最強の魔術師に鍛え上げたわ」

「…………」

「そして……ついに空《セリカ》と魔王《ティトゥス》の戦いが始まったわ。

それは、長く苦しい戦いだった。様々なことがあった。空《セリカ》はこの世界のあちこちを転戦し、数々の魔将星達と、魔王の軍勢と戦い続け……勝ち続けた。

そして──ついに、魔王の根拠地……魔都メルガリウスで、空《セリカ》と魔王《ティトゥス》の最後の決戦が始まった。

だけど……空《セリカ》が積み重ねた百年の憎悪と憤怒、魔術研鑽《けんさん》をもってしても……魔王《ティトゥス》はあまりにも遠く、遥《はる》かに高く、強大だった。

結論を言えば、《時の天使》ラ＝ティリカの力を受けた空《セリカ》は、《空の天使》レ＝ファリアの力を受けている魔王《ティトゥス》に、まだまだ遠く及ばなかった。

その最終決戦で敗北した空《セリカ》は、魔王《ティトゥス》の魔術によって、次元追放されてしまった。この時代から完全に消《き》え失《う》せてしまった。空《セリカ》の完全敗北によって、人類最後の希望が潰《つい》え、全ての戦いは終わり、この世界も終わる——そのはずだった」

「…………」

その話を聞いたグレンは、しばらく沈黙していたが。

「だが……セリカは再び戻って来た。この時代に」

「……そうよ」

ラ＝ティリカが重苦しく続ける。

「私達《天空の双生児《タウム》》は、その性質上、時間と空間を支配する権能を持つ。当然、そんな私達の権能を、魔術として振るう空《セリカ》と魔王《ティトゥス》の戦いは、必然的に、時間と空間の支配権をせめぎ合う戦いになるわ。その戦いに果てにどうなるかわからない。

だから、保険をかけておいたのよ。

タウムの天文神殿、この天象儀装置《プラネタリウム》……もし、万が一、空《セリカ》がこの時代から飛ばされた時……この時代に帰還できる確率が、少しでも上がるようにね」

「…………」

「後は……貴方《あなた》の知っての通りよ、グレン。未来の世界で、空《セリカ》と貴方が出会い……共に過ごし……そして、空《セリカ》はこの時代に帰ってきた。己《おの》が使命を果たすために」

押し黙るグレン。

すると、今までじっと話を聞いていた、システィーナが震えながら口を開いた。

「ねぇ、先生……今の話……どこかで聞いたことありませんか……？」

「…………」

「私達の時代の人なら誰もが知っている、童話『メルガリウスの魔法使い』……正義の魔法使いが、悪い魔王をやっつけて、お姫様を救い出す……そんなお伽話《とぎばなし》……」

「…………」

「でも、私達は知ってる……『メルガリウスの魔法使い』は、ただの童話じゃない。とある一定の史実を基に編纂《へんさん》された、一種の歴史書だということを」

「…………」

「今の、ナム……ラ＝ティリカさんの話が本当なら……その童話の主人公……魔王に戦いを挑んだ〝正義の魔法使い〟の正体って……まさか……まさか……ッ⁉」

と、その時だった。

「……セリカはセリカだ。それ以上でも以下でもねぇよ」

グレンは、ボソリとそう言って、システィーナの動揺を抑えるのであった。

「大体、わかった。……で？　今、セリカはどこへ行った？」

「さっきも言ったわ。この時代に帰還した空《セリカ》がやることはただ一つ。……魔王との再戦、つまり……魔都メルガリウスよ」

「魔都メルガリウス……フェジテの地に、かつて存在したという魔王のお膝元だな。つまり、場所的にはフェジテか」

がたん、と。グレンが立ち上がる。

「どこ行くの？」

「決まってる。セリカを追う。連れ戻す」

グレンが毅然《きぜん》とそう宣言するが。

「ちょ、ちょっと待ってください、先生！」

システィーナが慌てて、立ち上がってグレンを引き留めた。

「ラ＝ティリカさんの話を聞いていましたか⁉　今、アルフォネア教授は、この時代を支配する魔王との再戦に挑んでいるんですよね⁉」

「ええ、そうね。三日前の初戦で、空《セリカ》が派手にやらかしたから、今の魔都メルガリウスは、魔王の軍勢も厳戒態勢のはず」

「つまり、教授を助けるなら、戦いは避けられません！　でも、ここが古代なら、一つ大問題があるんです！」

システィーナが、ちらりとラ＝ティリカを見る。

「お聞きしますが……この時代の魔術師達の魔術は、古代魔術《エインシャント》ですよね？」

「古代魔術《エインシャント》？　……言ってる意味がよくわからないわ」

「あー、そうですね……この時代で、この表現じゃ伝わらないか……ええと……」

すると、システィーナはぼそぼそと何事か呪文を唱え、魔力を高める。

その魔力がシスティーナの術式を励起し、システィーナが頭上に掲げた手の先に、魔術法陣を展開する。

それは、グレンの時代の近代魔術《モダン》では〝高度に洗練された術式〟と評されるものだ。

「これが、私達の時代の魔術式です。この時代の魔術式と比べてどう見えますか？」

すると、ラ＝ティリカは、その術式を見て、呆《あき》れたように言った。

「え？　何、その低レベルな術式……まさか、上位《ハイ》ルーンじゃなくて、下位《ロー》ルーンで術式組んでるの？　それって、まるで『愚者の牙』じゃない……」

ラ＝ティリカが、グレンを流し見る。

「冗談？　未来の世界では、そんな低レベルな魔術しか残ってないわけ？」

すると、システィーナが我が意を得たりと言った。

「つまり、そういうことですよ、先生」

「…………」

「この時代の魔術は、古代魔術《エインシャント》。私達が使う近代魔術《モダン》とは次元が違う力を持っています。

当然、魔王も、魔王に従う配下も古代魔術《エインシャント》。記憶を取り戻したことで、アルフォネア教授も、恐らく古代魔術《エインシャント》を使用するはず」

「…………」

「そんな古代魔術《エインシャント》同士がぶつかり合う、次元の違う戦いに、私達の力は通用するんでしょうか？　足手纏《あしでまと》いに過ぎないんじゃないでしょうか？」

「…………」

「心苦しいですけど……ここは、大人しく待つ、という選択もあるのでは？」

システィーナが、苦々しく言った。

「大丈夫ですよ！　だって、もう歴史は確定してるんですよ⁉　未来の私達がここにやって来られたってことは、そういうことでしょう⁉　ここで待っていれば、全てが上手《うま》くいくはずです！　そして、私達は使命を果たした教授を連れて帰れば……」

「おい」

「あっ⁉　すみません！」

　システィーナは、はっとして口を押さえる。これ以上、未来のことを話してはいけないと言われたことを思い出したのだ。

「はぁ〜〜」

　すると、ラ＝ティリカは深いため息を吐《つ》いた。

「まぁ……それは、貴方達の様子を見てたら、薄々予想ついたことだけど。なるほど……貴方達は〝空《セリカ》が魔王に勝利した未来〟から、やって来たのね」

「え？　どういうことですか、それ」

「結論を言うとね。この時代のこの時点では、それは確定していない。空《セリカ》が魔王に勝てるかどうかなんて、誰もわからない」

　ラ＝ティリカが淡々と言った。

「は⁉　なんでですか⁉　だって、私達は現に、教授が勝利した時代から――」

「おいおい、らしくねーな、白猫」

　狼狽《うろた》えるシスティーナに、グレンが頭をかきながら口を挟んだ。

「さすがに、お前もこの状況には、かなり動転しているようだな？」

「え⁉　先生まで一体、何を言って……ッ⁉」

「〝次元樹の特異点理論〟を忘れたか？」

「――ッ⁉」

たちまち、はっとした表情となるシスティーナへ、グレンが続ける。

「歴史ってのはな、〝堅い〟んだよ。滅多なことじゃ変化しない。たとえば、俺が白猫にチェスで勝とうが負けようが、昼飯をパンにしようがシロッテにしようが、歴史の大局には全く影響しない。日常は、世界は、何も変わらず続く。

多少の枝葉の分岐は、歴史が本来の流れへ容易に呑《の》み込んじまうんだ。

だが、それでも後の歴史が大きく変動する分岐点《ターニングポイント》は、やはり確実に存在する。

とある行為や事件によって、次元樹が大きく枝分かれし、ifの世界……並行世界線が生じるきっかけとなる点……それが特異点だ」

「と、特異点上においては……その先に分枝《ぶんし》する未来は確定していない……どちらも等しく存在しないし、存在する……？」

「思い出したか。そうだ、その通りだ。俺がお前に、この時代の連中に未来の話を控えさせたのはそれだ。……何が特異点になるかわからねーからな」

「……ッ！」

「だが……今、この時代には、超特大の特異点が存在するよな？　そうだ、セリカと魔王の戦いだ。この時代では、どっちが勝つかなんて、まだ何も決まってないんだよ」

「そ、そんな……」

蒼白《そうはく》になるシスティーナへ、ラ＝ティリカがさらに追い打ちをかける。

「そして、さらに悪い話だけど。現時点じゃ、貴女達《あなた》、元の時代に帰れないわよ？」

「ええ……ッ!?」

「だって、貴女達の帰るべき未来がまだ確定してないんだもの。魔王の時空間追放魔術で次元樹のどこかに、無作為に飛ばされた空《セリカ》のケースとは違う。

貴方達が、時空間転移装置で元の時代に戻るのは現状、不可能よ。確定してない未来へは帰れない。

時空間転移が難しいのはまさにそれ。未来から過去へ行くことは辛《かろ》うじてできても、過去から未来へ行くのは、難しくなるから。技術的な問題ですらない」

「……俺達からすれば、前者すらバカげた神業なんだがな」

グレンがため息まじりに頭をかいた。

「とにかく、俺達が元の時代に戻るためには、セリカが魔王を倒してくれることを祈るばかりだが……どうだ？　ナムルス。セリカは魔王に勝てるのか？」

「……それ、聞く？」

ラ＝ティリカが眉《ひそ》を顰めて言った。

「元々、空《セリカ》と魔王の間には、歴然とした実力差があったって言ったでしょう？　何度戦ったって結果は変わらないわ。空《セリカ》は絶対に負ける」

「……ッ！」

「おまけに、未来の世界で何があったか知らないけど、今の空《セリカ》の力は、明らかに弱体化しているわ。辛うじて魔術師としての体裁を保っているけど、アレじゃ百回戦った所で、たった一回の勝利すらない。……まぁ、精々、奇跡を祈ることね」

グレンは、ふと思い出す。

以前、フェジテの《嘆きの塔》──地下迷宮89階で起こった、セリカと魔煌刃将《まこうはしょう》アール＝カーンとの戦いを。その時、セリカが霊魂に負った損傷を。

「そ、そんな……ッ！」

システィーナが絶望の表情で、呆然《ぼうぜん》とする。

「じゃ、じゃあ……私達はアルフォネア教授を助けるどころか……元の時代に帰ることすら、できないってことですか……ッ⁉」

「可哀想《かわいそう》だけど、その通りね。無駄足ご苦労様だわ」

不意に、皮肉げなラ＝ティリカの表情が苦悩に歪《ゆが》む。

「だから、密《ひそ》かに祈ってたのに……帰って来るなって……なんで帰って来ちゃったのよ、あの子は……」

「ら、ラ＝ティリカさん……？」

「もういいじゃない……あんなに頑張ったんだから……全て忘れて、弟子と幸せに暮らせば良かったじゃない……貴女なら、その道を選べたはず……なのに、なんで……？」

しばらくの間。

グレンは、ラ＝ティリカの苦悩をじっと見つめていた。

「とにかく……もう、何もかも終わりよ……空《セリカ》は魔王には勝てない。今度こそ、本当に空《セリカ》は完膚なきまでに殺されるわね。魂すら消滅させられるわ。

魔王の支配は続く。この暗黒の時代は、地獄は永遠に続く。この世界に生きとし生ける者全てが、魔術師達の家畜である世界は永遠に続く。未来は閉ざされる……」

「……そ、そんな……ッ！」

がたん！　とシスティーナが立ち上がる。

「わ、私達は、この時代に留《とど》まっているわけにいかないんです！　アルフォネア教授を連れて……私達の時代に帰らないといけないんです！　皆《みんな》が待ってるんです！」

「まぁ、現状、その皆が待っている時代なんか来ないけどね」

ラ＝ティリカが投げやりに肩を竦《すく》める。

「ま、貴女達の存在そのものが消滅することはないから安心なさい。空《セリカ》が魔王に勝つ可能性の並行世界線は、確かに存在するのだから。

ただ、この世界線がそっちの方向へ向かうことがないだけ。貴女達本来の世界線と、すれ違っていくだけ。ややこしいけど、そこは保証するわ」

「そ、そんな……ッ！　わ、私は……ッ！」

システィーナが狼狽えに狼狽えきっている、その時だった。

「関係ねえよ」

グレンが、ぼそりと言った。

「魔王だとか、世界を救うとか、特異点だとか……そんな大層なのは関係ねえ。

だが──ただ一つ言えることがある。俺は、セリカを助けに来たんだ。

待つとか、祈るとか、そんな弱気な選択肢はねえ」

「──ッ!?」

「せ、先生……」

グレンの言葉に、ラ＝ティリカが言葉を失い、システィーナがはっとする。

そんな二人の前でグレンが続ける。

「セリカは俺の家族だ。必ず連れ戻してみせる。俺は、そのために、あいつらに背を押してもらってここまで来たんだ。……今さら引き下がれるか。だから、俺は行く。そのために必要だってんなら、魔王だってぶっ倒してやる」

「………」

すると、しばらくの間、システィーナは呆《ほう》けたように目を瞬《しばたた》かせて。

やがて、自分の両頰を両手で挟むように、パァン！　と叩《たた》き、気合いを入れ直す。

「すみません、先生……ちょっと、話の途方もなさに動揺し過ぎてました。そうですよね……私達は、教授を助けに来たんです。何かするまえに、尻込みするなんて、私達らしくなかったですよね？　行きましょう、先生！　私達で教授を助け出しましょう！」

「ふっ、わかってきたみたいじゃねーか、相棒。背中は頼むぜ？」

「はいっ！」

そんな風に、意気軒昂《いきけんこう》に決意を固めるグレンとシスティーナを前に。

ラ＝ティリカが、静かにため息を吐く。

「……グレン、貴方《あなた》のそれが、魔王の力と恐ろしさを知らないゆえの蛮勇なのか、あるいは自分達の掲げる『愚者の牙』の脆《もろ》さへの無知ゆえなのか……

いずれにせよ、貴方は空《セリカ》を追って、捨て身でここまで来た。そして、人知を超えた存在を相手に戦おうとしている……空《セリカ》のために」

そして、切なそうな表情をグレンへと向ける。

「そう……空《セリカ》のために、そこまでして……あの子は、とても良《い》い弟子を……ううん、家族を見つけたのね……未《いま》だ確定せぬ、泡沫《うたかた》の可能性の世界の果てで。

だからこそ……私は余計に、空《セリカ》にこの時代に帰ってきて欲しくなかった……それが許されざる所業だとしても」

「……ナムルス？」

グレンが訝《いぶか》しむように、ラ＝ティリカを見つめる。

すると、しばらくの間、ラ＝ティリカは考え込むように俯《うつむ》いていて。

やがて、ぼそりと言った。

「……私も行くわ、グレン」

「!?」

そんなラ＝ティリカの発言に、グレンとシスティーナが目を瞬《またた》かせる。

「何、驚いているの？　本来、部外者の貴方達が、空《セリカ》のためにそこまでしてくれようとしているのよ？　なら、私が動かないでどうするの？　だって、元々これは——」

ラ＝ティリカが顔を上げ、グレンを真《ま》っ直《す》ぐ見つめて、

「私と空《セリカ》の二人で作り上げた、お伽話《とぎばなし》だったんだから……」

そう言って、力強く立ち上がるのであった。

「とは言っても、今の私は一回目の決戦の負傷で力を殆《ほとん》ど失っている。こうして、辛うじて人の肉体らしきものを保ってはいるものの、ほとんどハリボテよ。

《時の天使》としての権能──《黄金の鍵》も、もうほとんど行使できない。今の私にできることといえば──」

そう言って、ラ＝ティリカが左手を前へと差し出すと。

その手から、銀色の光の粒子が溢《あふ》れ出《だ》し……グレンとシスティーナへと降り注ぐ。

途端、二人の全身の魔力が激しく賦活し、圧倒的な万能感がその身体《からだ》を満たす。

「こ、これは……ッ⁉」

「驚いた？　これはね、〝人に与える存在〟たる《天空の双生児《タウム》》の権能の一つ──

《王者《アルス》の──」

「《王者の法《アルス・マグナ》》⁉　ルミアと一緒の力だわ！」

驚きのあまり、システィーナがそう先んじて叫んでいた。

すると、ラ＝ティリカの動きが一瞬、固まる。

「なるほど……どういう形かはわからないけど、貴方達の未来の世界にはいるのね？　あの子が……レ＝ファリアが。覚えておくわ、そのルミアという名前を……」

「あっ⁉　いえ、その……」

「……一緒の力？」

ぞわり。

突然、ラ＝ティリカから立ち上った殺意にも近い憎悪《ぞうお》に、システィーナの身体が竦む。

だが……そんなラ＝ティリカは、同時にどこか切なげでもあった。

「……話を戻すわ。この《王者の法《アルス・マグナ》》ね、貴方達にとっては、ただ魔力が増幅されたようにしか知覚できないでしょうけど、本当は違う。

端的に言ってしまえば、貴方達の魔術演算能力を一時的に超増設するようなもので、それに合わせて霊絡《パス》が強引に開かれるから、〝魔力が増幅された〟と感じるだけ。

まぁ、実際に、魔力は増幅しているわけだけど、ただ魔力が増えたり、増やすだけの力じゃないってこと」

「つまり、どういうことだよ？」

「正直、貴方達の使ってる魔術はへぼい。魔王とその軍勢に立ち向かうには、武器としてあまりにも弱すぎる。

だけど、武器が木の枝でも、達人が振るえば、並の剣士の名剣に勝るでしょ？　私の力が、貴方達を一時的にその達人にするって話」

「う……やっぱり、《王者の法》《アルス・マグナ》って凄《すご》い力なんですね……」

システィーナが額に汗を浮かべて感嘆する。

「で、でも……そんな力があるなら、どうして、ラ＝ティリカさんは、アルフォネア教授の二回目の戦いに同行しなかったんですか？」

「《王者の法》《アルス・マグナ》はその性質上、際限なく強化する万能の力じゃない。空《セリカ》の魔術演算能力がすでにその達人に到達しているなら、《王者の法》《アルス・マグナ》は無意味よ。

そして、何よりも……空《セリカ》は決して、私を連れて行かない。なぜなら――」

ラ＝ティリカが、グレンとシスティーナの前で右手を掲げてみせる。

すると、二人は息を呑《の》んだ。

なぜなら――ラ＝ティリカの右手の小指の先がほんの少し消失し、半透明な霊体と化していたからだ。

「え？　まさか、今の力の行使で……？」

「……言ったでしょう？　今の私は、もうハリボテ。後は、身を擦り削りながら力を行使するしかない……私の存在、大事に使いなさいよ？」

そんなことを言って、ラ＝ティリカは《王者の法《アルス・マグナ》》を解いた。

場を満たしていた銀色の光が消える。

だが、ラ＝ティリカの小指の先は、元に戻らない──

「……わかった。協力感謝する、ありがとうな、ナムルス」

グレンが苦しげな表情で頷《うなず》くのであった。

「……、……さて……そうと決まれば、さっそく出発するわよ」

一瞬、ラ＝ティリカは何か物言いたげな顔になるが、構わず、部屋の奥の壁に向かって歩いていく。

不思議な紋様が刻まれたその石壁に手をつき、何事か呪文を唱えると……響き渡る重低音と共に、その石壁がぐにゃりと開かれて、アーチ形の出入り口を形作った。

促されるまま、その出入り口をくぐると、その先はドーム状の大部屋になっていて。

その真ん中には、見覚えがある天象儀《プラネタリウム》装置が鎮座している。

「やっぱ、ここ、タウムの天文神殿の最深部……大天象儀室か！」

グレンが素っ頓狂な声を上げて、天象儀装置と、今まで自分達がいた部屋を見比べる。

「じゃあ、待て！　今まで俺達がいた部屋ってのは……」

「玄室よ？　この遺跡の大中枢の」

「マジで⁉　未発見の玄室が、そんな所にあったの⁉」

「と、灯台下暗しだわ……」

システィーナも頬を引きつらせて、玄室の出入り口を見つめている。

やがて、玄室の出入り口が、ぐにゃりと動いて閉じた。

「ちょっと待ってくれ……つまり、ここ、タウムの天文神殿の最深部なんだよな？」

「そうだけど？」

「ヤベえ……じゃ、地上に出るだけでも数日かかるじゃねーか⁉」

「そ、そうだったわ！　どうしよう⁉」

たちまち慌て始めるグレンとシスティーナであった。

「ぜ、全力で強行軍すれば、なんとか二日か三日くらいで表に出られないか……？」

「む、無理ですよ……よしんばできたとしても、その後で件《くだん》の魔王と戦うなんて……」

「うおおおお⁉　なんか大口叩いておきながら、早くも破綻してるんですけど⁉」

そんな風に、グレン達が大騒ぎしていると。

「はぁ……バカなの？　貴方達は。そんなノー・プランで戦うつもりだったの？　……先が思いやられるわね」

ラ＝ティリカが呆《あき》れたようにぼやく。

そして、天象儀装置の前に歩み寄り、その傍《かたわ》らのモノリスを操作する。

すると、天象儀装置のアームがぐるんぐるんと動いて起動し始め……床の紋様をなぞるように魔力が走り……

グレン達の前に、青い光で形作られた『扉』が姿を現していた。

「《星の回廊》を使うに決まってるじゃない。何のためのこの魔導《まどう》装置よ?」

「……あっ!」

「そもそも、この神殿内の移動も基本コレよ。各階層に『扉』が、いくつも設置されてるわ。じゃないと拠点として使えるわけないでしょ、こんな場所」

え? そんなもんあったの?

そんな不思議そうな顔をするグレンとシスティーナへ、ラ゠ティリカが続けた。

「今、《星の回廊》を魔都メルガリウスに繋《つな》げたわ。この扉をくぐれば、すぐに目的地へと到達する。……ほら、ぼさっとしない。行くわよ」

「お、おう……」

ラ゠ティリカに促され、グレン達は『扉』をくぐるのであった――

――。

「……結局、タウムの天文神殿と、あの天象儀装置は一体、なんなんだ？」

――《星の回廊》。

神秘的かつ幻想的に広がる大宇宙空間の中、光でできた一本の道を歩きながら、グレンが先頭を歩くラ＝ティリカへと問う。

「端的に言ってしまえば、私達の魔都メルガリウス攻略前線基地よ」

ラ＝ティリカが歩きながら解説する。

「魔王が、どこに拠点を構えているか知ってる？」

「……そりゃ、旧フェジテ……魔都メルガリウスじゃねえのか？」

「ええ、その通りよ。そこに存在する《嘆きの塔》、その最深部に魔王はいる」

「……《嘆きの塔》……」

グレンは、アルザーノ帝国魔術学院の地下に広がる、広大な地下迷宮を思い出す。

その地下迷宮の現在に語り継がれる名称が《嘆きの塔》であった。

そして、以前、見た『アリシア七世の手記』でも、地下89階の《叡智《えいち》の門》の先に、魔王の拠点があることが示唆されていたはずだ。

「はは、つまり、魔王さんってのは、地中深く隠れ潜んでいるわけか。俺はてっきり、童話の通り、空の城でふんぞり返っているのかと思ったぜ」

「ええ……その辺りは、少し童話とは違うみたいですね……」

「……はぁ？　何を言ってるの？　貴方達《あなたかし》……」

ラ＝ティリカが不思議そうに首を傾げる。

「とにかく、その《嘆きの塔》を攻略するために、このタウムの天文神殿と、天象儀装置は存在したわ。かつて、この神殿の巫女《みこ》長を務めていたステンナ＝ルイセンという女が、魔王を裏切り、私達についたの」

「ステンナ……ルイセン？」

ルイセン……どこかで聞いたことがあるような気がした。

「ええ、空間系魔術に関しては史上稀《まれ》に見る大天才だった彼女が、空《セリカ》と合作で、この天象儀装置と《星の回廊》を作った。

私達は、この天象儀装置を頼みに、《嘆きの塔》内部に、幾つも帰還ポイントを構築しながら、少しずつ攻略を進めていったわ。

《嘆きの塔》の地下10階から地下49階――《愚者への試練》は、ゼロマナ地帯とダンジョン再生成機能、当世最高峰の防衛機能が猛威を振るう難攻不落の領域。

人類としては最強の魔術師だった空《セリカ》も、この《星の回廊》なしに《嘆きの塔》を攻略することは不可能だったたってわけ」

「そうだったのか……」

道理で、タウムの天文神殿から、魔術学院の地下迷宮に《星の回廊》が繋がっていたわけである。

「じゃ、じゃあ……この《星の回廊》で直接、《嘆きの塔》の最深層に向かうことはできないんですか?」

「前回の決戦の際、さすがに《嘆きの塔》内部の帰還ポイントは粗方、敵に破壊されてしまったわね。まぁ、その際、《愚者への試練》の防衛機構もなんとか無力化できたから、おあいこって所だけど。

その帰還ポイントも防衛機構も、自動修復機能があるけど、互いに修復には長い時間が必要よ。だから、こっちはもう直接攻め込むしかないし、攻め込むチャンスでもある」

「……なるほど」

グレンの中で、今まで欠けていた謎のピースがどんどん埋まっていくのがわかる。

そうこうしているうちに……

《星の回廊》の先に、出口が見えてくるのであった。

「あれをくぐれば、魔都メルガリウスよ」

先導するラ＝ティリカが、グレンとシスティーナを振り返って言った。

「覚悟はいい？」

「ああ」

「も、もちろんです！」

ラ＝ティリカの問いに、グレンが頷き、システィーナがやや緊張した表情でコクコクと顔を縦に振った。

「……良《い》い顔ね。じゃ、行くわよ」

そう言って、ラ＝ティリカが歩を進める。

そして、《星の回廊》の出口を、そっとくぐる。

グレンも、システィーナも、それに続く。

その瞬間、たちまち、グレン達の視界が真っ白に染まっていき……

景色がぐにゃりと歪《ゆが》んで……

意識が遠くなるような感覚を抱いて……

やがて、陽炎《かげろう》のような視界が、グレン達の前で、一つの世界を再結像していく。

「……ッ⁉」

グレン達の前に広がった、その光景は——

# 断章　メルガリウスの魔法使いⅡ

夢を――見る。

それは、今は遠き昔、遥《はる》か昔の物語。

とある一人の魔法使いの物語――

――。


――百年。

空《セリカ》が、《天空の双生児《タウム》》と契約をかわし、百年の時が過ぎた。

百年という時は、あまりにも長い。

最早《もはや》、彼女のことを覚えている者は、誰も居なかった。

だが――彼女の憎悪《ぞうお》と憤怒《ふんぬ》の炎は、百年の歳月が経《た》とうがまるで尽きることを知らなかった。

そして、百年の研鑽《けんさん》が、空《セリカ》を最強の魔術師へと成長させていた。

空《セリカ》の戦いが始まる。世界中を転戦する壮大な旅が始まる。

百年の積年の恨みが燃え上がる、壮絶な戦いが始まった。

たちまちその炎は、世界に燃え広がり、舐《な》め尽《つ》くす。

それは、魔王と魔術師達に逆らうことを生まれつき知らず、一方的に虐《しいた》げられたる民衆を救うためではない。

それはただただ、復讐《ふくしゅう》のための戦いだ。

空《セリカ》は魔王が憎かった。魔王に与《くみ》する者達が憎かった。この世界が憎かった。

ゆえに戦う、滅ぼす、蹂躙《じゅうりん》する——

それは積もり積もった百年の鬱憤晴らしと称しても過言ではない。

だが——たとえ、それが破滅的な原初が衝《つ》き動《うご》かす、凄惨なる戦いだとしても。

空《セリカ》が初めて、魔王軍の砦《とりで》を一つ落としたとき——時代が動いた。

人は、魔王の家畜。餌。

人は、魔術師の道具。玩具《おもちゃ》。生贄《いけにえ》。

そういった常識と構造が、千年ぶりに崩れた。

魔術師でなき者は人ではない——支配する側も、支配される側も、それが当たり前の真理だとして受け入れていた事実が、その時、初めて揺らいだのだ。
それは間違いなく、空《セリカ》がその歪んだ世界へ突きつけた、否定の意志であったのだ——
——。

——だが。

人が、人以下の畜生として虐げられた時間は——あまりにも長かった。長すぎた。
そして、人が空《セリカ》を希望の灯《ひ》として掲げるには、空《セリカ》の力はあまりにも強すぎたのだ。
そう、多くの人々にとって、空《セリカ》と魔王は、まったく変わらなかったのだ。
空《セリカ》も空《セリカ》で、憎悪と憤怒の滾《たぎ》るままにしか戦わない。
人々を守るために戦ったことなど、ただの一度もない。
百年という歳月は、空《セリカ》のあらゆる根源を、人々の記憶から消し去った。
世界から、彼女の痕跡を綺麗《きれい》に洗い流してしまった。
彼女は孤独。
友はなく、家族もなく。
誰も知らない世界に、ただ一人。
最早、世界にとっての異分子とは、彼女のことを指す言葉。
ゆえに、誰もが空《セリカ》を理解できず——人々は恐れを以《もっ》て、口々にこう叫んだ。

――曰《いわ》く、空《セリカ》は〝新たな魔王〟。
――曰く、空《セリカ》は〝第二の魔王〟。
――曰く、空《セリカ》は〝魔王の後継者〟。

いわれなき誹謗《ひぼう》中傷が空《セリカ》を襲い、誰もが空《セリカ》を恐れた。
空《セリカ》の戦いが、どれだけの人間を家畜奴隷から解放しようが、まったく関係ない。
いつだって、空《セリカ》に向けられるのは――ただただ恐怖と嫌悪《けんお》のみであった。
彼女を〝正義〟だと思っている人間など――一人もいなかった。
人々にとって、空《セリカ》も魔王も同じ穴の狢《むじな》に過ぎなかったのである。
だが。
それでも。
――空《セリカ》は止まらない。
魔王の軍勢と戦い続ける。
その焦がれるような衝動が衝き動かすままに。
魔王に与する支配者層――魔術師達を、片端から殺し続ける。

呆《あき》れんばかりの屍山血河《しざんけつが》を築き上げ続ける。

「それが、私《セリカ》が私《セリカ》である所以《ゆえん》だから」


こうして。

空《セリカ》は、今日も戦い続ける。

本日の彼女の使命は、魔王に傅《かしず》いて、周辺諸国への奴隷狩りを国民総出で積極的に行う、外道なヨト国の完全殲滅《せんめつ》と焦土化。

そして、そのヨト国を裏から手を引く魔将星──雷霆《らいてい》神将ヴァル＝ヴォールを始末することだ──


彼女は──止まらない。

全てを焼き尽くすまで。

そんな彼女に、一体、どんな救いがあるというのだろうか──？


…………。

# 第二章　魔都メルガリウス

「先生、先生⁉　大丈夫ですか、先生！」

　ふと、耳を刺すようなシスティーナの叫びに。

「──ッ⁉」

　白昼夢を彷徨《さまよ》っていたグレンの意識が、唐突に現実へと帰還する。

「く……ッ⁉」

「目的地に着きましたよ？　ど、どうしたんですか？　なんか……《星の回廊》を抜けた時から、なんか、先生、心、ここにあらずと言った感じで……」

　システィーナが心配そうに、グレンの顔を覗《のぞ》き込んでくる。

「い、いや……大丈夫だ、問題ねえ」

　頭を振るグレンの背後には、不思議な黒石で作られたモノリス。これは《星の回廊》の帰還ポイントだ。

　それを尻目に、グレンは未《いま》だ頭の中をちらつく、とある魔法使いの軌跡の残滓《ざんし》を振り払いながら呻《うめ》く。

（一回目より鮮明だったな……なんなんだ、あの白昼夢は……？）

深呼吸して気を取り直し、グレンは顔を上げた。

すると、眼前に広がった光景は――


「こ、これは……ッ⁉」


眼前に目一杯広がった、その光景に――グレンは忘我した。

自分達は、どこかの一際《ひときわ》高い建造物の、屋上テラスらしき場所に立っている。

びゅうびゅうと強い風が吹《ふ》き荒《すさ》び、髪や衣服を揺らしている。

眼下に広がるのは、今まで見たこともない不思議な都市風景であった。

都市を構成する建築様式が、グレンの時代のものとまるで異なっている。その多くが台形を基本とした、原始的な石造り建築だ。所々、建っているドーム屋根の尖塔《せんとう》や鐘楼も、石柱が並ぶ神殿も、洗練されておらず、無骨なデザインである。

されど、土地の起伏、都市内を過《よ》ぎる河川の配置……それらには確かに見覚えがあり、ここが間違いなくフェジテであることを示している。

さらに目を引くのは、この都市内に、一定の法則を感じさせる配置で立てられている無数の石柱碑《オベリスク》達だ。

それらは、その周囲に存在する建物のサイズと比較すれば、どれもこれもが、まるで塔のように見上げる程、巨大なもののはずなのだが……

（どういうことだ……？　あの石柱碑《オベリスク》……なんか、やけに小さく見えるな……？）

違和感を覚えるグレンであったが、すぐにその正体に思い至った。

（な、なんだ……ありゃ……？）

都市の中心部──土地の起伏と河川の配置から察するに、ちょうど、アルザーノ帝国魔術学院が建立《こんりゅう》されるだろう場所を中心に、奇妙な物が鎮座していた。

それは、四角錐状《しかくすい》の石造建造物だ。造り自体は周囲の建造物と同様、原始的なもので、直方体の巨石を積んで建設されているらしい。上下に何層かの構造に分かれているようで、まるで階段のような外観になっている。

特筆すべきは──そう、先ほどの石柱碑《オベリスク》がやけに小さく見えた理由。

それは、その四角錐石造建造物が──あまりにも、あまりにも巨大すぎるからだ。

（まさか……アレがフェジテの地下迷宮……《嘆きの塔》か⁉　フェジテの下にはあんなもんが埋まっていたのか⁉　で、デカ過ぎるだろ、常識で考えて……ッ⁉）

そう。その天を衝き、地をひれ伏せさせるかのように聳《そび》え立《た》つその建造物は、あまりにも巨大すぎて、遠近感が狂う。大小感覚が狂う。

その建造物は、距離的に遠くにあるはずなのに……まるで、自分のすぐ近くに建っているかのような、そんな錯覚すら抱かせる。

そして——見上げれば、

ちょうど真上に太陽が輝く空は、血で塗り潰したかのように赤い。

今日が世界の終わる日と言われても疑いようのないほど、真っ赤に焼けた空。

そして、そんな破滅的な空に、見慣れた幻の天空城が、悠久の時を超えて変わらず、その偉容を、天より地へと示し続けている——

「これが……これが……ッ⁉」

グレンは、眼前に広がるこの世のものとは思えない光景に、ただただ圧倒されていて。

「……あ……あぁ……凄《すご》い……」

システィーナも、自分が今、焦がれるように憧れていたその世界に立っている感動で、言葉を失っているようだ。

「そうよ、これが……魔都メルガリウス」

ラ＝ティリカが、眼下を見下ろしながら、淡々と言った。

「この世界のあらゆる栄華と繁栄を極めた頂点であり、この世界のあらゆる嘆きと絶望を集め煮詰めた――最低最下層ド底辺の〝地獄〟よ」

そして、ラ＝ティリカは、システィーナへ、ちらりと目配せする。

「システィーナ。これから私達は、この都市内に降りるけど……もし、この時代に何か、夢や憧れのようなものを抱いているなら、そんなもん速攻、ドブに捨てなさい」

「……えっ？」

目を瞬《しばたた》かせるシスティーナ。

「言ったでしょう？　ここは〝地獄〟なの。ただただ、人間の悪意と暗黒面のみが跋扈《ばっこ》支配する世界。人の良心も常識も……ここでは何一つ通用しないわ」

「……ッ!?」

すると、システィーナも、どこか浮かれていた気持ちを引き締め直したのだろう。

「わ、……わかりました」

表情を引き締め、こくりと頷《うなず》くのであった。

「で？　ナムルス。俺達はこれからどうすればいい？」

「そうね。まずは、そこらの死体から適当に衣服を剝ぎ取るわ。貴方《あなた》達、その格好、目立ち過ぎるから」

「……は？」

さらりと出てきた言葉に、グレンもシスティーナも目を点にするしかない。

「何よ？　首尾良くいくかどうか、不安？　……安心なさい。ここは魔都。剝ぎ取る死体にはこと欠かないわよ」

「いや、そうじゃねえ、そっちじゃねえ……死体？　死体ってなんだよ……？」

「し、しかも……死体から服を盗《と》るなんて……ッ!?」

すると。

そんなグレン達に、ラ＝ティリカは、心底呆れたような深いため息を吐《つ》いた。

「……ねぇ、貴方達。まだ、そんな温《ぬる》いこと言ってるの？　何度も言ったでしょう？　ここは〝地獄〟なんだって」

「――ッ!?」

ラ＝ティリカの指摘に、グレンもシスティーナも改めて息を吞《の》むしかない。

「空《セリカ》を救うために、地獄を練り歩くと決めたのでしょう？　だったら、鬼にでもなりなさいな」

そう言って、ラ＝ティリカは踵《きびす》を返《かえ》し、テラスから建物内へと入っていく。

「………………」

「…………」

グレンとシスティーナは、少しの間、緊張に満ちた面持ちで顔を見合わせ……やがて、励まし合うように頷き合い、ラ＝ティリカへと続くのであった――

――。

「ここが地獄？　……嘘吐《うそつ》け」

グレンは思わず吐き捨てるように呟《つぶや》いていた。

「地獄の方がマシじゃねーか」

その言葉は、この魔都の、この世界の有様《ありさま》を実に端的に表現していた。

まず、都市内のあちこちが半壊している。

焼け焦げ、抉《えぐ》れ、クレーターが出来上がっている。

一区画、まるごと倒壊しているような場所もある。

それが、先に起きたセリカと魔王の配下達の、激しい市街戦の痕跡であろうことは想像に難《かた》くない。

だが、正直、そんなものは問題ではなかった。

果たしてラ＝ティリカの言う通り、衣服を剝ぎ取る死体はすぐに見つかった。

少し路地裏を歩けば、普通に白骨死体が幾つも転がっていたし、ゴミ捨て場には、さも当然のように死体が積み上がっていたからだ。

涙目で必死に吐き気を堪《こら》えるシスティーナを励ましながら、グレン達はボロボロのマントフードを人数分入手し、顔を隠すように深くそれを纏《まと》う。

そして、路地裏から表通りに出て、ラ＝ティリカに導かれるまま都市内を歩く。

果たして、そこで見た光景は――

まず上を見上げれば、通りのあちこちに設置された吊《つる》し台から、無惨《むざん》に吊された死体、死体、死体。

下を見れば、あちこちに転がる行き倒れの死体、死体、死体。

あるいは、何者かによって、気まぐれに殺された死体、死体、死体。

そして、少し歩くと、すぐに遭遇する処刑場。

まだ十分も歩いていないのに、処刑場の傍《そば》を通るのは、もうこれで三度目だ。

しかも今、グレン達が過ぎった処刑場は、先刻、刑が執行されたばかりらしい。

最早《もはや》、人の原形を留《とど》めていない血塗《ちまみ》れの死体が、高らかに掲げられた奇妙な車輪に、逆さまに括《くく》り付《つ》けられ、晒《さら》されているのが遠目に見えた。

上空では、ギャアギャアと無数の鴉《からす》達が我が物顔で飛び交い、死肉を啄《ついば》んでいる。

都市のどこを歩いても、血と死の臭いで噎《む》せ返っている。

そして、道を行き交う民衆は、そこら辺で死んでいる死体以上に目が死んでいた。

痩せこけ、俯《うつむ》き、背筋を丸め、全てに絶望し、全てを諦めたようなそんな表情で、まるで幽霊のようにトボトボと徘徊《はいかい》している。

吐き気をかみ殺しながら、グレン達は十字路を過ぎる。

すると、そこで遭遇した広場には、馬車移動式の巨大な檻《おり》が据えられていた。

その中には、鎖に繋《つな》がれた少年少女達が、膝を抱えて蹲《うずくま》っている。

その前では、恐らく奴隷商らしい小太りの男が、何かを得意げに演説しており、やはり裕福そうな男女──そのローブをまとった身なりから察するに恐らく魔術師達──が、檻の前に姦《かしま》しく群れて、競買でもやっているようだ。

ぎゃあっ！

唐突に聞こえた断末魔の叫びに、グレンが振り返れば。

血を流して倒れ伏す男から、刃物を持った襤褸《ぼろ》の少年が何かを奪い、脱兎《だっと》のように走り去って行くのが見えた。

殺人の現行犯──これがフェジテなら大騒ぎだ。

なのに、周囲の民衆は、まるで無関心だ。もう見飽きたとばかりに、一瞬たりとも新たに積み上がった死体に目を向けることすらない。

殺された男は男で、〝ああ、やっと終われた……〟と、言わんばかりの安堵《あんど》の表情を浮かべている始末である。

「……く、ぅ……」

システィーナは、真っ青になりながらも口元を押さえ、必死に平静さを保っている。

以前までの彼女ならば、この衝撃的な光景に大いに取り乱し、下手をすれば泣き叫んでいたところだが……気丈にも耐えている。

（……マジで、強くなったな）

素直に賞讃《しょうさん》してやりたいところだが、グレンとてそんな余裕はない。

こんな最低最悪な光景を前に、グレンも頭がおかしくなりそうな思いだった。

「……しっ！　二人とも駄目よ、それじゃ」

襤褸を纏い、先頭を先導するラ＝ティリカが、ボソリと低く警告した。

「下を見て。決して上を見ないで。……そんな生気ある目をしてたら、魔王配下の兵士達に目をつけられるわ」

そう言ったラ＝ティリカの舌の根が乾く間もなく。

グレン達は、長盾と儀仗《ぎじょう》を担《かつ》いだ集団とすれ違った。

恐らく、アレが魔王配下の兵士達なのだろう。民衆達とはまるで生気が違う。肌つやの良《い》い身体《からだ》を、この時代としては上質なローブで包み、都市内を我が物顔で歩いていく。

すれ違うその一瞬、グレンとシスティーナの間に緊張が走る。

だが、纏っていた汚らしい襤褸のお陰だろう、兵士達はグレン達を、汚物でも見るかのような蔑みの目で一瞥《いちべつ》するだけで、特に何事もなく通り過ぎていった。

(今のアイツら……あの魔力から察するに、一人一人が相当の練度の魔術師だぞ……)

素の魔術戦ならば、グレンとて一対一で勝てるかどうか……？

グレンが、そんなことを考えていると。

「この世界にはね、二種類の人間がいるの。〝魔術師〟と〝愚者の民〟よ」

ラ゠ティリカが不意にそんなことを言った。

「〝魔術師〟と〝愚者の民〟……？」

「そう。真なる魔術──王者の剣。まぁ、貴方達風に言えば、上位《ハイ》ルーンによる古代魔術《エインシャント》を行使できる希有《けう》な資質を持つ者が〝魔術師〟。下位《ロー》ルーンによる紛《まが》い物《もの》の魔術──愚者の牙しか行使できない凡人が〝愚者の民〟となる。

この国では、〝愚者の民〟に人権はない。魔術師に非《あら》ずは人に非ず、よ」

「…………」

「お笑いよね。この世界の、いわゆる魔術師と愚者の民の人口比知ってる？　約1対99 9よ。なのに、もう魔術師には逆らわないことが常識になってるの」

「とことん病んだ世界だな」

グレンはこの時代の歪《ゆが》んだ実態に呆《あき》れ果《は》てるしかない。

「……ところで、ナムルス。セリカはこの都市のどこにいるんだ？」

「そんなの、私にわかるわけないでしょ」

あまりにも堂々としたラ＝ティリカの返答に、グレンは転びそうになる。

「お前なぁ〜〜ッ!?」

「しっ！　静かになさい！　ちゃんと説明するから！」

ラ＝ティリカがグレンの口元を押さえながら言った。

「まず……空《セリカ》が、魔王を倒すために私が鍛え上げた、最強の魔術師というのは話したわよね？」

「ああ」

「で、空《セリカ》は魔王の軍勢に立ち向かい、様々な戦いを繰り広げた。《白銀竜将》を倒すことで、《嘆きの魔将星を何人も撃破し、《嘆きの塔》を攻略した。

塔》最大の難所、89階層の《叡智《えいち》の門》をも開いた。

そして三日前、空《セリカ》は魔王との最終決戦に挑んだ。時期尚早だったけど……どうしても挑まざるを得なかったの」

「なんでだ？」

「それは、魔王の恐るべき狙いが明らかになったからよ」

ラ＝ティリカが淡々と言った。

「狙い？」

「この魔都メルガリウスね。実は、それ自体が、一つの巨大な魔術儀式場なの」

「な……ッ!?」

グレンが周囲を見回す。

「この魔都……いえ、この国自体が生贄《いけにえ》の祭壇であり、その血を受ける器。この魔都で生きる人々、この国で流された血は、全てその祭壇に捧《ささ》げられる『供物《くもつ》』なの。それは【聖杯の儀式】と言ってね。この血のように赤い空は、その儀式の影響よ」

「……ッ!?」

「そして、その儀式で手に入るのは〝禁忌教典《アカシックレコード》〟──この世界全ての真理みたいなもの。狂った魔王が、罪なき民を湯水のごとく犠牲にし続けて来た目的は、それだったの。

魔王は、気の遠くなるような長い時をかけて、淡々と準備し続けたの。この魔都を、儀式を、この生贄の祭壇を……」

「気の遠くなるような時をかけて、淡々と準備し続けた……か」

自分達の未来の状況と、何やら奇妙な符合を感じるグレンである。

「せ、先生……これって……？」

「ああ、言いたいことはわかる。魔王のやっていることは、過去も未来も一緒だな。何らかの目的のために、長い時間をかけて準備した。大導師の野郎も言ってたな……禁忌教典《アカシックレコード》を摑《つか》むためだと……」

「話を戻すわ。私達が気付いた時、魔王はもう、その儀式の実行まで、後一歩という所まで迫っていた。

魔王がその儀式を完遂すれば……魔都の全ての人間が命を吸われて死ぬ。そして、恐らく魔王は、もう取り返しのつかないほどの力を手に入れるでしょうね。

そうなれば、もう、まったく勝ち目がなくなる。だから、空《セリカ》は戦いを仕掛けた。その戦いに敗れ、空《セリカ》は未来の世界へと飛ばされた……と、そこまではOKよね？」

「ああ」

「そこで、今、空《セリカ》が未来から帰ってきて……再び、魔王との戦いに挑むことは間違いないんだけど……一つだけ問題があるの」

「問題？」

「そう」

ラ＝ティリカが頷《うなず》き、その巨大さで相変わらずすぐそこにあるかのように錯覚する《嘆きの塔》──その天辺《てっぺん》付近を指差す。

「あそこ。あの天辺が唯一《嘆きの塔》内部に突入する入り口。だけど、あの周辺は、空《セリカ》でも突破できない、最悪の魔将星が守っているの。先の戦いが時期尚早だったというのはそれ。その魔将星に対する有効な対策がまだなかったのよ。

無論、空《セリカ》には、とある最後の切り札があるけど……それは対魔王戦のために、必ず残しておかないといけない類いのものだから……」

「ちょっと待てよ……じゃあ前回はどうやって、突破したんだよ？」

「旅路の果てに、それなりに空《セリカ》に賛同する仲間が何人かいたからね。その仲間達が囮《おとり》となって、その隙に塔内部に侵入したわ」

「……あいつ」

「結果……その囮の仲間は全滅。その魔将星に為《な》す術《すべ》なく殺されたわ。空《セリカ》を前に進ませるためにね」

「…………」

「とにかく……もう囮になる仲間のいない今の空《セリカ》は、二度と同じ手は使えない。なんとかして、その魔将星の隙を突いて、《嘆きの塔》内に侵入しなければならない。その隙が見つかるまで、空《セリカ》はこの都市のどこかで、じっと息を潜めて隠れているはず……」

「……俺達は、まさかの地道に捜すしかない作戦かよ？　おい」

「どうするんですか？　こんな広い都市……くまなく捜すのは不可能ですよ？　話を聞く限り、もう時間もないんですよね？」

「ええ、そう。明日の夜明けと共に、魔王の【聖杯の儀式】は完遂される。そうなれば……全て終わりよ」

「くそ……それまでに、本気で潜伏しているセリカを、このクソ広い場所から捜しださなきゃいけねーのかよ……くじけそうだぜ」

早くも頓挫しかけている状況に、グレンは呆れるしかない。

「とにかく……危険かもしれませんが、今は、あの《嘆きの塔》付近に近付いてみるしかないんじゃないでしょうか？」

システィーナが、ぼそりと提案する。

「もし、アルフォネア教授が、あの塔内への侵入を狙っているとしたら……やっぱり、付近に潜伏していると思うんです」

「まぁ、そらな」

グレンは頭をかいた。

「やれやれ、虎穴に入らずんば虎児を得ず……か。行こうぜ」

「……ええ。私もそのつもりだったから」

こうして。

グレン達はラ＝ティリカの案内で、《嘆きの塔》へ慎重に接近していくのであった。

こんなことで本当に、セリカが見つかるのか？　そんな不安をかみ殺しながら。


────。


グレン達が、魔都内を恐る恐る歩いて行く。

だが、歩けども歩けども、人々が生気なく俯《うつむ》き、頭上に死体が吊《つ》られている風景が変わることはなく、正直、気分がめいってくる。

そして、相も変わらず、全てを威圧するように聳《そび》え立《た》つ《嘆きの塔》──あまりにも巨大すぎて、それに向かって歩いていっているのに、近付いているのか、遠ざかっているのか、まったく感覚が掴めない。

（やれやれ……まったくもって陰気臭《くせ》ぇ都市だぜ……）

グレンがため息を吐《つ》く。

（時間旅行……アルザーノ帝国魔術師史上、最強クラスの偉業を成し遂げてる真っ最中だというのによ……まったく、誇らしくもなんともねーや）

と、そんな風に、グレンが考えていると。

「グレン」

いつの間にか隣に並んでいたラ＝ティリカが、不意に声を潜めて呼びかけてくる。

「……ん？　どうした？　ナムルス。何か用か？」

グレンも声を潜めて返す。

するとラ＝ティリカは、たちまち不機嫌そうに目を細めた。

「話の前に……あのね、今まで面倒臭かったから流してたけど、そろそろ、いい加減にしてくれない？」

「お？」

「名前よ、名前。私は名無し《ナムルス》じゃない。時の天使《ラ＝ティリカ》なの」

ラ＝ティリカが、とても冷たい横目を送ってくる。

「あ、すまん……つい」

「大体、なんで私のことを、いちいち名無し《ナムルス》って呼ぶのよ？」

「え、えーと、それはな……俺達の時代では、皆《みんな》、お前のことをそう呼んでてな……そっちの方が慣れてるっていうか……」

「何それ？　未来の私に、そんな風に名前をつけたバカは一体、どこの誰よ？　ネーミングセンス最悪なんだけど？」

未来の世界にて、タウムの天文神殿で初めて会った時、お前が〝名無し《ナムルス》〟と名乗ったからなんだが？　とは言えない、空気を読めるグレンであった。

「ふん……まぁ、それはともかく……話したいのはそれじゃない」

ラ＝ティリカが鼻を鳴らして、ようやく話の本題に入るようだ。

「……後悔している？」

やや、声をトーンを落として、そう聞いてくる。

「後悔？　何をだ？」

「この世界に……この時代に、やって来たことよ」

「…………」

ラ＝ティリカの言葉に、グレンが押し黙る。

「もう、肌で感じたでしょう？　この時代が、いかに最低最悪な地獄か。表通りのあんなのなんか、まだまだ氷山の一角、この世界の闇はもっと、もっと深い」

「……ああ、そうなんだろうな。〝汝《なんじ》、望まば、他者の望みを炉にくべよ〟……そんな魔術士達が支配階級として君臨する世界なんざ、究極、そんなもんなんだろうよ……」

それが──人の業《ごう》、魔術師の闇なのだろう。

つまり、人類史上から数えても……正義の魔法使いなんていなかったのである。

「正直、私は空《セリカ》を救うどころか、貴方《あなた》達二人を、元の時代に帰すことすらできないと思ってる。それができる確率は、もう限りなく0に近い」

「…………」

「……私のせいよ、全部。こうなったのは全部、全部、私のせい」

黙って聞き役に回るグレンへ、ラ＝ティリカは苦悩の表情で言った。

「私が愚かだった。私は、妹と、あの人と……ただ三人一緒に楽しく過ごせれば、それで良《い》いなんて考えて……何も見てなかった。何も考えてなかった」

「…………」

「あの人の狂気に、妹の歪《ゆが》みに気付けなかった。どこかで気付いていれば、こうなる前に何か打つ手があったはず。こんな地獄は……この世界に生まれなかった」

「…………」

「もう、取り返しのつかない事態にまでなって……ようやく、私が尻拭いに打った手は……魔王への対抗馬として空《セリカ》を立てること。

でも、今、考えれば、その一手は、本当に身勝手な最悪の一手だった。私の我儘《わがまま》は……空《セリカ》をどこまでも、どこまでも苦しめた。苦しめ続けた」

「…………」

「そして……今、そんな空《セリカ》を助けようと、また要らない犠牲が積み上がった。……貴方達二人よ」

グレンは、淡々と己《おの》が罪を語るラ＝ティリカを前に、ただただ懺悔室《ざんげしつ》の神父のように聞き入ることしかできない。

「ごめんなさい。最早《もはや》、こうして謝ることすら偽善だけど……本当にごめんなさい……」

そんな風に。

今にも泣き出しそうなほど、焦燥しきっているラ＝ティリカに。

グレンは、ふっと笑って、ぐしゃりと、ラ＝ティリカの頭をなでていた。

「……な、何するのよ……？　気安く女の子の頭に触らないでくれる？」

ラ＝ティリカは、やや涙が浮かんだ目で、かみつくようにグレンを睨《にら》んでくるが。

「お前って、やっぱ、こんな大昔からウェットなやつなんだなぁ」

構わずグレンはニヤニヤしていた。

「な——ッ!? それは一体、どういう——ッ!?」

怒鳴りかけるラ＝ティリカへ。

「後悔なんざしてねーよ」

グレンは、何の迷いもなく言った。

「……え?」

「セリカを追って、この時代にやって来たことに、俺は微塵《みじん》も後悔してねえ。むしろ、追って来なかった方が、一生涯後悔したさ」

「な……」

グレンの予想外の言葉に、ラ＝ティリカは呆気《あっけ》に取《と》られるしかない。

「ま、まだ、そんなこと言ってるわけ? 認識が甘くない? 言ったでしょう? この世界には、まだまだ貴方の想像を絶するほどの、深い闇が——……」

「これから先、何を見せられたって変わらねーよ。後悔なんかねえ」

「な……なんでよ……?」

「セリカが、俺の家族だからだ」

グレンがあんまりにもきっぱりと答えるものだから、ラ＝ティリカは言葉を失った。

「行く先がどんな地獄だろうが、家族のためなら、後悔なんかあるもんか」

「……ッ!?」

「たとえば……家族が病気になって寝込んで、看病することになったとして……面倒臭ぇよな？　でも、それを支えてやることだって、家族の喜びのはずだ。

時に自分も病気になって、今度は逆に支えられたりしてよ……そうやって、互いに支え合って生きていくことこそが、人の幸福のはずだ。違うか？」

「それは……」

「だからよ。俺はお前に感謝してんだよ」

グレンがちらりとラ＝ティリカに流し目を送る。

「ありがとうな、ナムルス。俺はお前のおかげで、セリカと会えた。家族になれた」

「え？　あ、……う……？」

「そりゃ、お前らも色々苦労や葛藤があったみてーだけどさ。でも、そのおかげで、俺はセリカと会えた。……俺も、元の時代じゃ色々あり過ぎたけどよ」

グレンがごそごそと懐《ふところ》から、赤い魔晶石《ましょうせき》のペンダントを取り出す。

かつて、グレンがセリカに贈った、その赤魔晶石を、じっと見つめる。

「俺とセリカが共に過ごした日々は……間違いなく、俺の人生において、かけがえのないものだったと言えるぜ。……終わらせねえよ。終わらせてたまるか。俺はそのために……ここに来たんだ。後悔してる暇なんか、微塵もねぇ」

「……グレン」

ラ＝ティリカが、グレンの横顔を呆《ほう》けたように見つめる。

すると、グレンは急に戯《おど》けたように言った。

「あ。それに、俺は皆に尻を蹴っ飛ばされてここに来たからなー、こんなとこで、今さらビビってたら、後で袋だたきにされるぜ。おー、恐《こわ》ッ！」

すると。

「……ぷっ……貴方って、変な人」

この時代で会って以来、ずっと暗い陰と険の取れない表情をしていたラ＝ティリカが、それを緩め……ほんの少しだけ微笑《ほほえ》んだのだ。

「……何？　未来の世界の人って、皆、貴方みたいに変な人なわけ？」

「おい、滅多なこと言うな。皆が皆、俺みてーな、模範的教師の鑑《かがみ》オブ鑑な超絶爽やかイケメンなわけねーだろ？」

「ばーか」

くすくすと、ラ＝ティリカが含むように笑って。

「今まで……私は、本当に何もかも間違え続けたと思ってた。私が、何もかも駄目にしたと、そう思っていた。実際、それは事実だと思う」

「ナムルス……」

「でも……他でもない貴方が、そう言ってくれるなら……私のしたことが少しでも誰かの幸になれたのなら……ほんの少し、ほんの少しだけ、私は救われるわ」

改まってそう言われて、グレンは気まずそうに頬をかく。

「空《セリカ》は……本当に、良い弟子を持ったのね……」

「弟子っつっても、デキの悪い不肖の弟子だけどな」

肩を竦《すく》める。

「あー。しかし、スマン。まーた、勢い余って、ナムルスって呼んじまった……」

ふと、自分の言葉に気付き、グレンが謝りかけるが。

「……ナムルスでいいわよ」

ラ＝ティリカはどこか苦笑しながら、そう返すのであった。

「ん？　なんでだ？　急に」

「貴方が何度も呼ぶせいか、何か気に入ってきたわ、それ。考えてみれば、時の天使《ラ＝ティリカ》なんて大仰な名前より、私にはよっぽど相応《ふさわ》しい名前な気がするし」

ラ＝ティリカが髪をかき上げる。

「それに、〝名前が無い〟と、かけている辺り、ミステリアスで格好良くない？」

「そ、そうか……？　結構、しょーもない駄洒落《だじゃれ》だと思うんだが……？」

「うるさい、黙れ」

そんなやり取りをしながら。

グレンとラ＝ティリカ――もとい、ナムルスは狭い路地裏を歩いて行くのであった。


――。


こうして、グレン達は《嘆きの塔》の麓を目指して、辛気臭い都市内を、ゆっくりと慎重に進んでいく。

殺気だった兵士達と何度かすれ違うが、上手《うま》くやり過ごしていく。

特にトラブルは起こらない。順調そのものだ。

この調子ならば、ほどなくして目的地に辿《たど》り着《つ》く……そんな時だった。

ざわり……

周囲が、ざわめきだっていた。

「……なんだ？　騒ぎか……？」

不穏な空気が辺りにわだかまるのを感じ、グレンが少し顔を上げる。

見れば、先の通りの向こう側に、人だまりができているようであった。

このまま進めば、あの人だまり付近をどうしても通らざるを得ない。

「なんかあったみたいだな？　どうする？　ナムルス。……迂回《うかい》するか？」

「駄目よ。兵士達が見てる。いきなり進路を変えたら怪しまれるわ」

「……だな。……おい、白猫、聞こえるか？　気を抜くなよ？」

「……は、はい……」

グレンは、後ろについてくるシスティーナにそう注意を促して。

覚悟を固めて、そのまま進んでいくのであった。

――人だまりのできているその場所は、広場であった。

この魔都のお約束みたいなもので、広場には、必ずといっていいほど奇妙な車輪形の処刑台が設置されている。

ただ、その広場の処刑台が今までと違ったのは、使用中でも使用済みでもなく、使用前であったということだ。

ざわ、ざわ、ざわ……

広場に集められた人々が、どよめいている。

それは、これからこの広場で行われることに対する動揺ではなく、〝ああ、またか〟という諦観のどよめきだ。

処刑台の周りには十数名の兵士達が集まっており、後ろ手に縛られた幼い少女を、儀《ぎ》杖《じょう》の石突きで突きながら、台の上に引き立てていた。

これまでいかなる暴行を受けたのか……襤《ぼ》褸《ろ》を纏《まと》うその少女は、見るも無《む》惨《ざん》な姿だ。

「お、おい……まさか……？」

市民の振りをして歩くグレンは、横目で観察していたその光景に、猛烈に嫌な予感を覚える。

そして、そんな予感を肯定するように。

「傾聴せよッ！」

一人の兵士が、民衆達に向かって居丈高に宣言していた。着用しているローブの装飾が他の兵士より派手なことから察するに、どうやら兵士長らしい。

「この者ッ！　我らが崇高《すうこう》にて偉大なる王、ティトゥス＝クルォー様に逆らいし、不遜にて愚かなる反逆者、空《セリカ》に与《くみ》せし者なりッ！

その大罪は度《ど》し難《がた》く、許し難し、ゆえにここに死に処するものとするッ！」

そんな兵士長の通達に。

ざわ、ざわ、ざわ……どよめく民衆達。

「蒙昧《もうまい》なるメルガリウスの民達よッ！　しかとその目に真なる正義を焼き付けよッ！　そして、今一度、自身を戒めるのだッ！　正しきが何かをッ！

天におわすは、我らが王、ただ一人ッ！　恐れ多くも空《セリカ》などと名乗る悪逆卑劣者に唆《そそのか》され、与することがいかなる罪と罰を招くかッ！　その己《おの》が目と魂に刻むのだッ！」

ざわ、ざわ、ざわ……どよめく民衆達。

誰もが下を向き、兵士長の滅茶苦茶《めちゃくちゃ》な通達に反論しよう者など誰一人いない。

「ち、違うッ！　違います！　そ、その子は決して空《セリカ》になど与してはいませんッ！」

少女の父親らしき男が、泣きながら声を張り上げる。

「お、お慈悲をッ！　その子は、まだ十になったばかりなのですよッ⁉」

少女の母親らしき女も、泣きながら手を組み、兵士長へ縋《すが》るように叫ぶ。

「ならぬッ！　邪悪に与する者は、須《すべか》らく正義の断罪に服すべしッ！」

だが、兵士長はむべもなく女の言を突っぱね、合図の手を上げる。

すると、周囲の兵士達の手によって、少女は乱暴に処刑台上へ引き上げられ、悍《おぞ》ましい車輪に固定されていく……

「お、お父さぁん！　お母さぁん！　ぁあああああん、恐《こわ》いよぉ！　やだよぉ！」

「お慈悲を！　あああ、お慈悲をぉっ！」

「どうして、どうして……ッ⁉　その子が一体、何を……ッ⁉」

ざわ、ざわ、ざわ……どよめく民衆達。

誰もが下を向き、哀れな家族達を庇《かば》う者など誰一人いない。

そして――グレンの耳に、少し離れた場所の兵士達の会話が聞こえてくる。

「なぁ？　あのガキ、本当に空《セリカ》一派の残党なのか？」

「ああん？　んなわけねーだろ？　連中はもう一人残らず吊《つる》して晒《さら》したろ？」

「あー、つまり、やっぱ、愚者共への見せしめか」

「そ。別に誰でもいいんだよ。我らが偉大なる王に逆らう者が、いかなる末路を迎えるか……それを知らしめるための生贄《いけにえ》さ。……なら、ガキが一番〝効く〟だろ？」

「まー、確かに、そろそろ必要だよなぁ。空《セリカ》のせいで、最近、愚者共の中に、俺達魔術師に反抗的な連中も、ぽつぽつと増え始めてきたからな……」

「ったく、これだから愚者共は困るな。お前らは、俺達魔術師の家畜だろうに……なんでそんな当たり前のことすら、履き違えるんだろうな……？」

「物の道理もわからん、バカだからだろ。だから、愚者で家畜なんだ」

そんな悍ましい会話を。

広場をゆっくりと過《よ》ぎろうとするグレンは耳にする。

そして、処刑台にかけられて泣き叫ぶ少女や、それを見て泣き叫ぶ両親達の嘆きが、グレンの心を抉《えぐ》っていく……

ぎり……グレンが襤褸の下で、思わず拳銃のグリップを握りしめていると。

「……待ちなさい、グレン。早まらないで」

少々語気強いナムルスの呟《つぶや》きが、それを制した。

「気持ちはわかる。でも、今、ここで貴方《あなた》が動いて、どうするわけ？」

「……」

「言っておくけど、あんな光景、この都市では日常茶飯事よ？　たまたま遭遇したこの場所で、子供一人を救って、それが一体、何になるの？」

「……そ、それは……」

「貴方は、空《セリカ》を助けに来たんでしょう？　そもそも、あんな子……貴方には、何の関係も影響もないわ。ここは動くべきじゃない……ここは……」

だが、そう冷酷に言い放つナムルスも、何かを押し殺すようにカタカタ震えている。

がり、と。

グレンは歯ぎしりして、呻《うめ》いた。

「そうだな……俺は、全てを過不足なく救える正義の魔法使い様じゃねえ……差し伸べられる手の数は限られている……身の程をわきまえるべきだよな」

「せ、先生……」

「行くぞ、白猫……」

そうして、自分に言い聞かせるように、グレンは歩を進め出す。

だが――

「やだぁあああ！　誰か助けてぇ！　うわぁあああああん！　ぁあああああああん！」

数歩、歩くと、少女がむせび泣く声が、耳に飛び込んで来て……

グレンの足は、完全に止まっていた。

「グレン……何をやっているの⁉　足を止めたら駄目よ！　怪しまれるわ！」

ナムルスが声を潜めつつも、切羽詰まったように警告してくる。

だが、グレンはしばらくそのまま微動だにせず……

やがて、ぼそりと言った。

「……やっぱ、無理だわ」

「えっ⁉」

ナムルスが、ぎょっとしたように目を見開く。

そんなナムルスへ、グレンが底冷えする声で言った。

「こんなクソ理不尽、見過ごしていられるか」

「り、理不尽とかそんなんじゃないわ！　全部、仕方ないの！　この時代は……ッ！」

「ムカつくんだよ」

グレンが顔を上げ、周囲を見回す。

「こんな理不尽を、当然だと思っている魔術師どもも、受け入れちまっている無気力な民衆も……この時代の何もかもが、いい加減、ムカつく！」

「……ッ！」

「確かに、ここで救ったところで、違う時代の俺にはまったく関係ねえ。だがな……だからと言って、こんな理不尽を見逃していい理由になるかよ！

後味が悪すぎるんだよ！　あの子のためじゃねえ、俺自身のためだ！　そろそろ一言もの申してやるぜ、このクソったれた世界によ……ッ！」

そんな激しい剣幕のグレンに、ナムルスがあたふたしていると。

「……ま、先生なら、そうなると思ったわ」

システィーナが、訳知り顔でそんなことを言った。

そして、身に纏う襤褸をちらりとめくり、自分の左手をグレンとナムルスへ見せる。

そこには小さな魔術法陣が浮かび上がり、魔力が走って駆動していた。

【ストーム・グラスパー】……ご丁寧に起動済みか。準備いいじゃねーか？」

「ええ、私の準備はＯＫです。さぁ、てなわけで、思いっきりやっちゃいましょう。この腹立つ世界に、私達で盛大にツッコミ入れてみますか！」

「くっくっく、なーるほど。よくわかってるじゃねーか、相棒」

「ま……長い付き合いですしね」

「あ、あ、貴方達……ッ⁉」

グレンとシスティーナのやる気満々さに、ナムルスが狼狽《うろた》えきっている。

「蛮勇を通り越して無謀よ、それは……ッ！　貴方達の時代の魔術師って皆《みんな》、そんな考えなしのバカなの⁉」

「……いや。実は、別にまったくの考えなしってわけじゃねーんだがな」

ちらり、と。グレンは民衆を流し見る。

彼らは皆一様に諦め、屈してる。生気がまるでない。

確かに、民衆は自らが家畜であることを受けいれている。魔術師達が、自分達の飼い主であることに、何ら疑いを抱いていない。

だが、本当にそうだろうか？

（童話『メルガリウスの魔法使い』……その最終章によるならば……）

グレンが、この時代に来る前、暗記するほど読み返した童話の内容を思い返す。

その内容によれば――……

「どのみち、時間もねえんだ。件《くだん》の儀式を完遂させちまったら、どのみち、この魔都の民衆も俺達も、お終《しま》いなんだろう？　皆、その『供物《くもつ》』とやらにされるんだろう？」

「そ、それはそうだけど……でも、まだ明日の夜明けまで時間は……」

「ジリ貧だ。もう一秒たりとも無駄にできる状況じゃねえ。だったら、チンタラ慎重に、セリカを捜している暇はねえ。俺に考えがある……ここで仕掛けるべきだ」

「仕掛ける……仕掛けるって何を⁉」

ナムルスの言葉を無視して、グレンはシスティーナに言った。

「白猫、お前なら俺の考えわかるよな？　ヒントは『メルガリウスの魔法使い』だ」

「あ……」

グレンの言葉に、システィーナがしばらくの間、目を瞬《しばたた》かせて。

「なるほど！　ここが魔都メルガリウスで、魔王との最終決戦が行われる、あの最終章のシーンだとしたら……やってみる価値はあると思います！」

「だろ？　というか……別に、自惚《うぬぼ》れるつもりはないんだが……俺は……きっと、そ、そ、そういうことなんだろうって思う」

「もし、そうだとしたら……あはは、とんだ歴史のサプライズですね、コレ！」

「？？？」

意味不明な会話をする二人に、やがて、ナムルスが自棄《やけ》になって叫んだ。

「……ああもう、わかった！　わかったわよっ！」

「ナムルス？」

「私だって……この状況が、ムカついてムカついて仕方なかった！　どうせ、残された時間も後もないわッ！　だったら派手にやってやろうじゃない……ッ！」

「ほう？　やっぱ、ウェットだな、お前？」

「うるさいっ！　グレンと話していると、知能指数が下がって仕方ないわ！」

大騒ぎする三人に、さすがに兵士達の注意が集まっていく。

「おいっ！　うるさいぞ、そこのお前ら！」

「一体、何をやって──ッ⁉」

と、声を荒らげて集まってきた兵士へ。

「《紅蓮《ぐれん》の獅子《しし》よ・憤怒《ふんぬ》のままに・吼《ほ》え狂え》──ッ！」

グレンが振り返りざまに呪文を叫んで。

「ふ──ッ！」

システィーナが【ストーム・グラスパー】で、風の刃《やいば》を放って。

「《王者の法《アルス・マグナ》》ッ！」

同時に、ナムルスが能力を解放する。

途端、グレンとシスティーナの魔力が超増幅されて──

弾《はじ》ける火球のまき散らす爆圧が処刑台周辺の兵士達を吹き飛ばし、縦横無尽に飛び交う風の刃が処刑台上を固める兵士達を片端からなぎ倒していった。

ごうっ！　四方に突き抜ける衝撃が、その広場を震わせる。

「な、何者だ──ッ⁉」

難を逃れた兵士達が、振り返れば。

「おおおおおお――ッ！」

身体能力強化術式を全開にして、処刑台へと真っ直《ます》ぐ突進するグレンと。

「はぁ――ッ！」

《疾風脚《シュトロム》》で、周辺の建物の壁を蹴り飛ばすように、処刑台へと迫るシスティーナ。

「何⁉　あいつら……まさか、魔術師か⁉」

「待て！　俺達も魔術師だぞ⁉　魔術師がなぜ、俺達を――ッ⁉」

「違う！　見ろ！　妙に威力が高いが、あいつらのクソ雑魚《ざこ》術式は、〝愚者の牙〟だッ！」

〝愚者の民が自分達に逆らうなんて、信じられない〟……兵士達の顔にそんな表情がありありと浮かぶ。動揺が走る。

だが――

「愚かな。愚者の民ごときが、我々魔術師に逆らうとはな。一番隊！　二番隊！」

兵士長が手を上げ、冷静に指揮を執る。

「――殺せ！」

すると、兵士達はグレン達に向かって儀仗《ぎじょう》を構え、一斉に呪文を唱え始めた。

その呪文は、グレン達がよく知る近代魔術《モダン》の下位ルーン《ロー》呪文ではない。

恐るべき力を持つ、古代魔術《エインシャント》の上位《ハイ》ルーン呪文だ。

グレン達の対抗呪文《カウンター・スペル》では防げない。簡単に撃ち抜かれてしまうだろう。

おまけに——

「こっちだ！」

「反乱者が現れたらしいな⁉」

この処刑場に続々と援軍に駆けつける、無数の兵士達。

「くっ……やっぱり敵の数が多すぎる！　これじゃ、私の《王者の法《アルス・マグナ》》があっても、どうにもならない！　グレン！　システィーナ！」

悪すぎる戦況に、ナムルスが歯嚙《はが》みして絶望の声を上げ——

兵士達の呪文が、一斉に完成した——その時だった。

信じられないことが起きたのだ。

「え？」

なんと、兵士達が唱えた呪文が——起動しない。

「何……ッ⁉」

「う、嘘《うそ》……私達が魔術の起動を失敗したなんて……ッ!?」

「そんなはずあるかッ！　こんな皆、一斉にそんなことが起こりうるわけが──」

自分の両手を見つめて、狼狽え始める兵士達へ──

「それが──起こりうるんだよなぁ!?」

愚者のアルカナを指先に挟んでいるグレンが、猛然と飛び込んで殴りかかった。

「ぉおおおおおおおおおおおおお──ッ!?」

グレンが全霊の勢いを乗せて、拳を振るう。

殴る、殴る、殴る、殴る、殴り倒す。

浮き足立つ兵士達を、目がつく片端から、流れ作業で殴り倒していき──

「そこ！　せやぁあああああ──ッ！」

ごうっ！　渦を巻く真空の嵐。

システィーナが【ストーム・グラスパー】で操る風の刃が、四方八方縦横無尽に翻《ひるがえ》り、処刑台を取り巻く兵士達を、なます斬りにしていく。

いかに下位ルーン《ロー》の近代魔術《モダン》が相手といえど、兵士達が対抗呪文《カウンター・スペル》の一つすら撃てないならば、それは一方的な蹂躙《じゅうりん》だ。

「ぐわぁ──ッ!?」

「ぎゃあああああああ──ッ⁉」

「く、くそっ！　お、お前ら、わかっているのか⁉　俺達はあの偉大なる王の──」

「うるっせぇッ！」

グレンがご託のうるさい高圧的な兵士を殴り倒す。

魔術に完全に頼りきる古代の魔術師達は、身体能力強化術式を乗せて近接格闘戦を挑んでくるグレンに、まるで対応できない。

まるでカカシを相手にするが如《ごと》くであった。

「先生！　やっぱり、この人達……ッ！」

「ああ、読み通りだッ！　こいつらは……魔術がないと、とてつもなく弱ぇ！」

システィーナの言葉に、グレンが応じた。

そう、いかなる超威力・高次元の魔術を修得していようが、その行使が封じられてしまっては、まったく意味がない。

そして、この時代の特権階級の魔術師達は、その絶大な魔術の威力に任せて、遠い間合いから、戦う術《すべ》を知らぬ弱者を、一方的に蹂躙することしか知らないような連中だ。

それは、最早《もはや》一方的な弱い者イジメであり、戦闘経験とは呼べるものではない。

ならば──魔術さえ封じれば、どうということはない。

歴戦の魔術師たる、グレンとシスティーナの敵ではない。

グレンの固有魔術《オリジナル》【愚者の世界】。

グレンを中心とした一定領域内における魔術起動の完全封殺。この術が古代魔術《エインシャント》に対しても有効なのは、これまでの魔将星達との戦いからもわかっている。

ゆえに、この瞬間、あらゆる賢者が無力な赤子と化す。

ゆえに、そんな赤子達など――

「そこ――ッ！　喰《く》らいなさい！」

システィーナの黒魔《くろま》改弐【ストーム・グラスパー】の敵ではなく――

「だぁあああああああ――ッ！」

歴戦の執行官として、何度も死線を潜《くぐ》り抜《ぬ》けたグレンの格闘術の敵ではなかった。

「バカな……ッ!?　なぜ、我々が押されている!?　なぜ、呪文が撃てない!?」

一人浮いてしまった兵士長が、半狂乱で叫《わめ》き散らしていた。

「我々は魔術師なんだぞ!?　なのに、なぜ、こんな愚者の民ごときに……ッ!?」

「そりゃ――てめぇがバカだからだよッ！」

グレンの放った渾身《こんしん》の右ストレートが、兵士長の顔面を直撃する。

「ぎゃあああああああああああ――ッ!?」

兵士長は、通りの向こうまで吹き飛ばされ、転がっていく。

やがて――

「ぐわぁあああ――ッ⁉」

「ぎゃあああッ⁉」

「退《ひ》けッ！　退けぇえええええ――ッ⁉」

生き残りの兵士達は、ほうほうの体でその場から逃げ出していくのであった。

「ま、こんなもんかしら」

「へん！　おととい来やがれってんだ」

去って行く兵士達の背へ、グレンが中指を立てる。

「や、やるじゃない……少し、貴方《あなた》達を見くびっていたわ。……正直、私の《王者の法《アルス・マグナ》》、いらなかったかもね……」

ナムルスも、そんなグレン達の活躍に、感嘆したように呟《つぶや》くしかない。

「……さて」

グレンは、ひょいっと処刑台の上に飛び乗る。

「……ぁ……」

そこには、処刑台の車輪に架けられた、先ほどの少女の姿があった。

グレンは、それを拳で叩《たた》き壊《こわ》し、少女を解放する。

「……恐《こわ》かったな？　もう大丈夫だ」

「…………」

解放された少女は、グレンをじっと見上げている。

炎のように赤い髪と、紫炎色の瞳が特徴的な、年端《としは》もいかない少女だ。

一瞬、グレンはその少女のことを、どこかで見たことがあるような気もするが……状況が状況なだけに、その既視感の正体を探ることはなく、流す。

「……帰りな。お家《うち》に」

「あ、その……わたし……」

だが、少女が立ち去らず、何か物言いたげにグレンを見上げていると。

駆けつけた両親が少女へと抱きつき、グレンへ何かを言う機会は失われるのであった。

そして——

「さて、グレン。見事な手際《てぎわ》……と、褒めたいけど」

そんなグレンの背後に、ナムルスがやって来る。

「……で？　これからどうするわけ？」

そこに責めるような色はない。ただ、淡々と現状を確認する意図のみがある。

「これだけの大騒ぎを起こしたんだもの。すぐに、より多くの兵士達が集まってくるわ。下手したら、アイツも出てくる」

「…………」

「この魔都が広いといっても、逃走には限度があるわ」

「…………」

「……一体、これからどうするわけ？　身を隠すなら、早くしないと──」

そんなナムルスには答えず。

グレンは、処刑台上から周囲を見渡す。

そこには──

「「「…………」」」

ただ、その場に呆然《ぼうぜん》と立ち尽くしている民衆がいた。

あれだけの騒ぎを前に、逃げも隠れもせず、皆一様に、ぽかんとしてる。

〝なんで、戦ったの？〟

〝その子を救うことに、何か意味あるの？〟

民衆の顔は、そんなことでも言いたげな、無力極まりない表情であった。

(つたく、こりゃしんどいな……こういうのは《隠者》のジジイの得意分野なんだが……やるしかねーな……)

と、思いつつも。

グレンは、喉をトントンと突きながら小さく呪文を唱え、拡声音響魔術を起動する。

そして——叫んだ。

『いい加減にしろ、お前ら！　恥ずかしくねえのかよッッッ⁉』

グレンの大音声《だいおんじょう》が、無気力な民衆達の前に響き渡った。

『何、ボケッと見てたんだ、この有様《ありさま》をッ⁉　何の罪もねえ、子供がッ！　こんな風に理不尽に殺されようとしてんのに、揃《そろ》いも揃って黙《だんま》りか⁉　俺達はなんだ⁉　人間だろ⁉　家畜じゃねえぞ⁉』

ざわ……

ほんの、ほんの一瞬だけ、無気力な民衆達の間に、ざわめきが走る。

『本当にそれでいいのかよ⁉　今回はたまたま、あの子だったが……次は、お前達の子だぞ⁉　お前達の愛する家族だぞ⁉　下向いてても、知らない振りしてても、いつか必ずその時が来るんだぞ⁉　わかってんのか⁉　他人事《ひとごと》じゃねえんだぞ⁉』

ざわ、ざわ……

誰もがざわめき、表情を強《こわ》ばらせる。

その場の誰もが、絶望し諦観し……気付かないふりをしていたその事実を、グレンが改めて鋭く抉《えぐ》ったからだ。

『なぁ⁉　本当に、俺達、このままでいいのか⁉　家畜のままでいいのか⁉　そんなんで、これから生まれてくる子供達に胸張れんのか⁉　私達は家畜だから仕方ない、魔術師様にどう扱われても仕方ないって、そう子供に教えるつもりなのか――ッ⁉』

「ふざけるなぁああああ――ッ！」

すると、民衆の中から、そんな声が上がった。

「お前は現実が見えてないのかッ⁉　俺達に、何ができるっていうんだ⁉　相手は魔術師様だぞ⁉　あの魔術を極めし大王――ティトゥス様だぞ⁉」

「魔術師様相手に、ただの人間の俺達に……愚者の牙しか持ってない俺達に、何ができるっていうんだよ……ッ⁉」

「魔術師様の前に、俺達は……家畜としてひれ伏すしかない……ッ！　それが、この世界の理だろう……ッ！　今さら何を言ってるんだっ！」

「大体、あの空《セリカ》だって、負けたじゃないかッッッ！」

そんな、誰かの叫びに。

その場が、静かな、それでいて奇妙に昂《たか》ぶったざわめきが支配する。

投じられた一石が波紋を連鎖させるように、民衆が口々に言葉を発していく。

「空《セリカ》……ああ、あのティトゥス様に逆らう、愚かな魔術師か……」

「一時は凄《すご》かったよな……破竹の勢いで、ティトゥス様の魔将星を次から次へと撃破していって……」

「ああ。三日前のこの都市内での戦いでは……ティトゥス様の軍勢を蹴散らして……」

「でも、そんな空《セリカ》だって……ティトゥス様には……まるで敵《かな》わなかった……」

「まぁ、別に期待なんかしてねえけどな……空《セリカ》の噂《うわさ》は知ってるだろ？」

「残虐非道、冷酷無比……どうせ、第二の魔王に成り代わりたかったんだろう？」

「そうだ、そうだ……どうせ、そうに決まってる……空《セリカ》の勝敗なんか、どうでもいい」

「どうせ、空《セリカ》が勝っても負けても、俺達の人生は、きっと何も変わらない……」

「……ああ……でも……それでも……」

そんな民衆のざわめきを。呟きを。心情の吐露を。

グレンは、密《ひそ》かに起動していた、集音魔術で慎重に精査していく。

民衆達の心の在処《ありか》を探っていく。

（確かに……民衆にとって、空《セリカ》の存在は、恐怖の対象であったことは間違いねえようだ……だが、それでも……）

民衆達は、見てみたかったのだ。否定的な言葉とは裏腹に、期待していたのだ。

自分達の遥《はる》かいと高き大空を支配し、自分達の頭を踏みつける魔王。

その魔王が――誰かの手によって、叩き落とされるその様を――

「せ、先生……」

「……なるほどな」

緊張の面持ちでシスティーナが見守る中、グレンが何か満足したように頷《うなず》く。

そして、そんなグレンへ、ナムルスがつまらなそうに言った。

「……グレン。貴方の狙いはわかった。はっきり言って、期待して損した」

あからさまに期待外れ……そんな顔だった。

「民衆を煽《あお》って、蜂起を促すつもりね？　それで魔都に混乱を起こし、隙を作るつもりなのね？　でも、それは浅はかで……最低最悪の悪手よ？」

「…………」

「あのね。部外者の貴方が、こんな局地的な場所で一言、二言言った程度で、民が動くと思う？　バカじゃないの？　現実を見なさすぎ！　お話の読みすぎだわ！」

「…………」

「大体、そんなこと、貴方の他にやろうとした人がいなかったと思う？　言っておくけど悉《ことごと》く失敗したわ！　わかる⁉　言葉だけじゃ、人は動かないのよ！」

「…………」

「どれだけ長い間、虐《しいた》げられてると思ってるの⁉　もう、この時代の人間は、完全に心を折られて、骨の髄まで家畜よ！　何かに逆らおう、明日のために戦おうなんて気概のある人間なんて、最早《もはや》、一人もいないわ！　いるわけがないッ！」

そして、ナムルスは、グレンの胸ぐらを摑《つか》み上げて睨《にら》んだ。

「思い上がらないで！　人間はね……弱いのよ！　グレン、空《セリカ》や貴方みたいに、誰しもが強いわけじゃない！」

だが——グレンはそんなナムルスの手を摑み、力強く言った。

「ナムルス。お前こそ、人間を舐めるんじゃねえ」

「え？」

「確かに、人間は弱《よえ》ぇよ。時に打ちのめされ、地に伏すこともある。随分と長いこと腐ることある。だけど……切っ掛けがあれば……必ず、再び立てる。そんな強さだって持っているんだよ……誰もがな」

そんなことを語るグレンの脳裏には。

かつて、自分の夢を好きだと言ってくれた、とある白い髪の娘の笑顔が過《よ》ぎっていた。

「……グレン……？」

「その切っ掛けは、俺が作ってやる……ッ！　こんなん、ガラじゃねーけど……セリカを救うためだ……やるしかねえ……ッ！」

そう言って。

どよめく民衆の前で、グレンは再び堂々と立ち、大音響で言った。

『セリカは――まだ、負けてねえ――ッ！』

その言葉が、民衆達の心を吹き抜ける。

「は……？　空《セリカ》が……？」

「……まだ負けてない……？」

「……どういうことだよ……？」

『そうだッ！　セリカは確かに一度、魔王に敗れたッ！　だが、セリカは帰ってきたッ！

今、この魔都のどこかに隠れ潜み、虎視眈々《こしたんたん》と魔王を倒す機会を窺《うかが》っているッッッ！

あいつは——セリカは、この世界を救うために、再び帰ってきたんだッッッ！

その証拠に、俺はそのセリカの弟子だッ！　俺は——セリカの突破口を切り開くために、
ここに来たんだッ！　人類の敵——悪逆非道の魔王を倒すためにッッッ！』


ざわ、ざわ、ざわ……


民衆が、今度こそ、はっきりとした動揺と困惑にざわめく。

いつの間にか——その場には、人も増えていた。

何事かと、息を潜めていた民衆が、皆、グレンを注目してる。

その広場から、あるいは建物の陰から、窓から……


「弟子……？　魔王を倒す……？」

「ばかな……あいつ……正気か……？」


同時に、誰しもがグレンの正気を疑っている。

なぜなら。

グレンが、空《セリカ》の弟子を名乗ることに——何一つメリットがないからだ。

今、この魔都で、そんなことを名乗れば——間違いなく捕まって殺される。

つまり、嘘《うそ》を吐《つ》くメリットは、まったくない。

この空《セリカ》の弟子を名乗る男の言っていることは、本当なのか？

ただの狂言ではないのか？

誰しもが困惑する。断ずることができない。

ここで、グレンのもう一人の師匠——《隠者》のバーナードの教えが蘇《よみがえ》る。

〝人間とは、真実ではなく、自分の信じたい情報を信じる〟と。

もし、グレンの言葉が本当ならば。

あの空《セリカ》が、魔王を倒すために、もう一度戦いを挑もうとしていることになる。

あの魔王を——倒すために。

空《セリカ》。唯一、あの魔王に抗した魔法使い。人が絶対敵わぬ相手であるはずの魔将星達に真っ向から立ち向かい、何人も撃破してきた奇跡の魔法使い。

民衆にとっては、確かに彼女の所業と噂は、恐怖と嫌悪《けんお》の対象ではあったが——それでも同時に、ささやかな希望でもあったのだ——

（……よし、ここまではいい！）

アジテーションの手応えをある程度感じたグレンは、拳を握る。

（だが、当然、ナムルスの言う通り、この程度じゃ人間は動かねえ。困惑のまま、様子見に終わっちまう。そう、人は言葉だけじゃ、動かねえんだ！）
だが──高確率で、この民衆を動かす手がある。
それは──
（……来い……ッ！）
グレンは祈る。祈り続ける。
一方、民衆はグレンの言葉を信じたいと思いつつも、徐々に冷静になっていく。
再び冷めた、諦めた、家畜の目に戻っていく。
少しずつ……ゆっくりと……
（……来い……来い……ッ！）
だが、グレンは祈り続ける。
民衆の関心は、どんどんグレンから離れていく。
やっぱり駄目だ。どうせ駄目だ。期待するだけ無駄だ。
そんな方向性へ……落ち着いていってしまう。
しかし。
それでも──
（来るはずだ……ッ！　ここまでやったんだ……必ず来る──ッ！）

グレンが半ば確信に近い祈りを、心の中で強く捧《ささ》げていると。

どどど……


どこからか、地をどよもすような大鳴動が、鳴り響いてきた。

その鳴動は、どんどんとこの広場へと近付いてくる――

そして、それを聞きつけた民衆が、たちまち顔を見合わせ、怯《おび》え始めた。

「な……ッ！　き、来た……ッ⁉　あいつが来た……ッ！」

「う、うあああ……ッ！　逃げろ……踏み潰されるぞ……ッ⁉」

民衆は我先にと逃げ惑い、その場から引き潮のように引いていく。

「この音は……ッ⁉　しまった、遅かった……ッ！」

ナムルスも真っ青になって狼狽《うろた》えていた。

そんな風に、場の誰も彼もが動揺する中――

「……やっぱり、来ましたね」

「ああ。狙い通りだ」

ただ、システィーナとグレンだけが、訳知り顔でそんなことを言っていた。

「な、何やっているのよ、貴方達《あなた》！」

ナムルスが、そんな余裕ぶった二人へ怒号を上げる。

「覚悟はしていたけど！　やっぱり、見つかったわ！　空《セリカ》すらついぞ、倒しきることができなかった、あいつに！」

「……ああ」

「早くどこかに隠れないと！　あいつだけは、どうしようもないわ、グレン！」

だが、グレンは微動だにしない。

その場に刻一刻と近付いてくる鳴動音を迎えるように、その場に留《とど》まり続ける。

やがて――

処刑場に面した、都市の一角が唐突に爆砕して吹き飛ぶ。

舞い上がる瓦礫《がれき》を左右に割って、巨大な物体がグレン達の前に姿を現すのであった。

「……来たな」

グレンが、その巨大な物体を睨む。

それは――戦車《チャリオット》であった。雄々しく巨大な四頭の黒馬に引かれた巨大な戦車。

ただの戦車ではない。見るからに、絶大な魔力が漲《みなぎ》っている魔術の戦車だ。

その黒い車体には、刃《やいば》や槍《やり》など様々な武装が取り付けられている。

その車輪には、禍々《まがまが》しい蒼《あお》い炎が燃え上がっている。

そして、車上の御者は——一人の魔人であった。

頑健なる漆黒の全身鎧《よろい》に身を包み、その上から緋色《ひいろ》のローブを纏《まと》っている。フードから覗《のぞ》くバイザーの奥は無限の深淵《しんえん》色を湛《たた》え、その表情は窺えない。

そして、その全身から立ち上る、闇色の魔力。

まるで、闇そのものが辛《かろ》うじて人の姿を取ったような……そんな異形の魔人が、凶悪なる戦車を駆って、グレン達の前に現れたのである。

その魔人の名は——

「来やがったな……ッ！《鉄騎剛将》——アセロ＝イエロッ！」

グレンが吠《ほ》えるように叫ぶ。

そう、魔王配下の恐るべき魔将星の一柱が、そこにいたのだ。

『——貴様か。かの空《セリカ》の弟子を名乗る、愚かな奴原《やつばら》は』

アセロ＝イエロが戦車上から、グレン達を見下ろす。

『成る程……我らが偉大なる王を裏切り、空《セリカ》へとついた裏切り者——ラ＝ティリカもいるとはな。どうやら強《あなが》ち、虚言というわけでもなさそうだ』

「あ、あなた、何よ⁉　レ＝ファリアから貰《もら》った力で、随分と偉そうに……ッ！」

ナムルスが、忌々《いまいま》しげにアセロ＝イエロを睨《にら》み付《つ》ける。

『なんとでも言うが良い。我々は、あの御方に認められ、《夜天の乙女》から鍵を授かることで人を超越した〝選ばれし者〟なのだからな』

「く……ッ⁉」

悔しげなナムルスを無視し、アセロ＝イエロは右手を掲げる。

すると、その右手がぐにゃりと変形し──漆黒の大槍が出現した。

そして、その切っ先をグレンへと向ける。

『正しく天たる王に楯突《たてつ》く愚者よ……その傲慢、その不敬、最早《もはや》許し難《がた》し。王の正義の守り手たる私が、貴様に直々裁きを下してやろう。慈悲はない』

その瞬間。

アセロ＝イエロの全身から、壮絶なる闘気が、闇色の神気となって脹《ふく》れ上がった。

場の全てを圧迫し、睥睨《へいげい》するその存在感と迫力──

今、その都市区画の全てが、恐怖と絶望に震えるのであった。

「グレン、どうするの⁉」

ナムルスが、青ざめた表情で問う。

「あいつは《鉄騎剛将》アセロ＝イエロ──魔王の最強配下、魔将星の一柱！　あいつの身体《からだ》に、あらゆる攻撃は――」

「効かないんだろ？」

グレンにあっさりと先の言葉を盗《と》られ、ナムルスが目を瞬《しばたた》かせる。

「あいつの身体は、無敵の神鉄《アダマンタイト》で出来ている。あいつの身体には、あらゆる物理的・魔術的ダメージが通らない。童話『メルガリウスの魔法使い』で、あのお強い正義の魔法使い様が、唯一、やり過ごすしかなかった相手だもんな」

「一度目の『炎の船』での戦いは、正義の魔法使い、散々でしたしね……あの戦いで何人も仲間を失ってしまって……」

「め、『メルガリウスの魔法使い』……？　貴方達、何を言って……？」

「だがな……手はある」

グレンが、誰もがひれ伏すアセロ＝イエロの前に、ゆっくりと出る。

「ふふ、そうですね。もう一度、やりましょう」

システィーナも、そんなグレンの背中を守るように、立つ。

「ちょっと待って……貴方達、何を言って……？」

わけがわからぬナムルスは狼狽えるばかりで。

『……愚かな』

当のアセロ＝イエロは呆《あき》れ果《は》てたような、憐《あわ》れみすら滲《にじ》む言葉で、グレンを見た。

『私の身体の秘を知って、なお私に挑むか。〝愚者の民〟とは、本来、生まれ持つ魔術の才による格付けであったが……まさか、本当の愚かしさに付くものだったとは』

「よく言うぜ。力に魅せられ、人間でいられなかった〝本物の愚か者〟のくせによ？」

吐き捨てるグレンへ、アセロ＝イエロは続ける。

『……愚弄するか。王と《夜天の乙女》に捧げし我が忠誠を──許し難しッ！』

グレンの挑発に激昂《げきこう》したのか。

アセロ＝イエロが、右手でぐるんと大槍を回して構え、左手で手綱を繰り──一気に突進してくる。

『──滅っせよッ！　我が車輪の轍《わだち》に汝等《なんじら》の腸《はらわた》を敷くがいいッッ！』

ガラガラガラガラ──ッ！

戦車の車輪が猛回転し、その衝撃で都市の石畳が抉《えぐ》れて、まくれていく。

圧倒的な重量が、ありとあらゆる物を粉砕、踏破する圧倒的な質量が、グレン達へ向かって真《ま》っ直《す》ぐ突進してくる──

「うわぁあああああ──ッ!?」

「アセロ＝イエロ様の《黒の火車》だぁあああ!?」

「逃げろ、挽肉《ひきにく》にされるぞ⁉」

我先にと逃げ惑う民衆達。

大時化《おおしけ》の大海のような大混乱が渦を巻く中、グレンが前へ駆け出す。

「ナムルス！　《王者の法《アルス・マグナ》》を頼む！」

「た、戦うの⁉　本当にここで魔将星と戦うの⁉　本気なの⁉」

「本気だッ！　どっちみち、こいつを倒さねーと、魔王と戦えないんだろうがッ！　もう何が何でもやるしかねーんだよッ！」

「ああもうっ！　どうなっても知らないわよっ⁉」

ナムルスが破れかぶれと言った感じで、《王者の法《アルス・マグナ》》を発動する。

銀色の光が降り注ぎ――グレンの力が超増幅する。

「……ッ！」

途端、ナムルスの左手が指先から、少しずつ消えていく……

「ちっ……あまり時間はかけてられねえな……ッ！」

そうして。

『逝《い》ねぇえええええええええ――ッ！』

黒い暴嵐と化し、猛速度で突っ込んでくる戦車上のアセロ＝イエロへ。

「《紅蓮《ぐれん》の獅子《しし》よ・憤怒《ふんぬ》のままに・吼《ほ》え狂え》――ッ！」

ちょうど【愚者の世界】の効果時間切れを縫って、グレンが呪文を唱え。

「――しっ！」

システィーナが【ストーム・グラスパー】で、無数の風の刃を乱舞させる。

それらは、突進するアセロ＝イエロを真っ向から捉え。

魔都の一角に、凄《すさ》まじい嵐と爆炎の火柱を立てるのであった――

# 第三章　弟子

魔都メルガリウスの中心に聳《そび》え立《た》つ魔王の居城──《嘆きの塔》。

とある特殊な魔術儀式施設でもあるその塔の入り口は、天辺《てっぺん》の頂点のみに存在し、後は階層が下がるほど格が上がるという一風変わった構造を持っている。

外見は四角錐《しかくすい》状の建築物だが、地上に見えている部分は、上から数えて1階層から9階層の《覚醒への旅程》、そして10階層から49階層までの《愚者への試練》の部分になっている。

この部分は、外敵に対する最強の防衛機構なのだ。

そして、構造的にちょうど地下にあたる部分……50階層から、内部の空間が魔術によって歪《ゆが》み、その階層構造がガラリと変化する。

そこは無数の円形階層が上下に積み重なる塔のような構造をしており、迷宮のような構造になっていながら、住居のような区画や構造物が、多々入り組んで存在する。

そして、その外周部には無限の空が広がっている。

まるで、地下とは思えない不思議な場所。

50階層から89階層《門番の詰め所》――そこは、魔王配下の魔術師達が住まう第二の都。

魔術師達の住まう理想郷。

そんな塔区画の外周部に築かれた、とある空中庭園のテラスに――

「…………」

一人の女が佇《たたず》んでいた。

まるで妖精のように美しい女だ。

純銀を溶かし流したような銀髪。やや吊《つ》り気味な翠玉《すいぎょく》色の瞳。

全身に白を基調とした外套《マント》をゆるりと纏い、テラスから、外周部に広がる無限の大空を、ぼんやりと眺めている。

その大空が無限に湛《たた》えるは、永遠の夜。

有り得ないほど巨大な月が、眼前に輝いている。

そんな風に、女が何をするでもなく夜空を眺めていると。

「シル＝ヴィーサ様！」

にわかに背後が慌ただしくなり、魔術師と思《おぼ》しき数名の男達が現れ、女に傅《かしず》いた。

「どうかしましたか？　遺体の埋葬作業の進捗は順調ですか？」

シル＝ヴィーサと呼ばれた女が、ちらりと塔内部を流し見る。

すると、そこには無数の死体、死体、死体——魔術師の死体が転がっている。

どの遺体も、焼け焦げ、一部が欠損していたりと、無惨《むざん》な有様《ありさま》だ。

「いえ、そちらの作業はまだ……三日前の空《セリカ》侵攻の際の戦闘において……我々の犠牲と被害はあまりにも多く……数日程度では、到底……」

「そうですか。引き続き、埋葬作業をお願いします。いくら罪深き罪人達とはいえ、そのまま野晒《のざら》しではあまりにも可哀想《かわいそう》です」

「え？　罪人？　彼らが？」

シル＝ヴィーサの言に、報告に来た魔術師達が、きょとんと顔を見合わせる。

「恐れ多くも申し上げますが、彼らは魔術師ですよ？　一体、彼らが何の罪を……？」

「……なんでもありません。聞き流してください」

シル＝ヴィーサは力なく頭を振った。

「それよりも、何か報告があるのでしょう？」

「は、はい……ッ！　つい先ほど、王都メルガリウス第八区画に、突然、空《セリカ》の弟子を名乗る、何者かが現れました！」

「……弟子……？」

シル＝ヴィーサが眉を顰《ひそ》める。

「彼女に弟子がいたという話は聞いてませんでしたが……それは確かなのですか？」

「は、はいっ！　確かな筋からの情報でございます！」

魔術師達が恐縮して、答える。

「して──その弟子は、空《セリカ》を御旗《みはた》に、愚者の民達を扇動する言動を見せています」

「おかしいですね。空《セリカ》は、三日前の戦いにおいて、ティトゥス様の手で次元追放されたはずでは？　あらゆる蘇生《そせい》・復活の魔術を無効化するために……」

「し、しかし……その弟子曰《いわ》く、空《セリカ》はすでにこのメルガリウスに帰還している、と」

「…………」

「さすがに事態を捨て置けず、地上の入り口を警護していた《鉄騎剛将》アセロ＝イエロ様が、その弟子を名乗る不埒《ふらち》な輩《やから》の始末に動いています」

「……なるほど、わかりました」

シル＝ヴィーサは目を閉じて言った。

「その件は、私が対応しましょう。貴方《あなた》達は引き続き作業をお願いします」

「はっ！」

「現在、ティトゥス様は、件《くだん》の最終目的に通じる念願の魔術儀式を《叡智《えいち》の扉》の向こうで遂行中です。今が一番、大事な時……万が一にでも、反逆者をティトゥス様の元へ行かせるわけにはいけません。各自、粉骨砕身、責務を果たすように」

「「「はは──っ！」」」

そんなやり取りをして。

魔術師達は、さっそく己《おの》が責務を果たそうと方々へと駆けていく。

だが──

「…………」

シル＝ヴィーサは動かない。ただ黙って、外の夜空を見つめ続ける。

そんな彼女の背後に──

『良《い》いのか？』

──低い声と共に、影が一つ、音もなく現れた。

緋色《ひいろ》のローブで全身を包む、この世の者ならざる魔人。

フードの奥は無限の深淵《しんえん》を湛え、その表情は窺《うかが》えない。眼光一つ差さない。

そして、腰には、強大な呪力が漲《みなぎ》る二振りの魔刀──

「《魔煌刃将《まこうはしょう》》……アール＝カーン……」

シル＝ヴィーサが、その魔人を振り返った。

魔人──アール＝カーンは、そのままシル＝ヴィーサに問いを投げる。最も王に忠義厚きと聞こえた貴様がどうした？

『良いのか？　今の貴様は、己が責務を放棄しているように見える。《風皇翠将》シル＝ヴィーサよ』

「…………」

そんなアール＝カーンの指摘に、シル＝ヴィーサはしばらく押し黙り……

「わからないのです」

逡巡《しゅんじゅん》の果てに、ぼそりとそう呟《つぶや》いた。

「私は、ティトゥス様の理念に賛同し……この世界の真なる幸福のため、ティトゥス様に尽くしてきました……しかし、それは本当に正しいことだったのか」

『…………』

「先の空《セリカ》の侵攻。たった一人で、この《嘆きの塔》へ乗り込み、支配階級層の魔術師達を片端から退け……ティトゥス様の喉元まで喰《く》らい付いたあの人。その執念。

私には……あの人が、この世界を生きる全ての人々の意志を一心に背負った……私達へ否を突きつける全ての民の代弁者に思えて他ならないのです」

『…………』

「粛正しますか？　このような不敬をのたまう私を」

そんな風に問う、シル＝ヴィーサに。

『興味ない』

アール＝カーンは言った。

『今も昔も、我が求めるは、我が仕えるに相応《ふさわ》しき、真なる主君のみ。それ以外の瑣末《さまつ》事に興味などない。それが〝剣〟たる我の真なる望みゆえに』

「変わりませんね、貴方だけは……」

『我は、かつてのティトゥス同様、空《セリカ》にもその可能性を見たのだが……果たしてどうか。奴原《やつばら》がその器たり得るか……あるいは……』

「…………」

しばしの無言を挟み、シル＝ヴィーサは、ぼそりと言った。

「……どうして……こんなことになってしまったんでしょうね……」

『…………』

「我々、魔将星も大分減ってしまいました。《炎魔帝将》ヴィーア＝ドォル、《罪刑法将》ジャル＝ジア、《雷霆神将《らいてい》》ヴァル＝ヴォール、《冥法死将》ハ＝デッサが、空《セリカ》によって討滅され、《白銀竜将》ル＝シルバが空《セリカ》の軍門に降《くだ》った……いえ、彼女の場合は、〝鍵〟から解放され、元に戻ったと言った方が正しいですが」

『…………』

「残ったのは、私達三人……《風皇翠将《ふうおう》》、《魔煌刃将》、《鉄騎剛将》……あの無敵の魔将星が……人を止めたがゆえに、人を超えたはずの魔将星が……人の魔術師によって、理不尽に抗《あらが》う人の意思によって、ここまで撃破されたのです。

私は……人の強さを改めて見せつけられた。

人がこれほどまでに強いならば……私のやってきたことは……ティトゥス様の理想は、ただのお仕着せで、〝必要ない悪〟だったのではないでしょうか？」

『買いかぶりではないのか？　お前の言う人の強さは、空個人《セリカ》の武勇であって、人全体に当てはまるものではない』

「……そうでしょうか？」

そんな風に迷いを抱えるシル＝ヴィーサに、アール＝カーンが続ける。

『いずれにせよ、我々は魔術師だ。主君への忠誠を美徳とする騎士ではない。〝汝《なんじ》、望まば、他者の望みを炉にくべよ〟……己が欲《ほっ》する所を為《な》すがいい』

そう言い残して。

アール＝カーンは踵《きびす》を返《かえ》し、その場から去って行く。

「……どこへ行くのですか？」

『己が使命を果たす。我の役割は、89階層《叡智の門》の守護ゆえに』

アール＝カーンは、そのまま歩き去りながら、ずずずと立ちこめていく黒い霧の中へ、まるで幻であるかのように消えていくのであった——

「…………」

シル＝ヴィーサは、そんなアール＝カーンを見送るように虚空《こくう》を見つめる。

「……私……私のすべきこと……私が出来ること……」

やがて、シル＝ヴィーナは、手を前へ差し出す。

たおやかな手つきで、虚空にくるりと円を描く。

すると、描かれた円に魔力が満ち、まるで鏡のようになる。

そして、その鏡に映し出された映像は——

地上で、アセロ＝イエロと戦う反逆者の姿であった。

「……彼が……空《セリカ》の弟子……？」

シル＝ヴィーサは神妙な面持ちで、反逆者の戦いぶりを見る。

そして、驚く。

（ただの人が……ここまで、できるなんて……）

人とは、無力なる存在。

だからこそ、シル＝ヴィーサは、かつて人であることを捨てたのだ……とある大いなる脅威に抗うために。

だが、人でありながら人でなき者に抗うその反逆者の姿は……どこかとても眩《まばゆ》かった。

（……感傷ですね。すでに人を止《や》めた私が、今、考えても詮無きこと……）

そんな風に、シル＝ヴィーサが反逆者の戦いを見守っていると……

（……あら？）

ふと、気付く。

その反逆者の後方で、風の魔術を振るって援護する銀髪の少女の姿に。

「この子……」

なぜだかわからない。

なぜだかわからないが。

「…………」

シル＝ヴィーサは、その少女から目を離せない。

アセロ＝イエロと反逆者のことなど忘れて、ただ、その少女のことを、吸い寄せられるように、じっと見つめ続けるのであった──……

――――。

『ォオオオオオオオオオオオオオオオオ――ッ！』

疾駆する。魔都を十字に走る大通りを、黒馬が雄々しく四肢を躍動させ、牽引《けんいん》される巨大な戦車が暴走疾走する。

馬の一蹴りごとに、石で舗装された地面が砕け、まくれ上がる。

蒼《あお》い炎を吹き上げて、大回転する車輪。

天高く燃え上がる蒼火《そうか》の轍《わだち》が地面に刻まれ、世界を蒼く焦がす――

『逝《い》ねぇぇぇいいッ！』

そして――戦車を駆る魔人が、車上から大槍《おおやり》を繰り出してくる。

その壮絶な物理量を余すことなく穂先に乗せて突進してくる。

「《白銀の氷狼《ひょうろう》よ・吹雪纏《まと》いて・疾駆《か》け抜けよ》――ッ！」

グレンが、黒魔《くろま》【アイス・ブリザード】を唱える。

「《唸《うな》れ暴風の戦槌《せんつい》》――《打て《ツヴァイ》》――《叩け《ドライ》》ッ！」

システィーナが、黒魔【ブラスト・ブロウ】を唱える。

二人には、ナムルスの《王者の法《アルス・マグナ》》が乗っている。

ゆえに、近代魔術《モダン》とは思えぬ威力に昇華した魔術が起動される。

グレンの手から、特大氷礫《ひょうれき》の乱舞嵐が。

システィーナの手から連続で放たれた、猛烈な風の破錠槌《はじょうつい》が。

突進してくる魔人──アセロ＝イエロを、真っ向から捉える。

だが──

『効かぬッッ！』

アセロ＝イエロの神鉄《アダマンタイト》の身体《からだ》は、それをまったく受け付けない。

悉《ことごと》くを跳ね返し、弾《はじ》き返し、その突進の勢いはまったく衰えることはない。

「白猫ッ！」

「わかってます！《光り輝く護《まも》り・その隔壁五重奏》──ッ！」

システィーナが、黒魔【フォース・シールド】を即興改変で唱える。

すると、アセロ＝イエロの突進ルートを遮るように、ハニカム構造の魔力障壁が、五重となって出現する。

だが──

『無意味ッ！　無意味ッ！　無意味ぃいいいいいい──ッ！』

戦車で突撃するアセロ＝イエロは、五重の障壁を悉く、真っ向からブチ抜いていく。

硝子《ガラス》が割れ砕けるような音と共に、魔力障壁が砕け散り、呆気《あっけ》なく消滅していく。

——その刹那。

『——無意味ッッ！』

アセロ＝イエロの大槍が、グレン達へと殺到する。

「くっ⁉」

「——うっ⁉」

グレンが身体能力強化術式を全開にし、システィーナが《疾風脚《シュトロム》》を起動し、散開、空へと跳び——その刹那の隙間を、戦車が割り裂いた。

壮絶なる衝撃音、震えて鳴動する魔都。

屈強な馬の蹄《ひづめ》が、大地を建物ごと踏みならし、猛烈な土砂柱が上がり、渦を巻く。

車輪が吹き上げる蒼い炎が引火し、その区画が煌々《こうこう》と燃え上がる。

巻き込まれた建物が、まるで砂糖細工のように次々と倒壊していく——

「……な、なんだよ、ありゃあ……ッ⁉」

近場の建物の屋根を越えて空中へと跳び逃げたグレンは、眼下の破壊の有様《ありさま》を見て、頬を引きつらせるしかない。

「アレに巻き込まれたら、どんな対抗呪文《カウンター・スペル》も無意味だな……一瞬で挽肉《ひきにく》に……」

その時、ふとグレンの世界に影がかかった。

気配を感じて、頭上を見上げれば——

『シィイイイイイイイイイ——ッ！』

そこには、戦車に乗ったアセロ＝イエロが居た。

グレンの頭上を完全に取り、その大槍をグレン目掛けて突き出してくる——

「せ、戦車が、バカみてーな機動してんじゃねーよ⁉」

おおよそグレンが知る戦車とはまったく違う動作に、驚きつつも——

——グレンに焦《あせ》りはない。

どんっ！

グレンは、後ろ手に火打ち石式拳銃《フリントロック・ピストル》を引き抜き、狙いを定めず、引き金を即絞る。

魔銃《クイーンキラー》。

きゅばっ！　と空気を引き裂く音と共に、グレンを中心に渦を巻いて拡散するような軌道で、球弾頭が飛ぶ。

その弾頭は、アセロ＝イエロの側頭部を強打し、微《かす》かに仰《の》け反《ぞ》らせる。

その衝撃、グレンを逸《そ》れる大槍の軌道。

「おおおおおおおおおお——ッ！」

グレンはそれを回し蹴りし、自身の落下軌道を変化させ、その空域から離脱する。

「《風王の剣よ》──ッ！」

その隙に、屋根伝いに風のごとく飛翔《ひしょう》するシスティーナが呪文を放つ。

黒魔【エア・ブレード】。

ただし、狙いはアセロ＝イエロではない。馬車に繫《つな》がれた馬だ。

鋭い風の刃が三閃《さんせん》。真空すら裂いて、馬へと飛ぶ──

『愚かなッ！』

だが、馬に確かに命中した風の刃は、逆に弾き返され、砕け散る。

『我が神鉄《アダマンタイト》の愛馬に、そのような〝愚者の牙〟が突き立つと思うかッ⁉』

アセロ＝イエロが駆る戦車が、着地する。

大衝撃音。割れ砕け、上下に揺れる大地の鳴動。

その圧倒的な存在と暴威は、グレンやシスティーナの攻撃をまるで寄せ付けない──

「ちぃいいい……ッ！　これが《黒の火車》かッ⁉」

グレンが、童話『メルガリウスの魔法使い』を思い出しながら、叫んだ。

「アセロ＝イエロは、本来、《炎の船》とか《光の巨人》とか、そういう厄介な魔導《まどう》機動兵器を持ってる、ズルい魔将星だったよなぁ……ッ⁉」

「なんとかして、あの無敵の戦車から引き摺《ず》り下ろしたいところですね……ッ！」

グレンの隣に、システィーナが風のように着地する。

「だな。だが──」

グレンは、大通りを挟んで数十メトラ先のアセロ＝イエロを見据えて、言った。

「白猫。ここは俺に任せろ」

「えっ⁉」

「お前は、この一帯の住民達の避難誘導を頼む」

そして、グレンはもう一丁の拳銃を取り出す。

パーカッション式回転拳銃《リボルバー》──グレンの最大の相棒、魔銃《ペネトレイター》を。

「……そもそも、あいつは俺の役だ。わかるだろ？」

「……ッ！」

「頼む」

「わかりました……私のいないところで、勝手に死なないでくださいよね……ッ！」

グレンの意図をすぐに察して。

システィーナは《疾風脚《シュトロム》》でその場を風のように去ろうとする。

『逃　す　か──ッ！』

すかさず、アセロ＝イエロはその神鉄《アダマンタイト》の豪腕を振るい、背中を向けたシスティーナへ向かって大槍を投擲《とうてき》。

先端から螺旋状《らせんじょう》に真空を引きながら飛ぶ大槍は、真っ直《まっす》ぐにシスティーナの背中へ──

「させるかよぉ！　バカ！」

グレンが魔銃《クイーンキラー》を振るう。

すると、アセロ＝イエロを撃った後、空中で待機していた球弾頭が、稲妻のように動き、大槍を盛大に叩《たた》く。

がぁんっ！　逸れる大槍の軌道。

その一撃によって、球弾頭はついに力を失い、地面へと落ちるが……システィーナはその隙に、その場から悠然と消えた。

『……随分とまぁ、珍妙な魔術を使う……なんだ、その鉄筒は……？』

「はっ！　なんだろうな……？」

苛立《いらだ》つアセロ＝イエロを前に、グレンは腰の後ろに《クイーンキラー》を納める。

この単発式の魔銃には、一分間の再装塡時間《リキャスト・タイム》が存在する。

そして、この魔銃の攻撃力は、アセロ＝イエロにもある程度、有効。ダメージを与えることはできないが、攻撃を逸らしたり、仰け反らせたりすることはできる。

どうしても、魔術の威力が弱いグレンにとって、この魔銃は攻守の要であった。

(問題は、その再装塡時間《リキャスト・タイム》をどう稼ぐか……だな……)

正直、システィーナの援護が喉から手が出るほど欲しかった。

ナムルスがかけてくれた《王者の法《アルス・マグナ》》があるとはいえ、アセロ＝イエロはグレン一人の手にはあまりにも余る。

だが——ここは、グレンが一人で戦わなければならない。

恐らく、システィーナの手助けはあってはならない。

なぜなら——

(書いてねえからだ……そんなことは)

まったく、難儀なことだ。

存命ならば、ロラン＝エルトリアを殴ってやりたい気分である。

(だが、やってやるッ！　それが、あいつの……セリカの突破口を開くはず……ッ！)

そう決意して。

グレンは彼方《かなた》のアセロ＝イエロを指さし、呪文を唱える。

「《猛《たけ》き雷帝よ・極光の閃槍《せんそう》以《もっ》て・刺し穿《うが》て》——ッ！」

指先から放たれる、極光の雷槍《らいそう》。

それが、アセロ＝イエロの頭部へと真っ直ぐに飛んでいき——

『効　か　ぬ　わぁあああああああ——ッ！』

アセロ＝イエロは意にも介さず、手綱を振るって鞭《むち》を入れ、戦車突撃を開始する。

グレンの放った雷槍を呆気なく弾き返しながら、相も変わらず車輪の大破壊と共に、グレンまで一気に肉薄してくるのであった。

速い。速過ぎる。

その戦車の突進は、まるで青と黒の閃光《せんこう》だ。

「ちぃ——ッ⁉」

身体能力強化術式に魔力を全力で注ぎ込み、咄嗟《とっさ》に横飛びに突進を避《よ》ける。

触れてない。完全に回避した。

「ぐおわぁあああああああ——ッ⁉」

なのに——突進が巻き起こす衝撃波が、グレンの身体を叩きのめし、吹き飛ばす。

グレンの身体が建物の壁に叩き付けられ、建物が倒壊する。

ナムルスの《王者の法《アルス・マグナ》》がなかったら、全身がバラバラに砕け散って即死だ。

「げほっ……がは……ッ！　くそ、やっぱ、キッツいわ……ッ！」

グレンが瓦礫《がれき》を押しのけ、血反吐《ちへど》を吐きながら立ち上がる。

向こうの通りでは、まるで戦車とは思えないほどの軽やかな機動で回頭し、再びグレンを正面に捉えてくる、戦車上の魔人の姿。

《鉄騎剛将》アセロ＝イエロ。

神鉄《アダマンタイト》によってその身体《からだ》を構築し、様々な機動兵器を操る、恐るべき魔人。

その神鉄《アダマンタイト》の身体には、あらゆる物理的・魔術的攻撃が通らず、その拳や手刀、それ自体が、並の武器や魔術を遥《はる》かに上回る威力を持つ。

そして、そんな魔人が操る機動兵器の一つ──《黒の火車》。

この戦車は言わば、起動済みの魔導器《まどうき》のようなもので、魔術の起動そのものを封殺するに過ぎないグレンの【愚者の世界】は通用しない。

つまり、グレンにとって、アセロ＝イエロは、本来、相性最悪の相手なのだ。

（だが……それでも、この世界でこいつに勝ち目があるのは、俺だけだ……）

グレンは、腰のベルトに突っ込んだ愛銃のグリップをちらりと見る。

問題は、あの化け物じみた戦車上にいるアセロ＝イエロに、どうやって近付くか？

どうやって、隙を作るか。

（ええい、ごちゃごちゃ考えても仕方ねえ！　やるしかねえ……ッ！）

ぺっ！　と血を吐いて、グレンも前を見据える。

『逝《い》ねぇぇぇぇぇぇぇいッ！』

アセロ＝イエロは再び、手綱を捌《さば》き、黒馬に鞭を入れて——

周囲に大破壊をまき散らしながら、グレンへ戦車突撃を開始するのだった。

「うおおおおお——ッ！　《紅蓮《ぐれん》の獅子《しし》よ・憤怒《ふんぬ》のままに・吼《ほ》え狂え》——ッ！」

せめて目くらましにでもなれ、と。

グレンは、黒魔《くろま》【ブレイズ・バースト】を唱える。

『無駄無駄無駄ぁ——ッ！』

炸裂《さくれつ》する爆圧、巻き起こる炎嵐をものともせず。

アセロ＝イエロはグレンへ肉薄し、その大槍《おおやり》を真っ直ぐと繰り出すのであった——

————。

グレンと、アセロ＝イエロが戦っている。

グレンが死力を尽くして、アセロ＝イエロと戦っている。

——否《いな》、それは最早《もはや》、戦いと呼べるような光景ではない。

必死に逃げ惑うグレンを、戦車が猛然と追い回す——それだけだ。

グレンが放つ、ありとあらゆる攻撃はアセロ＝イエロにまったく通用せず、アセロ＝イエロの戦車突撃は一回ごとにグレンの身体を激しく削る。

「しぃ——ッ！」

狭い路地へと飛び込んだグレンが転がりながら左腕を振るい、その手首に仕込んだ無数の鋼糸を縦横無尽に飛ばす。

バーナード仕込《じこ》みの鋼糸結界を、瞬時に、蜘蛛《くも》の巣《す》のように張る。

『無駄ッ！』

迂闊《うかつ》に踏み込めば、サイコロステーキのように相手を寸断する鋼糸結界を、アセロ＝イエロの戦車が真っ向突撃して、ぶちぶちとあっさり破る。

アセロ＝イエロには傷の一つすらない。

「ちぃ——ッ！」

グレンが跳躍、爆晶石を取り出し、その封爆のルーンを歯で噛《か》んで傷つける。

すかさず、眼下に追《お》い縋《すが》る戦車へ、その爆晶石を投げつける。

どんっ！

誘爆した爆晶石が、盛大な爆炎を上げて、戦車を打ちのめすが——

『——無駄ッ！』

その爆炎を真っ二つに割り開いて、戦車は疾駆する。

アセロ＝イエロには焦げ目の一つすらない。

さらに、さらに、さらに逃げるグレン。

さらに追い縋るアセロ＝イエロ。

「クソッ！　これなら……ッ！」

三叉路《さんさろ》を右へ曲がって疾走し、グレンはアセロ＝イエロを誘導する。

ちらりと頭上を見て──建物の上に巨大な鐘楼があることを確認し──

「せいっ！」

グレンが、数本のナイフを投擲する。

飛翔《ひしょう》する銀光。その鐘楼の支柱へナイフが突き立てられていく。

その刀身には《風化》のルーンが刻まれていて……ナイフが突き立てられた支柱が、ボロボロと崩れていって──

ぐらり、と。崩れた巨大な鐘楼が、重力に従い、通り側へと落下する。

その圧倒的大質量が、丁度、戦車で疾駆してきたアセロ＝イエロへ、頭上から叩き付けられる。

大衝撃音。上がる土煙。激震する魔都。

だが――

『無駄ァアアア――ッ！』

それすらも左右に吹き飛ばし、アセロ＝イエロが戦車の車輪を大回転させて、グレンへと肉薄し、大槍を繰り出してくる――

「お前、どうやったら止まるんだよ……ッ!?」

グレンが跳び下がりながら、咄嗟に巻物《スクロール》を広げる。

グレンの半身を守るように、光の魔力障壁が展開されるが――

『無駄ァアアアアアアアアア――ッ！』

戦車の突撃が蒼《あお》と黒の閃光となって、その傍《かたわ》らを疾走する。

槍が掠《かす》った魔力障壁は、あっさりとブチ破られて――

「……げほぉッ!?」

突進の衝撃波に捕まり、グレンが表の大通りを吹き飛んでいく。

何度も何度もバウンドし、果てまで派手に転がっていく――

――直撃もせずに、この威力。

やはり戦いになっていない。

そして――

『ウォオオオオオオオオオオ――ッ！』

情け容赦など一片もなしとばかりに、アセロ＝イエロはさらに戦車を駆って、グレンへ追い縋る、追い縋る、追い縋る――

頭上で大回転させる大槍が、びゅごおびゅごおと、唸《うな》りを上げて嵐を巻き起こす。

車輪も大回転し、蒼い炎がその轍《わだち》を燃え上がらせる。

「くそが――ッ！」

転がる勢いを利用して、グレンが跳ね起き、そのままの勢いで後方へ跳躍、近場の建物の壁を二度、三度と蹴り上がって、その屋上へ――

『逃さぬッ！』

だが、アセロ＝イエロも手綱を操作する。

戦車を牽引《けんいん》する黒馬達が跳躍し、高らかに空を飛翔する。

どがぁん！

建物の壁を粉砕しながら、戦車も屋上へ。

そして、屋根伝いに逃げるグレンを追って、再び進軍疾走を開始する。

戦車の定義を問いたくなるような機動で、やはりグレンへどこまでも追い縋る。

『一国の軍を全て踏み潰したこともある、我が車輪から逃れられると思うな！』

「戦車ってそういう兵器じゃねーから⁉」

減らず口をたたきながらも――

(56、57、58――)

グレンは、脳内で正確に時間をカウントしている。

そして。

『ォオオオオオオオオオオオオオオオ――ッ！』

今度こそ、突進してくるアセロ＝イエロの大槍が、グレンを捕らえようとしていた――

まさにその瞬間。

「――60！　ジャスト一分！　再装填完了《リキャスト》ッ！」

グレンが、神速で抜き撃ち《クイック・ドロウ》を仕掛けた。

身を捻《ひね》って、右腰付近に構えた《クイーンキラー》を、ファニングでぶっ放す。

小型砲のような威力の弾丸が、その銃口から吐き出され、変幻自在に飛翔する。

『ぬぅううう――っ⁉』

球弾頭が弧を描いて大槍を叩《たた》き返し、ジグザグと動いて、黒馬を左右に吹き飛ばし、アセロ＝イエロの胸部へと直撃、戦車ごと後方へ吹き飛ばす――

「ちぃ――ッ！」

その隙に、グレンは煙幕弾を地面に叩き付《つ》けて、申し訳程度に目眩《めくら》ましの煙幕を張り、脇の路地裏へと駆け込む。

別に逃走のためではない。次なる〝仕掛《しか》け〟を隠すためだ。

『おのれ、先ほどからちょこまかと……小賢《こざか》しい愚者がぁあああ――ッ！』

アセロ＝イエロにとってみれば、グレンはあからさまに格下だ。

グレンが使用する魔術は、どれもこれも、自分達が〝愚者の牙〟と呼んで蔑む、程度の低い、魔術とも呼べない魔術ばかり。

それだけでも侮蔑の対象なのに、このグレンという男は魔術ですらない、珍妙な武器や道具をあの手、この手で多用する。

魔術こそ至高であり、この世界を支配する真理――そんな常識を堅く信じているアセロ＝イエロにとって、そんな相手を一息で踏み潰せない、こうも手間取っている現状は、屈辱以外の何物でもなかったのである。

『おのれ……おのれ、おのれぇえええええええええ――ッ！』

激昂《げきこう》。激憤。激情。

最早、アセロ＝イエロに冷静さはなく、ただただ憤怒を燃え上がらせ、なんとしても一刻も早くグレンを踏み潰してやろうと、猛追するのであった――

——一方で。

そんなグレンの戦いを、魔都の民衆は見ていた。

遠巻きに見ていた。

この古代の超魔法文明を生きる魔都の民衆は、すべからく〝愚者の牙〟と呼ばれる魔術モドキを使用できる。

今、魔都中の市民が、そんな魔術の目を使って、グレンの戦いを見守っていた。

「なんだ……あれ……？」

「戦っている……あの《鉄騎剛将》アセロ＝イエロ様と……？」

超魔法文明であるこの時代の人間は、二種に分かれている。

上位《ハイ》ルーンの適格者。それに依《よ》る魔術を使用できる選ばれし者、〝魔術師〟。

上位《ハイ》ルーンの不適格者。下位《ロー》ルーンによる魔術モドキしか使えない、〝愚者の民〟。

魔術師と愚者の民との間には、懸絶した力量差が存在し、愚者の民は、決して魔術師には勝てない。ゆえに逆らえない。逆らってはならない。

愚者の民は、賢き魔術師達の奴隷であり、下僕であり、家畜。

それが——この世界の、この時代の、絶対的かつ普遍的な律法《ルール》であった。

だというのに──

「戦っている……？　立ち向かってる……？」

「あの人は……一体……？」

「あいつ……あの魔術は、魔術師のものじゃない……愚者の民だろ……？」

「なのに……戦ってる……だと……ッ!?」

この世界を支配する魔術師達の頂点に立ち、闇の夜空に燦然《さんぜん》と輝《かがや》きては、地に伏す者を圧殺睥睨《へいげい》する者達の称号──即《すなわ》ち、〝魔将星〟。

そんな魔将星に、なんと愚者の民が戦いを挑んでいるのだ。

逃げ回っているだけかもしれないが、愚者の民が必死に戦っているのだ。

そんなグレンの奮戦する姿に、魔術の目でその戦いを見守る魔都の民衆の心は……次第に一致していく。

即ち──無駄、無意味、愚か、犬死。

「けっ……バカじゃねーの、あいつ……あんなにムキになって……」

「どうせ、魔術師達に敵《かな》うわけないのに……」

「あの空《セリカ》すら、敵わなかったのに……戦うなんて無駄なのに……」

「やれやれ……どうせ、あの男もすぐ死ぬに決まっておるわい……」

魔都の誰もが、グレンを愚かと蔑む。

そして、先日、魔王に逆らって戦いを起こした空《セリカ》を蔑む。

「早く……早く死ねよ……ッ！　見苦しい……ッ！」

「いつまで粘っているの……ッ!?　本当に鬱陶しい人ね……ッ！」

「早く、早く、早く……ッ！」

『ハハハハッ！　いい加減、観念したらどうだ!?　それがお前達！　愚者の民の……家畜の限界だッ！』

立ち向かうグレンを嬲《なぶ》りながら、アセロ＝イエロが高らかに嘲笑《あざわら》う。

だが、一歩も引かず、グレンも叫ぶ。

見るも無惨《むざん》にボロボロになりながら、血反吐《ちへど》を吐きながら、負けじと叫ぶ――

『うるせえ、バカ野郎ッ！　人間を舐《な》めるんじゃねえええええ――ッ！』

そんなグレンの有様《ありさま》は――魔都の民衆を酷《ひど》く苛立《いらだ》たせた。

「うぜぇ……ッ！」

「イライラする……ッ！　なんなの、あの男……ッ!?」

「早くたばれよ……くたばっちまえよ……ッ！」

民衆は、グレンへ対する苛立ちと不快感を際限なく募らせていく。

だが——

その戦いの観戦を止《や》めようとする者は……ついぞほとんど居なかった。

あの、自分達の絶対上位者として、世界に君臨する魔術師達の頂点——魔将星。

長きに亘《わた》り自分達を理不尽に虐《しいた》げ続けて来た魔将星と、一人の愚者の民の激突。

その戦いから目が離せない。離すことができない。

不思議と目を吸い寄せられてしまう。

そう。

民衆は表向き、諦観していても、絶望していても。

心の底では期待しているのだ。

愚者の民が魔術師を打ち倒す——その光景を。

誰もが口にしないが、心の奥底では、そんなことを漠然と期待しているのである。

「ふ、ふん……」

「くだらないわ、どうせだめよ……」

「いくら頑張っても、愚者の民が魔術師に勝てるわけないんだからな……」

だが。

誰もがそんな風に取り繕っていた……その時だった。

魔都の、とある一角——粉々に破壊された処刑広場。

そこでたむろしていた民衆が、グレンの戦いを見守っていると。

一人の少女が、不意に、ぼそりと呟《つぶや》いたのだ。

「……どうして……あの人は、たった一人で戦っているの……？」

先ほどグレンが処刑から救った、赤い髪と紫炎色の瞳の幼い少女であった。

そして、そんな少女のその言葉に。

「「「…………ッ!?」」」

その周囲に居た大人達は、凍り付くのであった——


————。


——一方、魔都の別の区画では。

「こっちです！　さぁ、早く！　急いで！」

遠くで鳴動する戦いの喧噪《けんそう》に、大混乱で逃げ惑う民衆達を、システィーナが先導する。

時に、やむなく魔術で脅したりしつつも、システィーナは手際《てぎわ》良く避難誘導をする。

そんな最中《さなか》、システィーナは魔術の目でグレンの戦いの様子を窺《うかが》う。

「せ、先生……ッ！」

今にも押し切られそうなグレンの姿に、システィーナはこの場を放棄して、すぐにでも駆けつけたくなる気分になる。

だが——駄目だ。

それは、書かれていないからだ。

それに、グレンの戦いの差し手や戦略の組み立てをよく知るシスティーナが、先回りして民衆の避難誘導を行わなければ、グレンが全力で戦えない。

尚《なお》、いっそうのこと、グレンを死に近付けることになる。

（我慢よ……我慢……ッ！　先生ならきっとやってくれるはず……ッ！）

そう。

この戦いは、まったく勝算がない戦いではないのだ。

だが、未来は常に不確定。可能性の海を揺蕩《たゆた》うものとされている。

グレンがどうなるのかは——まだわからない。

（今はとにかく、先生が心置きなく戦えるように……ッ！）

焦燥をかみ殺して、システィーナは己《おの》が責務を果たし続けるのであった。

…………。

……そして。

そんなシスティーナを、路地裏から観察する者がいた。

「……貴女《あなた》は一体……？」

白いマントを纏《まと》った、銀髪の女――シル＝ヴィーサだ。

何らかの魔術を使っているのか、誰もが彼女の存在を気にも留めない。

「…………」

シル＝ヴィーサは、しばらくの間、システィーナの様子をじっと観察していたが。

やがて何を思ったか、彼女はシスティーナへ、音もなく、ゆっくりと歩み寄っていく。

そして、まったく気付かない、システィーナの背中へ、手を伸ばして――

――。

「待って！　空《セリカ》！　どこへ行くの⁉」

ル＝シルバが、セリカの腕を摑《つか》んで叫んでいた。

「離せ！　私は、グレンを助けに行く！」

セリカが振り返って、怒りの形相で叫ぶ。

そこは——魔都の某所。魔術によって、魔都の裏側に構築された異界であり、塗り潰したような真っ黒で何もない虚無の空間だ。

ただ、空間に鏡のようなものが一つ浮かび、そこに表側の世界——すなわち魔都の様子が映し出されている。

そして、その鏡に映っているのは、グレンとアセロ＝イエロの戦いの光景であった。

「あのバカ……ッ！　なんでこんな場所に来てんだよ⁉　どうして、あの神殿で大人ししててくれないんだよ⁉　ラ＝ティリカのやつは何をやってたんだ⁉」

「落ち着いて、セリカ！　これは決して悪い展開じゃない！」

ル＝シルバが、そのか細い腕からは想像もつかないほどの膂力《りょりょく》で、手を振りほどこうとするセリカを引き留める。

「グレン、だったよね？　あの人は、あのアセロ＝イエロと戦ってくれているよ！　このままアセロ＝イエロの注意がグレンに集中し、《嘆きの塔》への守備範囲から外れてくれれば……貴女は再び《嘆きの塔》へ突入できる！　むしろ、これはチャンスだよ！」

するとセリカはル＝シルバの胸ぐらを摑み上げて、吠《ほ》えかかった。

「そういうことじゃないんだよ⁉　あいつは、私の弟子だぞッッッ⁉」

「――ッ⁉」

そんなセリカの激しい剣幕に、ル＝シルバが一瞬、目を見開いて、押し黙り……

「ご、ごめん……」

やがて、申し訳なさそうに目を伏せて、謝罪するのであった。

「あの貴女が、そこまで誰かを思うことがあるなんて……私、思ってもなくて……」

「……ちっ」

セリカも冷静さを取り戻し、ル＝シルバを離す。

「わかったら、その手を離せ。もうこそこそ隠れるのは終わりだ！」

だが――ル＝シルバはセリカの手を離さない。

「それでも……駄目だよ、空《セリカ》。ここで出て行くのは駄目」

ル＝シルバはセリカの目を真《ま》っ直《す》ぐ見据えながら、淡々と言った。

「なんでだよ⁉」

「貴女、後、何回、全力戦闘できると思ってるの⁉」

ル＝シルバの指摘に、セリカが固まる。

「わからないと思ってる⁉　貴女のその衰弱ぶり！　軽く〝愚者の牙〟を使って雑魚《ざこ》を掃除する程度ならまだしも、魔将星クラスとの本気の戦闘は、もう何度もできない！　ここで戦えば、もう貴女は、魔王と戦えないいッ！」

「そ、それは……ッ！」

「わかってるの⁉　貴女が魔王に勝てなかったら、あの貴女の弟子を、未来の世界へ送り返してあげることもできないんだよ⁉」

「その前に……グレンが死んじゃったら意味ないだろうがぁッ⁉」

目尻に涙を浮かべて喚《わめ》き立《た》てるセリカ。

「だからと言って、今の貴女に一体、何ができるの⁉　あの魔将星は、貴女のような生粋の魔術師の天敵なの。お願い、耐えて！　ここは抑えて……ッ！」

「だ、だが……ッ！」

「それに……あるんでしょう⁉　貴女の弟子には、あの魔将星を倒す切り札が！」

「──ッ⁉」

ル＝シルバの指摘に、セリカが目を見開く。

「ここで、外のアセロ＝イエロの様子を窺っていた時……貴女、ぼそっと言ってたじゃない……〝グレンが居れば、あんなやつ目じゃないのに〟って」

「そ、それは……」

「私……正直、それ冗談だと思ってた。だって、グレンは明らかに〝愚者の民〟。あのアセロ＝イエロを害せるわけないって、そう思いこんでいたから。でも──」

ル＝シルバが、鏡からグレンの戦いぶりを、改めて見る。

ボロボロになりつつも、真っ直ぐに敵を見据え続ける、グレンの目を見つめる。

「彼のあの目……うん、冗談やハッタリじゃない。……本当にあるのね？　あのアセロ＝イエロを倒せる手段が」

「…………」

押し黙るセリカ。

だが、その沈黙が何よりも雄弁なる肯定だった。

「だったら、信じよう、空《セリカ》」

ル＝シルバがセリカの手を取り、セリカの顔を真っ直ぐに見上げる。

「貴女にとっては、甚だ不本意だろうけど……こうして貴女が未来から帰ってきて、そんな貴女を追ってこの時代にやってきた、貴女の弟子。

その彼が、こうして戦うのは……きっと、何かの運命だったんだと思う」

「…………」

「信じよう、空《セリカ》。貴女の弟子を。この詰みきった盤面、閉ざされた未来……それを彼がブチ壊してくれることを信じよう！

私、不思議なの……グレンが戦うあの姿……理不尽に全力で抗《あらが》うその姿……この腐りきった世界で、久々に〝人間〟を見た気がする！　彼なら何かやってくれる……そんな予感がしてならないの……ッ！」

「……違う……あいつは……ただの、不出来な三流の……」

否定しかけて、セリカは頭を振る。口を噤《つぐ》む。

（……何を今さら。あいつが、ただの不出来な三流魔術師？　ああ……確かに魔術師としての格だけ見れば、そうだな。だけど——）

今まで。

ずっと。ずっと。

グレンは、駆け抜けて来たではないか。

真っ直ぐに。自分が為《な》すべき事を為《な》すために。少しでも悲しい想《おも》いをする人を減らそうと、ボロボロに傷つきながら、必死に、必死に。

時に、心折れて腐ったこともあったけど——

それでも、グレンは這《は》い上《あ》がり、立ち上がり、ずっと誰かのために戦って……今まで信じられないようなことを、いくつも成し遂げ続けてきたではないか。

かくいう自分も、そんなグレンに何度も救われた。

グレンがいなければ、今の自分なんかとっくの昔にいない。色んな意味で終わってる。

だから――

(頼む……グレン……ッ!)

ぎり、と。セリカが震えながら拳を握り固める。

(お前に、頼りっぱなしな不甲斐《ふがい》ない私を許してくれ……私を助けてくれ……ッ! そして、どうか……死なないでくれ……ッ! お願いだ……ッ!)

そう祈るように、縋《すが》るように。

セリカは、鏡越しにグレンの戦いを見つめ続ける――

――――。

「どうして、あの人は一人で戦っているの? どうして、誰も助けてあげないの?」

そんな少女の素朴な疑問に。

その場の大人達は、しばらくの間、凍り付いて。

やがて、慌てて取り繕うように口を合わせ始めた。

「あの男は……そ、そうだ、悪いやつなんだ！」

「そうそう！　我らの偉大なる王、ティトゥス様に逆らう、とても悪いやつなんだよ」

「だから、ティトゥス様配下のアセロ＝イエロ様が、天誅《てんちゅう》を下しているんだ……」

「そんな男を、我々が助けるわけにはいかないだろう？」

だが、そんな大人達に、少女は続ける。

「でも……あの人は、私を助けてくれた……」

「そ、それは……」

「私、何も悪いことしてないのに、殺されそうになって……でも、あの人は、私を助けてくれて……ねぇ、本当に悪いのは誰なの……？」

「い、いや、だからそれは――ッ⁉」

「皆《みんな》、あの人が悪いっていうけど……私、そうは思わない！　正しいのは……きっと、あの人だと思う！　本当に悪い人は、きっと王様なんだよっ！」

「こ、この子ったら、なんて恐れ多いッ！」

「私は、お前をそんな子に育てた覚えはないぞッ！　恥を――……」

少女の指摘に、両親が激昂《げきこう》しかけるが。

そんな両親と、周囲の大人達の脳裏に、ふと蘇《よみがえ》る言葉……

〝お前ら、恥ずかしくないのか？〟

「………」

誰もが少女に反論できず、押し黙ってしまう。

場をそんな神妙な空気が包む中、少女がぽつりと言った。

「ねぇ……あの人……すごいよね……」

「……え？」

「だって、戦ってるんだよ……？　私達がビクビク怖がっていたあの魔将星と……たった一人で戦ってるんだよ……？　私は……」

不意に、少女がしゃくりあげる。その瞳から涙が零《こぼ》れる。

「……涙……止まらないよ……誰かのために戦うって……こんなに……こんなにも、胸が熱くなるんだ……」

ざわ、ざわ、ざわ……その場が、ざわめいていく。

そのざわめきは、ゆっくりと伝播《でんぱ》して。

少しずつ。

……少しずつ、民衆達の何かが変わっていく。

それは、決してその一角だけの話ではない。

グレンの戦いを見守る魔都中の民衆が……少しずつ、目を覚ましていく。

自分達のような〝家畜〟とは違う。

理不尽に毅然《きぜん》と抗う〝人間〟の姿に、目が覚めていく。

今まで当たり前だと思い、諦め、受け入れていたこと。

それらに疑問を覚え、疑い……

やがて、今まで完全に剝奪されていた、人の尊厳と怒りを思い出していく──

そんな中、どこかで、誰かが言った。

「もしかしたらよ……三日前の戦い……どうせ無理だと傍観せずに……俺達も空《セリカ》と一緒に、王の軍と戦っていたら……何か変わっていたかな？」

「……変わるわけないだろ……どうせ死んで終わりだ……犬死にだよ……」

「でも、このままだって、今日か、あるいは明日か……いつ死ぬかわからない……家畜に未来なんてない……」

「……ははは……そうだな……今の俺達……もうすでに死んでるも同然だよな……」

そんな風に、民衆達の自問のざわめきが、徐々に大きくなっていく中で。

「……私……私は……ッ！」

グレンの戦いを凝視しながら、涙を流し続ける少女は――……

――――。

「ぐふ――ッ!?　げほッ!?　こりゃいよいよしんどいな……ッ！」

自分にのし掛かる瓦礫《がれき》を押しのけて――グレンがよろよろと立ち上がる。

「はぁ……はぁ……ッ！　ぜぇ……ぜぇ……ッ！」

グレンは、すでに満身創痍《まんしんそうい》だ。

全身に打撲裂傷が余すところなく刻まれ、血塗《ちまみ》れ。骨が何本か折れている。

ナムルスの《王者の法《アルス・マグナ》》を乗せて、防御の魔術を自身に重ねてはいたが、アセロ＝イエロの攻撃の前にはまるで紙のようだった。

『愚者の民のわりには、よく粘ったと褒めてやろう……ッ！』

対するアセロ＝イエロは無傷。

凶暴な戦車を悠々と駆り、グレンの周囲をぐるぐると煽《あお》るように回っている。

『正直な話――今まで戦ったどんな魔術師達よりも、貴様の方が手こずったぞ？』

普通の超一流の魔術師相手ならば、その魔術ごと、この戦車で轢殺《れきさつ》して終わりなのだ。

己の魔術の腕に自信があればあるほど、グレンのような小細工には頼らない。

ゆえに――この戦車の前には、まったくの無力だったのである。

『だが、もう終わりだ。そろそろ限界だろう？』

ごっ！　アセロ＝イエロが手綱を操って、馬を回頭させる。

グレンと正面から対峙《たいじ》するように戦車を配置し、止まる。

『今度こそ渾身《こんしん》の突撃で、貴様を轢殺してやる。安心するがいい、この突撃をまともに受ければ、身体《からだ》は粉々となり、肉の一片すらこの世には残らん』

アセロ＝イエロが手綱を操作する。

すると、黒馬達が足を溜《た》め始め、戦車の車輪が纏《まと》う蒼炎《そうえん》の火勢が、刻一刻と際限なく上がっていく。

彼我の距離、約二十メトラ。

それだけの距離を離れて尚《なお》、その壮絶な熱気はグレンの肌を焦がしていく――

（くそ……ッ！　隙だ……隙が欲しい……ッ！）

グレンが歯噛《はが》みしながら、戦車の力を高めていくアセロ＝イエロを睨《にら》み据える。

（ほんの一瞬でいい……ッ！　あいつの懐《ふところ》に入る隙さえあれば……ッ！）

そのほんの少しの隙を作ろうと、グレンもこれまで手を尽くしてきたが——そこは、さすが歴戦の魔将星、その隙をまったく見せなかった。

言わば、あの戦車は移動要塞だ。

あらゆるものを踏み潰す殲滅《せんめつ》兵器でありながら、鉄壁の守りを約束する城壁なのだ。

それを崩すのは並大抵のことではない。それはわかっていたが——

（やっぱ、無理だったか⁉　しょせん、童話は童話に過ぎねえのか……ッ⁉）

万策尽きたグレンが歯噛みする。

そんなグレンの前で。

戦車の力は高まって、高まって。

視覚できそうなほどの〝暴力〟が、その車輪と車体に漲《みなぎ》っていって。

やがて。

極限まで引き絞られた矢が、ついに放たれる時が——やって来る。

『死ね——ッ！』

アセロ＝イエロが最後の鞭《むち》を振り上げる。

「──ッ⁉」

万事休す──グレンが死を覚悟した、まさに、その瞬間であった。


どんっ！


アセロ＝イエロの側頭部に、突然、小さな炎の爆発が起きたのだ。

当然、アセロ＝イエロは無傷。その神鉄《アダマンタイト》の身体には小さな焦げ目一つつかない。

だが──

『……何者だ？』

アセロ＝イエロは硬直していた。

思ってもみなかったのだ。まさか、この魔都に──自分達に逆らう愚か者が、他にいたなどということを。

アセロ＝イエロが、ぎょろりと目を向ければ。

「はぁ……ッ！　はぁ……ッ！」

遠くから、赤い髪の少女が両手を向けて、アセロ＝イエロを睨んでいた。

『愚かな。そのような紛《まが》い物《もの》の魔術……愚者の牙で、この我に逆らうか』

「う……ぁ……ッ！　お兄さん……ッ！　わ、私も……ッ！　戦う……ッ！」

少女が、次々と矢継ぎ早に呪文を唱えていく。

その魔術は……グレン達が使用している近代魔術《モダン》より、さらに精度が低い。

下位《ロー》ルーンを使用したそれは、この時代では〝愚者の牙〟と呼ばれ、本物の魔術師達から蔑まれる無様な術なのだ。

だが、それでも――

どんっ！　どんっ！　どんっ！

少女は、小さな火球を投げつけ、アセロ＝イエロを攻撃する。

『ふん……くだらぬ……ッ！』

アセロ＝イエロが苛立《いらだ》ったように吐き捨てる。

愚かな少女へ向かって、大槍《おおやり》を投擲《とうてき》しようと、頭上で回転させると。

「う、うぉおおおおおおおおおおおおお――ッ！」

「娘は殺させないわッ！」

「くたばれ、魔将星ぇえええええ――ッ！」

「魔王の手先がぁああああああ――ッ！」

突然、周囲から無数の人の気配が上がり、アセロ＝イエロを取り囲む。

それは——今まで完全に理不尽に屈服し、諦めきっていた民衆であった。

『ぬ——ッ⁉』

さらに予想だにしなかった事態に、固まるアセロ＝イエロ。

そして、民衆達は必死に呪文を唱え始めた。

魔術師達から〝愚者の牙〟と呼ばれる魔術モドキを、必死に行使する。

次の瞬間、アセロ＝イエロを四方八方から、火球、爆圧、雷閃《らいせん》、風刃、氷礫《ひょうれき》——様々な魔術モドキが叩《たた》きつけられる。

その一撃一撃はあまりにも威力が低く、当然、魔人には何のダメージにもならない。

だが——

「くそったれがッ！　バカにしやがってッ！」

「俺達は、お前らの家畜じゃねえぞッ！　ふざけるなッ！」

「人間を舐《な》めるなッ！」

「くたばっちまえ！　この化け物！　化け物ッ！」

誰もがその心の奥底に燻《くゆ》らせに燻らせていた憤怒《ふんぬ》の炎を燃え上がらせ、激情のままにアセロ＝イエロを攻撃していく。

そして、一度ついた火は、もう止まらない。
それを見た他の民衆達も、熱と勢いに浮かされるように続々と蜂起し……アセロ＝イエロへ向かって、集中砲火を浴びせた。

「「「「わぁあああああああああああああああああ――ッ！」」」」

『ば、バカな……ッ⁉　家畜共に、こんな激情などあるはずが……ッ⁉』
驚愕《きょうがく》するしかないアセロ＝イエロ。
最早《もはや》、一人や二人殺したくらいでは収まりようがない。
その怒りは氾濫する大河となりて、魔都中を伝搬し、胎動し始めていた――
『おのれ……ッ！　愚者の民の分際が……魔術師に逆らうなァアアアアア――ッ！』
アセロ＝イエロが怒りに任せて、大槍を地面へ突き立てる。
その威力で圧倒的風圧が発生し――周囲へ暴力的に拡散。
自分を取り囲む民衆を吹き飛ばし、黙らせる。
「きゃあっ⁉」
赤い髪の少女も、その風圧で為《な》す術《すべ》なく転がされていく……

そんな弱すぎる民衆を睥睨《へいげい》し、アセロ＝イエロは嘲笑《あざわら》う。

『見たかッ！　愚か者どもめッ！　これが我と貴様らの力の差だッ！　貴様ら家畜が群れ集まったところで、飼い主に勝るなどと本気で思ったか――ッ⁉』

圧倒的。

やはり、魔将星は圧倒的。

自分達の勝てる相手ではない、逆らって良い相手ではない――

激情に駆られて蜂起した誰しもに、そんな悪い考えが過《よ》ぎった……その時だった。

「《0の専心《セット》》――ッ！」

その声は、頭上から聞こえた。

アセロ＝イエロが見上げれば――グレンが居た。

グレンが空から舞い降り、猛然と迫ってきている。

民衆の思わぬ反乱に、一瞬、忘我したアセロ＝イエロの隙を突いて、一気に懐へと飛び込んで来たのだ。

『ぐぬ――ッ⁉』

アセロ＝イエロが苦々しく歯噛みする。

これだけ近いと、戦車では轢《ひ》き潰せない。

そもそも、戦車の操作は手綱で行うものなので、間に合わない。

大槍は地面に突き立ててあり、やはり迎撃も間に合わない。

つまり、次のグレンの攻撃だけは、確実に貰《もら》ってしまう──

（構わんッ！　我が神鉄《アダマンタイト》の身体は無敵ッ！　たかが愚者の民に、我が神聖なる鞍上《あんじょう》へ上がられたのは業腹《ごうはら》ものではあるが──依然、問題なしッ！）

アセロ＝イエロが、大槍を引き抜こうと腕に力を込める。

手綱を操作しようと引く。

（来るが良《い》い！　その小癪《こしゃく》な〝愚者の牙〟が折れた時……それが貴様の最後ッ！）

見れば。グレンは右手に、なにやら奇妙な物を持っている。

棒だ。小さな棒。何やら鉄で出来ているようだが……

あんな小物で一体、今さら何をしようというのか？

（笑止！　しょせん、愚者の民か……ッ！）

胸の内で嘲笑するアセロ＝イエロに対して。

空中で、グレンはその小さな棒を真《ま》っ直《す》ぐ突き出し──

その先端で、アセロ＝イエロの胸を突く。

そして──叫んだ。

「【愚者の《ペネ》一刺し《トレイター》】アアアアアア――ッ！」

銃声《どん》っ！

――――。

――ああ、もう誰も、かの神鉄《アダマンタイト》の魔人を止められない。

――誰もが絶望した時、彼《か》の者に立ち向かったのは、正義の魔法使いの弟子でした。

――彼は、小さな棒で、魔人の胸を突きました。

――すると不思議なことに……魔人は突然、倒れて死んでしまったのです。

童話『メルガリウスの魔法使い』第十章五十七節より

# 断章　メルガリウスの魔法使いⅢ

夢を――見る。
それは、今は遠き昔、遥《はる》か昔の物語。
とある一人の魔法使いの物語――
――。
猛吹雪が吹《ふ》き荒《すさ》び、極寒の凍気が肌を痺《しび》れさせる。
視界を覆う、圧倒的な白のノイズ。
そこは、いずかの山頂か。
おおよそ、生きとし生けるものが住めぬ極低温の氷結地獄にて――
空《セリカ》が戦っている。
白銀竜と戦っている。

その空を覆わんばかりの大きな翼。銀に光り輝く山の如《ごと》き巨躯《きょく》。

この世界を白く支配する吹雪を二つに割り、魂を震わせる咆哮《ほうこう》と共に、全てを圧殺せんと、白銀竜が空《セリカ》に迫って来る。

が——

「ちっ《シッ》……この私に楯突くか《ドゥー・トー・ボー・サレ》、この屑竜が《ウェイズ・ドレイゴ》」

空《セリカ》は、憎悪《ぞうお》と憤怒に満ちる目で、白銀竜を見据えながら、竜言語で吐き捨てた。

「とっとと、おっ死ね、白銀竜《ダー・ダー・キッキリー・スリヴァ・ドレイゴ》。私は魔王を、ブチ殺さなきゃならないんだ《イー・ヘイブ・トー・トゥー・キール・サタヌ》——」

空《セリカ》が呪文を唱えると、その手に生まれるは圧倒的熱量を以《もっ》て、真紅に輝く槍。

出現しただけで場の吹雪が蒸発し、山頂が激しく燃え上がる。

空《セリカ》は、それを頭上から迫り来る白銀竜へ——投げつける。

真紅の槍が、赤い流星となりて、天を駆け上がって。

そして——


「ねえ、空《セリカ》……貴女《あなた》、なんで、あの時、私を助けたの？」

旅の道中、竜の少女ル＝シルバが、先を行く空《セリカ》へと神妙に問いかけていた。

「私は、かつて一度、魔王ティトゥスに敗北し、心臓に〝白い鍵〟を撃たれて……魔将星

──《白銀竜将》ル＝シルバとして、人々の上に君臨させられた。人々を守る守護竜として、あるまじき失態を犯してしまった」

「…………」

「その〝白い鍵〟の力で、私という存在は《嘆きの塔》の89階層《叡智《えいち》の門》の鍵となった。《白銀竜将》という存在そのものが、あの門の鍵。つまり……私を倒せば、あの魔王へと至る堅く閉ざされた最後の扉は開かれる……そういう仕組み」

「…………」

「つまり、空《セリカ》……貴女が、私を討ちに来るのは当然なんだけど……こうして、私をわざわざ助ける必要はどこにもなかった。貴女がただの復讐者《ふくしゅうしゃ》なら、なおさら」

「…………」

「皆が口を揃《そろ》えて、貴女をこう呼ぶ。第二の魔王、魔王の後継者。貴女も否定せず、魔王に与《くみ》するものを片端から屠《ほふ》り続ける。それこそ、私こそが魔王だと言わんばかりに」

「…………」

「貴女の行いは、確かに残虐非道。だけど、多くの人間が救われてもいる。ねぇ、空《セリカ》……私、思うの。貴女は何も語らず、凄惨な殺戮《さつりく》を繰り返しているけど……」

すると。

「ふん？　さっきからグチグチなんだ？　結局、何が言いたい？」

竜の少女の言葉を、空《セリカ》は鼻で嘲笑う。

「言っておくが、お前を生かしておいたのは、お前を利用するためだ。竜の力は戦力になるしな。ああ、フォーエンハイムのバカどもに使わせるのは、実にもったいない」

「……ッ！」

「それに……魔王をブチ殺した後、《叡智の門》を閉じなきゃいけないだろ？　お前を生かしたのが、情けだと思ったか？　お前は、後始末のための門の鍵ってだけだ」

空《セリカ》が手の内で、〝白い鍵〟を転がして見せた。

「お前にこの鍵を挿せば、《叡智の門》は再封印されるって寸法だ。言っておくが、逃げても無駄だぞ？　お前には、すでに【隷属刻印】を刻んだ。……まぁ、精々、その命尽きるまで、ご主人様たるこの私に尽くすんだな？　下僕。ははははは……ッ！」

「そんなこと言っても……貴女が【隷属刻印】を笠《かさ》に、私に何かを強要し、何かを命令したことは一度もない。むしろ、その刻印は、魔王の干渉から私を守るために……」

「…………」

「ねぇ、空《セリカ》……私、思うの。貴女は、本当はとても……」

「うるさい」

「勝つにしろ、負けるにしろ、貴女の長い旅は、もうすぐ終わるよ。そして、ありきたりな言葉だけど、復讐は本当に何も生まないの。……復讐するな、というわけじゃない。それだけに囚《とら》われたら、駄目よ」

「……うるさい」

「全てが終わったら……貴女は幸せになるべきよ。だって……この世界の誰よりも、貴女は優しくて。ずっと、ずっと、一人で頑張ってきたのだから──」

「うるさいッッッ！」

空《セリカ》が振り返り、竜の少女の胸ぐらを摑《つか》んで吠《ほ》えかかる。

「知ったことか！　私にとっては、あのクソ魔王をブチ殺す、それだけが全てだ！　屑《くず》竜《りゅう》ごときが、わかったようにゴチャゴチャ言うなッ！　耳障《みみざわ》りだッ！」

「そんな……空《セリカ》……私はただ……貴女のことが……ッ！」

「ちっ！」

空《セリカ》が竜の少女を突き飛ばし、再び歩き始める。

「あー、あー、そうだな！　そういえば、魔王をブチ殺した後のこと、まったく考えてなかったなぁ！　ふん、世の噂《うわさ》通り、第二の魔王として君臨し、世界を支配してやるのも一興かなぁ!?　あはっ、あはははは！　あーっはははははっ！」

「……空《セリカ》……」

竜の少女は。

どんな言葉も届かない空《セリカ》を、悲しそうに見つめることしかできない。

そして——

私も、そんな空《セリカ》を黙って見ていることしかできない。

だって。

私には、空《セリカ》に何か言葉をかけてあげる資格なんて、微塵《みじん》もないのだから——……

# 第四章　風皇翠将《ふうおうすいしょう》

「……大丈……、……すか……っ」

――声が聞こえる。

地獄の坩堝《るつぼ》のような大狂騒と、その中で、なお、よく通る声が。

「……大丈夫ですか……？　大丈夫ですかっ⁉」

もう、何度目だろうか。

誰かが自分を呼ぶ声に、夢の中を彷徨《さまよ》うグレンの意識は急速に浮上していく。

「……ああ、大丈夫だ……」

グレンは頭を振りながら、身を起こした。

どうやら、さすがに戦いのダメージで意識を飛ばしていたらしい。魔都の地べたで、大の字になってようだ。

目を開けば、赤い髪の少女が、グレンの顔を横から心配そうに覗《のぞ》き込んで来る。

先刻、グレンが処刑台から助け出したその赤い髪の少女は……やはり、どこかの誰かに似ているような気がした。

「……あの……傷は、ある程度、魔術で治しましたけど……その……完璧には……」

「いいや、充分だ。ありがとうな」

グレンは、身体《からだ》の調子を確かめながら立ち上がる。

正直、大分、ガタが来つつあるが、戦闘には問題なさそうだった。

そして、グレンは改めて周囲の状況を窺《うかが》う。

「……今、どういう状況だ？」

率直に見た感じを一言で言えば……戦争状態だった。

魔都が激震している。

民衆が大声を上げて《嘆きの塔》方面へと向かっていく。

街のあちこちで、魔術の炸裂音《さくれつおん》がひっきりなしに響き渡り、怒号が響き渡っている。

熱病に浮かされたような大混沌《だいこんとん》が、今、魔都中に渦巻いていた。

先ほどまでの死んだような都市から一変、何かが変革されようとしていたのである。

「……皆、立ち上がったんです」

グレンの問いに赤い髪の少女が答えた。

「空様《セリカ》の弟子である貴方《あなた》を見て……皆、勇気づけられ、このままじゃいけないと、皆で一丸となって立ち上がったんです」

「…………」

「同時に……私達は空様《セリカ》について、何か誤解していたのではないかと……」

少女を尻目に、グレンはボソリと呪文を唱え、遠見の魔術を起動した。

確かに、魔都のあちこちで民衆と支配階級層の魔術師達との戦闘が勃発している。

その戦況は──間違いなく民衆側が圧倒的に優勢だった。

魔術師達は、自慢の古代魔術《エインシャント》を振るって奮戦するも、次々と魔力切れを起こしては、悲鳴を上げて逃げ惑っている。

当然だ。

ここは、ほんの一握りの選ばれた魔術師達が、それ以外の全てを支配していた世界。

そもそも民衆と支配階級層の魔術師達とでは、母数が違いすぎる。

いかに、武器に差があろうが、戦いとは結局の所、数が絶対的な力だ。

積年の恨みと憤怒《ふんぬ》もあり、最早《もはや》、この奔流と趨勢《すうせい》は、誰にも止めようがなかった。

「……やれやれ……童話の通りだな……」

グレンが、なんとも複雑な気分で、ため息を吐《つ》いた。

そう。童話『メルガリウスの魔法使い』でも、ぽっと出の〝正義の魔法使いの弟子〟が何かよくわからない手段でアセロ＝イエロを倒すことによって、虐《しいた》げられた民衆が立ち上がる……そんなストーリーラインなのだ。

当時は子供心ながら、滅茶苦茶《めちゃくちゃ》な展開だなと思っていたものだが……なんとも、不思議な巡り合わせである。

「え？　童話？」

「いいや、なんでもねえ。忘れてくれ」

そう言って、グレンは《嘆きの塔》へ向かって駆け出そうとする。

すると、そんなグレンの裾を、赤い髪の少女が咄嗟《とっさ》に摑んでいた。

「ま、待って！」

「……なんだよ？」

状況が状況であるため、やや鬱陶しげに少女を振り返るグレンであったが……

「あ、ありがとうございました！　私を助けてくれて、本当にどうもありがとう、空様《セリカ》のお弟子さん！」

少女が向けてくる純粋なる感謝と尊敬の目に、毒気を抜かれてしまう。

「お、おう……」

「私、感動しました！　誰かのために戦うって……誰かを守るために戦うって……こんなにも、胸が熱く打ち震えることだったなんて……」

「……はは、そんな大層なモンじゃねーよ」

「私も……いつか、あなたのような人になりたいです！　誰かを守って……誰かの希望の灯火《ともしび》となれるような、そんな人に……ッ！」

　照れ臭くて、苦笑いするしかないグレンである。

「……悪いな。俺には、まだ仕事が残っている。お師匠様と一緒に、悪ぅい魔王を張っ倒さねーといけねーからな。だから、もう行くぜ」

「あっ、は、はい……ッ！　ごめんなさいっ！」

「まぁ、ほどほどに頑張れ。……達者でな」

「はいっ！　どうか、ご武運を！」

　そして──グレンが少女を残して、駆け出し始めた、その時だった。

　駆け出すグレンの背中に、少女が叫んだ。

「私、イーヴァです！　イーヴァ＝イグナイト、イグナイトっていいますッ！」

「──ッ⁉」

　イグ、イグナイト──そんな少女の姓に、グレンがはっとする。

「いつか……また、いつか、貴方と会えますかっ⁉」

振り返る暇も、立ち止まる暇もない。

構わず、グレンはそのまま走り去って行く。

だが――

「……会えるさ」

グレンは小さく口元を微笑《ほほえ》ませながら、ぼそりと呟《つぶや》くのであった。

――――。


駆ける。駆ける。駆ける。

《嘆きの塔》へ向かって、グレンが魔都を駆ける。

今や魔都はひっくり返したような、混沌の坩堝の渦中《かちゅう》。

民衆が大挙して蜂起し、支配階級層の魔術師達と激突している。

火球を応酬し合い、稲妻を落とし合う。

確かに、魔術師達の振るう魔術の方が、威力が格段に高い。

だが、民衆達の押し寄せる大津波のような怒濤《どとう》の勢いに、魔術師達は最早、為《な》す術《すべ》なく呑《の》み込まれるしかない。

多勢に無勢。

その言葉がこれほどまでに無情に支配する状況を、グレンは知らない。

だが、当然、戦いは非常。

いくら数で勝っても、戦う以上、犠牲は必ず出る。

この革命が終わった時、一体、どれほどの犠牲が、この魔都の大地に積み重なることになるのか――

その火種となった自分は、その時、一体、何を思うのか――……

「……考えても仕方ないわよ、そんなこと」

ふと気付けば。

ナムルスが、ふわりとグレンの隣に現れて合流し、並走していた。

「ナ、ナムルス……ッ⁉ お前……」

見れば、ナムルスの身体はもう半分以上、消えている。

だが、ナムルスは、自身のことなどまったく構わず、グレンに言った。

「どっちみち、このままだと明日の夜明けと共に、皆、死ぬんだし、それに未来からやって来た貴方が為したことなら、それは貴方の未来へと繋《つな》がる歴史の必然よ」

「……！」

「なんか、クソ余計なこと勝手に考えてそうな顔してたから、ついお節介な助言《アドバイス》してみたけど……どう？　何かの足しになったかしら？」

「ああ、そうだな……今は余計なことを考えている場合じゃねえな」

気を取り直して、グレンは足に力を込め、地を蹴る。

「……白猫は？」

「それは……その、ごめんなさい……戦いの混乱の中で見失ったわ……」

「そうか。参ったな……元々、通信の魔導器《まどうき》は壊されちまってるし……」

「……怒らないの？　心配じゃないの？　捜さないの？」

「あいつなら大丈夫だ」

あっさりそう返すグレンの目は、無限の信頼に満ちていた。

「それに……あいつは、俺のために覚悟してついてきてくれたんだ。ここで、俺がやるべきことをやらず、白猫にかまけてたら、白猫に怒られるぜ」

「…………」

「それよりも、今、セリカはどこにいると思う？」

「多分、この混乱を利用して《嘆きの塔》へ突入したはずだわ」

「だろうな。行くぞ」

そう頷《うなず》いて。

グレンは、赤く燃ゆる魔都の中を、ナムルスと共に駆け抜ける。

日が、ゆっくりと傾いていくのであった――


――。


《嘆きの塔》50~89階層《門番の詰め所》。

支配階級層の魔術師達の中でも、より上位の者達が住まうその地。

その86階層に存在する大集会場は、今や大混乱の極みとなっていた。

そこに集まった魔術師達の怒号が、ひっきりなしに飛び交っている。

「み、民衆が……あの家畜共が一斉蜂起を起こしたぞッ⁉」

「何をやってるんだ⁉ 外の兵士達は一体、何を……ッ⁉」

「早くッ！ 早く！ 制圧しなさいッ！ 今すぐに！」

「制圧したら見せしめに、千匹ばかりを吊《つる》して殺してしまえ……ッ！」

「数が多過ぎますッ！ この塔周囲を守る兵達は、悉《ことごと》く押し切られて敗走……ッ！」

「なんて無様な！ たかが、愚者の牙などに、魔術師が敗れるなど……ッ！」

「ど、どうするんだ⁉　いずれあの愚者共はこの塔内に雪崩《なだ》れ込んでくるぞッ⁉」

「三日前の空《セリカ》の侵攻によって、10階層から49階層の《愚者への試練》は、すでに無効化されている！　我々の数も激減した！」

「今、連中に雪崩れ込まれれば、一気にここまでやって来るぞ⁉」

「そ、そうしたら、我々はお終《しま》いだ……ッ！　殺される……ッ！」

「ああ……後、少し……もう少しでティトゥス様が悲願を達成なさるはずなのに……それによって、我々の栄華は未来永劫《えいごう》、不動のものとなるはずだったのに……ッ！」

「くそぉ！　全ての叡智《えいち》と栄華を極めるべき我々が、なぜ、こんな目に……ッ⁉」

誰もが、自分達の時代の唐突な終焉《しゅうえん》の訪れに、嘆くばかりでいると。

「……つまり、これが答え。我々が報いを受ける時が、ついに来たのです」

その女の発言に、誰もがはっとして注視する。

その女は——シル＝ヴィーサであった。

「ティトゥス様の悲願の達成が、この世界に真なる安寧と平和をもたらすことを信じ、私は罪を承知で尽力して参りましたが……やはり間違いでした。誰も、そんなことを望んでいない。これが……民の答えなのです」

「それはただ、奴《やつ》らが物の道理を知らぬ、愚者だからだ——ッ！」

シル＝ヴィーサの言に、その場の全員が泡を飛ばして、感情的《ヒステリック》に反論した。

「そうだッ！　やつらは我々の崇高な理念を何一つ理解しておらぬッ！　だから、このように、我々に刃向かうなどという愚劣な行為を平気でやるのじゃッ！」

「ああ、我々に傅《かしず》けば、いずれ比類無き幸福を享受できるというのにッ！」

「そのためならば、我らのために、その命や魂を捧《ささ》げるのは当然だろう⁉　愚者共は何を思い上がっているんだッ！？　誰のために、やってると思ってるんだ！？」

「まったくだ！　賢き我々が、どれだけ――」

「恩知らずの恥知らず、目先のことしか見えぬ、愚かで愚劣な民の分際で――」

その場が、荒れ狂う激昂《げきこう》に呑《の》まれかけるが――

「戯言《たわごと》はもうたくさんですッッッ！」

がんっ！

シル＝ヴィーサがそれ以上の激昂で、その場を黙らせた。

「私達は罪を犯しすぎたのですッ！　その罪科を問われる時がついにやってきた……それだけの話！　私達はもう滅びるしかない！　民衆の怒りを受け入れるしかないんです！

私達の傲慢と驕慢《きょうまん》の楼閣――この暗黒時代の終わりがついにやってきた！

今まで私達が彼らにしてきたように、今度は私達が無様に吊され、晒《さら》され、新時代の礎《いしずえ》となるより、もう他に道はないのです！　それが私達魔術師の責任です！　いい加減、覚悟を決めなさいッ！」

そんなシル＝ヴィーサの叱責に。

「い、嫌だぁあああ――ッ⁉　そんな惨《みじ》めな最期《さいご》は嫌だぁああああ――ッ！」

「し、死にたくない！　死にたくないッ！」

「ど、どうして、我々が！　どうして⁉　どうして⁉」

「ぁあああああ――ッ！　そんな覚悟なんてしたくないぃいいい――ッ！」

魔術師達のみっともなさと醜悪さは、最早《もはや》、無様を通り越して哀れですらあった。

「……まぁ……もう覚悟を決める暇もないのですが」

そう、シル＝ヴィーサが塵《ごみ》を見る目で蔑むように言うと。

――塔が、大音響と共に激震した。

「な、なんだ⁉　今の衝撃は⁉」

「も、もう、愚者共が乗り込んできたのか⁉」

動揺する一同の元へ、伝令が駆け込んでくる。

「た、大変ですぅううう――ッ⁉」

「ど、どうした⁉　何があった⁉」

「せ、空《セリカ》がッ！」

伝令の叫びに、一同が等しく青ざめる。

「外の守りを突破し、空《セリカ》がこの塔内へ、再突入をかけてきましたぁあああ――ッ！」

今度こそ。

その場の大狂騒は最早、収拾がつかないものとなった。

「バカな⁉　空《セリカ》はティトゥス様が始末したのではなかったのか⁉」

「ぁああああああああああああ――ッ⁉　殺される！　私達は皆殺しだ⁉　前回の侵攻の時と同じようにッ！」

「逃げろッ！　逃げるんだッ！」

「どこへ⁉　この塔内に逃げ場なんかないぞ⁉」

「あああああ、嫌だ嫌だ嫌だッ！、死にたくない死にたくない死にたくない！」

そんな一同に。

「……醜すぎる」

シル＝ヴィーサは最早、呆《あき》れ果《は》てたように、ぼそりと言い残して。

その場を立ち去って行くのであった。

「……みっともないものを、お見せしてしまいましたね」

シル＝ヴィーサが、大集会場の外で待っていた少女に声をかける。

「………」

システィーナだ。

システィーナが、警戒も露《あら》わにシル＝ヴィーサを見ている。

だが、油断なく警戒をしつつも、自分がどうすべきか困惑しているようであった。

「ごめんなさいね、システィーナ。急にこんな場所に招いてしまって」

「どういうつもりなんですか？《風皇翠将《ふうおうすいしょう》》シル＝ヴィーサさん」

システィーナは思い出す。

先刻、グレンとアセロ＝イエロの戦いの最中《さなか》、自分の前に、魔将星を名乗るこの女が現れた時のことを。

（シル＝ヴィーサ……確か童話によれば、魔都メルガリウスを守る最後の魔将星達の一人……比類無き風と嵐の支配者……）

すでに達人の領域に近付きつつあるシスティーナは、この女と対峙《たいじ》した時、瞬時に悟ってしまった。

今の自分は、この女には勝てない——と。

彼我の間には、懸絶した実力差が存在する——と。

そして、この女が魔将星ならば、自分は敵だ。

システィーナが死を覚悟しつつ、なんとかその場を切り抜けようと、必死に頭を回転させていると……この女は意外な提案をしてきたのである。

……《嘆きの塔》を、見に来ませんか？　と。


「……どうして、私なんかを、こんな場所へと招き入れたんですか？」

女の意図がまったく理解出来ないシスティーナが、そう問う。

「貴女《あなた》ほどの魔術師なら、もう知っていると思いますけど、私は……」

「今、巷《ちまた》を騒がしている、空《セリカ》の弟子の仲間……もちろん、知っていますよ。外の様子は窺《うかが》っていましたから」

シル＝ヴィーサがにこやかに笑う。敵意はまったくない。なんだか遠い親戚か親しい友人にでも話しかけるかのような気安さだ。

ならば、なぜ……？

そんなシスティーナの胸中を見透かしたように、シル＝ヴィーサは穏やかに言った。

「さぁ、なぜでしょうか？　貴女を一目見た、その瞬間……どうしても、こうして、お話がしたくなったのです」

「……私と……？」

「……本当に不思議です。こんな理屈に合わないことをしたのは初めてです」

そう言って、システィーナと同じ銀髪の女は、くすくすと笑っていた。

平時なら、システィーナも気味悪がるところだが、今は不思議とそうならない。

なぜなら……

(私もこの人と同じだから……なんでか知らないけど、この人を見ていると、懐《なつ》かしい気持ちになる……少し話をしてみたいと、心のどこかでそう思ってる……)

いつの間にか、二人は外周部のテラスへと出ていた。

そこには無限の夜空が広がり、巨大な月が二人を出迎える。

どうやら、ここは外と時間の流れが異なるらしい。

(……あ。ここ、見たことある……)

ふと、システィーナは思い出す。

ここは——以前、消えたセリカの行方を追って、タウムの天文神殿から《星の回廊》を通って《嘆きの塔》内へ侵入した時——その時に見た風景とまったく同じであった。

(アレがこう繋《つな》がるんだ……)

システィーナが、なんとも不思議な気分で呆《ほう》けていると。

「これは……状況からの推察に過ぎないのですが」

隣に立ったシル＝ヴィーサが、ぽつぽつと話しかけてくる。

「次元追放された空《セリカ》が、その弟子や貴女を連れて、唐突に帰ってきた。察するに、システィーナ……ひょっとして、貴女は未来の世界からやってきたのでは？」

「……ッ⁉」

あまりにも鋭すぎるシル＝ヴィーサに、システィーナがはっとする。

未来のことは極力話すべきではない……そんなグレンの警告が蘇《よみがえ》るが、これほどの魔術師が〝その気〟になれば、隠し事など到底できやしない。

直接、心や記憶を暴かれるくらいなら、と。

「はい。私達は未来の世界から来ました」

システィーナは、誤魔化すことなく毅然《きぜん》と答えた。

「ふふっ、やっぱりそうなんだ」

すると、シル＝ヴィーサはにこやかに微笑《ほほえ》んだ。

「未来の世界……なんだか、とっても不思議な気分ですね……」

「…………」

それはシスティーナも同じだった。

なんだか、シル＝ヴィーサと話していると、気分がふわふわする。

どこか懐かしく、くすぐったい。この感覚はなんだろうか？

なんだか、子供の頃、祖父とお話をしていた頃のような雰囲気に似ていた。

「未来の世界は、どんな世界なんですか？　どうか教えてくださいませんか？」

「それは……」

やっぱり不思議だった。

本当は話すべきじゃないとわかっているのに、なんとなく、この人には全てを話してしまいたくなる。何らかの強制の魔術を使われているわけでもないのに——

「……そうですね。じゃあ、何から話しましょうか」

くすっ、と笑って。

システィーナは話し始めた。

自分が知る限りの、これからの大雑把な時代の流れを。

そして、自分の生きる時代と、自分を取り巻く周囲と、自分の日々の生活を。

アルザーノ帝国魔術学院で、学友達と過ごす楽しい毎日。

とある恩師に振り回される、騒がしい日々。

それは――間違いなく〝幸せ〟と呼べる日々。

だが、決して楽しいこと、幸せに思えることばかりではない。

時に哀《かな》しいことも、辛《つら》いこともある。

何より、世界は未《いま》だどうしようもなく矛盾だらけで、痛みと嘆きを抱え、人知れず泣いている人達もいる。

そして、そんな未来の世界が、今、太古より蘇った魔王の存在によって、未曽有の危機を迎えていることも。

だが、それらを全てひっくるめても――

システィーナは自信を持って、こう言う。

「それでも……私は、私が生まれた時代が好きです。私達が笑って、泣いて、一生懸命に生きているあの世界が大好きです」

「……そうですか」

じっと聞きに回っていたシル＝ヴィーサは、穏やかに微笑んでいた。

「はい。だからこそ、私達は元の時代に帰らないといけないんです。魔王を倒して、因果を繋いで……私達は、私達の時代を守るために戦わないといけないんです！」

システィーナは迷いなく、そう言った。

「そんな私をどうしますか？　シル＝ヴィーサさん」

シル＝ヴィーサの横顔を真《ま》っ直《す》ぐ見つめ、そう言った。

「今、言った通り……私は、魔王の敵。魔将星である貴女の完全な敵です」

「…………」

「そんな私を許せないというなら……全力でお相手しますよ？　今、すぐにでも。勝てなくとも、ただでやられるつもりはないですから」

システィーナは、静かに身構えるが。

それでも、なんとなく、シル＝ヴィーサの反応は予想がついた。

「……別に、何もしませんよ」

それは、どこまでも穏やかで透き通った笑みだった。

「そうですか……なるほど、ティトゥス様が倒れた後……未来は、そのように流れるのですね……ならば……やはり、私のやってきたことは、間違いだった……」

「シル＝ヴィーサさん……」

「私は、ティトゥス様の理念に賛同し、止める一族の声を振り払って、イターカの神官としてティトゥス様に尽力してきました。でも、本当はずっと迷っていたのです。人は、私達がお仕着せで管理してやらねばならないほど、本当に弱いのか、と。私達のやろうとしてきたことは、ただの偽善と傲慢に過ぎないのではないか、と」

「管理……？」

「……答えは出ました。最早《もはや》、迷いはありません。ありがとうございます、システィーナさん、私、決心がつきました」

シル＝ヴィーサが、システィーナに真っ直ぐ向き直る。

「決心……ですか？」

「はい」

一つ頷《うなず》いて、シル＝ヴィーサは己の手を掲げ見る。

「私の手は、もう血に汚れすぎました。生きて、何かを償うということすら生温《なまぬる》い。私は……死して償うしかありません」

「そ、そんな……ッ！」

「それでも、私は己の所業に責任を取らねばならない」

言葉を失うシスティーナへ、シル＝ヴィーサは毅然と続ける。

「償うことができぬならば、せめて――貴女達が繋ぐ過去と未来の因果の、その先。その先を守る後押しをする……それが私にできる、唯一の贖罪《しょくざい》なのでしょう」

そう言って。

シル＝ヴィーサは、何事かをぼそぼそと唱えた。

すると……

「え？　何、これ……？」

シル＝ヴィーサが纏《まと》う白いマントが、パラパラと光の羽根となって解けていく。

そして、その光の羽根は、システィーナの周囲を回転しながら寄り集まっていき――

気付けば、システィーナは、シル＝ヴィーサのマントを纏っていた。

「……所有権を、私から貴女へと委譲しました」

「しょ、所有権……？」

「そのマントは当家の秘宝。ゆえに、再契約にもっと苦戦するかと思いましたが……こうも、あっさり契約変更できるあたり、ひょっとしたら、貴女は……」

「……？」

「まさしく、〝お仕着せ〟ですが……それは、きっと今の貴女に必要なものです。貴女の時代の……貴女自身の未来の……その先を守り繋ぐために」

そんな風に微笑んで。

シル＝ヴィーサがまた、何事かを唱える。

すると、今度はシスティーナを中心に、突然、光り輝く風が渦を巻き始めた。

途端、システィーナの視界が、ぐにゃりと歪《ゆが》み始める——

「え……ッ⁉　なっ⁉　こ、この風……ッ⁉」

「大丈夫です。その風は、貴女《あなた》を在るべき場所へと送り届ける風。私の風は自由そのもの……この閉鎖された塔の中にあって、なお、どこまでも届くのです」

「シル＝ヴィーサさん⁉」

システィーナが顔を上げ、シル＝ヴィーサを見る。

「お別れです。システィーナさん」

シル＝ヴィーサは、穏やかな笑みを浮かべて、システィーナを見送った。

「次、お会いする時、私は恐らく貴女と戦わなければならないでしょう……悪逆非道の魔将星《風皇翠将《ふうおうすいしょう》》シル＝ヴィーサとして」

その笑みは、己の受難の運命を全て受け入れた聖者の姿を思わせた。

「この世界を守ろうとして……私は、結局、何もできなかった。ただ、いたずらに痛みと嘆きを、この世界に刻みつけただけ。

無駄に罪を犯すだけの人生でしたが……でも、最後に貴女に会えました。おかげで、私の血塗《ちまみ》れの人生にも、ほんの少しだけ意味ができたのかもしれません。

この奇跡に、この運命の巡り合わせに無限の感謝を。貴女と会えて本当によかった」

「待って！　シル＝ヴィーサさん！」

自分に渦巻く風がどんどん強まる中、システィーナは必死に手を伸ばす。

次第に歪み、遠ざかる景色の中——必死に、シル＝ヴィーサへと語りかける。

「突拍子もないこと、言いますけど！」

システィーナは、シル＝ヴィーサの姿を改めて見た。

その銀髪。やや吊《つ》り気味な翠玉《すいぎょく》色の瞳。

何より、白マントのフードがなくなることで、はっきり露《あら》わになったその顔立ち。

似ている。

あまりにも、誰かに似ているではないか——

「ひょっとして！　貴女は、私の——……？」

そんなシスティーナの問いには応じず。

シル＝ヴィーサは、にっこりと微笑んで。

びゅおおおおっ！

一際《ひときわ》、強まった一陣の風が、不意にシスティーナの全身を突き抜け――

システィーナの視界は暗転し、全身は無重力に包まれるのであった。


――。


グレンが駆ける、駆ける、駆ける。

今、グレンは、四角錐《しかくすい》状建造物である《嘆きの塔》の頂点部分を目指して、その側面部に設けられている、長い長い上り階段を、ひたすら駆け上っている。

《嘆きの塔》内部に侵入する入り口は、頂点に存在する。

だが、最早、その周辺に守りの兵士はいない。

グレンは、悠々と階段を駆け上っていく。

上るにつれ、段々と視線が高くなり、空へと近付いていく。

見上げれば、日はすでに傾きかけ、魔都をよりいっそう破滅的な紅に染め上げる。

下方からは未だ戦いの喧噪《けんそう》。自由を求めて戦う民衆の咆哮《ほうこう》が響き渡っている。

それらに背を向け、グレンはただひたすら階段を駆け上る――

「……不思議ね」

　そんなグレンの後を追うナムルスが、ぼそりと呟《つぶや》いた。

「私は、人間なんて弱くて、脆《もろ》くて、自分勝手で、愚かで……何もできない、無様な生き物だと思ってた」

「……ナムルス」

「実際、私は今まで、人間の愚かしさや弱さばかりを見せられてきた。だから……この世界で何かを成せるのは……ほんの一握りの優れた人間だけだと思っていた。

　ううん、そのほんの一握りの優れた人間すら……私は心のどこかでバカにしていたのかもしれない……」

　ナムルスが、下方で戦う民衆を、ちらりと流し見る。

「……でも、どう？　ほんの些細《ささい》な切っ掛けで、本当に、誰もがこうやって立ち上がることもできる……人間って本当になんなの？　つくづく、よくわからない生き物だわ」

「人間も捨てたもんじゃねーだろ？」

　グレンが、背後のナムルスへ振り返らずに言った。

「強さも弱さも、賢さも愚かさも、優しさも残酷さも……まるで万華鏡《まんげきょう》のように千変万化しながら覗《のぞ》かせる……それが人間ってもんだ」

「………………」

「ま、お前ら人外や、スゲえ魔術師どもの言うことも間違ってねえよ。人間は弱《よえ》ぇ。時に信じられないほど残酷になったり、バカやったりもする。何か絶対的な存在が、上から全部、管理してやった方がいいんじゃねーかって思うこともある。

それでも、俺は……どんな紆余曲折《うよきょくせつ》があっても、何度間違えても、結局、人間は最後に正しい道を選択し、歩んでいける……そういう生き物だって思う。そして、やがて有り得ないことを、皆で成し遂げる……まるで魔法じゃねえか」

「…………」

「ははっ、そうだな……要するに、アレだな」

グレンは冗談めかして、笑いながら言った。

「つまり、誰もが〝正義の魔法使いになれる〟って、ことなのかもな」

そう言って。

「……えっ？」

どきりと動悸《どうき》する胸に、グレンは階段を駆け上る足を思わず止めていた。

「どうしたの？　グレン」

「い、いや……」

グレンが口元を押さえ、こんな切羽詰まった状況だというのに思考の海に沈む。

「今……俺、何か大事なことを……？」

グレンの胸中に、無意識に渦巻いていた、正体のわからない漠然とした疑問。

その正体と答えのヒントが、今の一瞬、垣間見《かいまみ》えたような、そんな気がしたのだ。

〝正義の魔法使いになりたい〟──かつて、自分が抱いていた幼い子供の夢。

だが、残酷な現実の前に夢破れ、〝正義の魔法使いなんてこの世界に存在しない〟──

そう思い込んでいた、思い込もうとしていた、その願いは。

自分には、その才覚や資格がないと、もうとっくに諦めつつも、どこか未練を覚えているその願いは。

本当に──潰《つい》えてしまったのだろうか？

「……何か、迷いか葛藤があるようだけど」

ナムルスが諭すように言った。

「今、考えている時間はないわ」

「そうだったな……」

気を取り直し、グレンは足に活を入れ、再び階段を駆け上り始める。

《嘆きの塔》の頂上は、すぐそこだ──

──。


無限とも思われる階段を上りきり、ついに塔の頂上が見えてくる。

そこの四角錐型構造物の側面に、塔内部へと侵入する門がある。

その門には見覚えがある。

まさにそこは、以前、学院の地下区画で見た、地下迷宮への入り口そのものだった。

地下にあるはずのそれが、こんな空に近い場所にあることに違和感を覚えつつ、その門へと歩み寄っていくと……

「……お？」

そこには、すでに先客がいた。

その背格好は──システィーナであった。まるでグレン達を待っていたかのように、門の前で、背を見せるように静かに佇《たたず》んでいる。

「よう、やっぱり無事だったか。まぁ、今のお前なら、まったく心配は……」、ここで、グレンはふと気付く。

「……ん？　白猫、なんだ？　そのマントは……？」

グレンは、システィーナが羽織る見覚えのないマントを見た。

上空を吹き抜ける風に、そのマントは、ばさばさとはためいている。

白を基調とした、古めかしい作りのマントだ。意匠や刺繍《ししゅう》の造形的に、この時代の産物であることは、なんとなく予想がつく。

そして、そのマントには、見るからに強大な魔力と魔術が秘められていることに、否《いや》がおうにも気付かされる。

「……魔法遺物《アーティファクト》か……？　どうした、それ」

「そのマント……ねぇ、システィーナ……あなた、まさか……？」

そんな風に訝《いぶか》しむグレンとナムルスに。

システィーナはくるりと振り返り、毅然《きぜん》と言った。

「行きましょう、先生、ナムルスさん」

有無を言わせない、揺るぎない意志を秘めたシスティーナの言葉。

ほんの二、三時間ほど会わないうちに、システィーナがまるで別人のように成長したかのように、グレンは感じるのであった。

「……ああ、行こう」

神妙な表情でグレンが頷《うなず》いて。

改めて、システィーナとナムルスを伴い、《嘆きの塔》内へと侵入していく。

恐らくは、ほんの少し前にセリカも辿《たど》っただろう道を、三人で突き進み始めるのであった——

# 断章　メルガリウスの魔法使いⅣ

夢を──見る。
それは、今は遠き昔、遥《はる》か昔の物語。
とある一人の魔法使いの物語──
──。

長い、長い、戦いと旅路の果てに──
ついに、空《セリカ》は《嘆きの塔》へと挑む。
数少ない友、仲間、協力者──ありとあらゆる者達を犠牲にして挑む。
それを冷酷と言うなかれ。
その犠牲なしに挑むことなど、到底、できなかった。
《嘆きの塔》とは、それほどの難攻不落の難所。

だからこそ、民草の希望を刈り取る〝嘆き〟の名を冠するものなり。

空《セリカ》は《星の回廊》を利用しながら、第1階層から第9階層《覚醒への旅程》を踏破し、最大の難所、第10階層から第49階層《愚者への試練》をついに越え──その無力化に成功。とうとう、第50階層からの《門番の詰め所》へと侵攻する。

その《門番の詰め所》は、支配階級層の魔術師達が住まう都。

時分は、後、もう少しで魔王がその長きに亘《わた》る悲願を成し遂げ、世界が永遠に魔術師達のものとなる寸前。

魔術師達の誰もが、目前まで迫った栄光と、自分達が摑《つか》むだろう叡智《えいち》に希望を抱いていた──まさに、そんな時。

そんな時に、まさかこの《門番の詰め所》に、不遜無礼にも侵攻してくる者が存在するとは、露程にも思っていなかった魔術師達は……空《セリカ》の侵攻に為《な》す術《すべ》もなかった。

それこそ、そこは阿鼻叫喚《あびきょうかん》の大地獄と化した。

空《セリカ》は、今まで練り上げてきた、ありとあらゆる魔術を駆使して、魔術師達を殺した、殺した、殺しまくった。

燃やし尽くし、凍《い》てつかせ、稲妻で撃ち払い、風の刃《やいば》でバラバラに斬り刻み、超重力で押し潰し、次元の果てに追放し、時間を操って朽ち果てさせ、石化させて砕き、猛毒で溶

解させ、死の言葉で呪い殺し、召喚した悍《おぞ》ましき悪魔に食わせ、極光の奔流で根源素《オリジン》まで分解して──

殺して、殺して、殺し尽くした。

各階層を凄《すさ》まじい形相で鏖殺《おうさつ》して突き進む空《セリカ》を止められる者は、誰もいない。

それはまさに、魔王の行進であった。

そんな空《セリカ》へ、死に逝《ゆ》く魔術師達の怨嗟《えんさ》と罵倒の呪いは渦巻き、尽きることはない。

──同じ魔術師のくせに、この裏切り者……ッ！

──お前と我々で何が違う？

──お前さえいなければ……ッ！

──ああ、憎い……憎い……憎い……ッ！

──呪ってやる……呪ってやるぞ、空《セリカ》ぁあああ──ッ！

そんな呪詛《じゅそ》を吐く者達を無慈悲に踏み潰し、空《セリカ》はどこまでも突き進む。

第54階層──58階層──62階層──68階層──74階層──80階層──……

魔術師達の理想郷を上から順番に、悉《ことごと》く冥府地獄へと変えながら、空《セリカ》は突き進む。

魔王へと至る道——第89階層にある《叡智の門》を目指す。
「……そうだ、何を迷うことがある？」
魔術師達を爆破散滅させながら、セリカが揺るぎなく言う。
「私は、このために戦って来た……ッ！　あの日、空へかけた誓いを果たすためだけに
……それだけのために生きてきたんだ……ッ！」
憎い。憎いのだ。
大増上慢の魔術師達が、自分にかけてくる怨嗟や罵倒など、歯牙《しが》にもかけないほど。
空《セリカ》は、魔王とそれに与《くみ》する全ての者達を憎んでいたのだ。憤怒《ふんぬ》していたのだ。
そう、だから、彼女は何も迷うことはない——
己《おの》が為《な》すべきことを、最後まで為すのみ。
——。
——でも、これは、多分、なのだろうけど。
「私は……私は……ッ！」
その時、空《セリカ》はもう……とっくに疲れていたのかもしれない。
私はもう、とっくに気付いていた——彼女《セリカ》の限界を。
この戦いの果てに、彼女《セリカ》に一体、何が残るのだろうか？

長い旅路の中で培《つちか》った、数少ない友や仲間達は、全て逝《い》ってしまった。

魔王に攫《さら》われた妹を救うという目的はあったけど、それだって、今となっては百年以上前の話だ。手遅れにもほどがある。

そして、民衆達は彼女《セリカ》を、第二の魔王、魔王の後継者などと恐れる始末。

結局、彼女《セリカ》が悲願を果たしたとしても――彼女《セリカ》は終わる。

人としての全てが終わる。

彼女《セリカ》には、もう何もない。何もないのだ。

恐らく……彼女《セリカ》は勝利するにしろ、敗北するにしろ、この戦いが終わったら……死ぬ。

何を残すことなく、何を語ることなく、彼女《セリカ》はただ燃え尽きるように消えていく。

彼女は、必死に悪辣非道な悪党を取り繕うが――そんなことをしなければ、戦う自分を保てないほどまでに、彼女《セリカ》は疲れ切っていたのだ。

……結論を言えば。

最初から、この物語に、救いはなかったのである。

私は……なんてことをしてしまったのだろう。

私は自分のことだけしか考えていなかった。

私は自身の我《わ》が儘《まま》を通すために、空《セリカ》を利用して。

空《セリカ》を、ただの地獄へ突き落としただけに過ぎなかった。

もっと、他に何かあったはずだ。上手《うま》いやり方があったはずだ。

どうして、ここまで頑張った空《セリカ》が幸せになれない？　報われない？

こんなの……あまりにもあんまりではないか。

空《セリカ》を、目的のために利用した、ただの道具と割り切るには……私が空《セリカ》と過ごした日々はとてつもなく長く……空《セリカ》に情が移りすぎてしまったのである。

「おい、何を、ボサッとしている？　ラ＝ティリカ。……行くぞ」

「……え、ええ……」

この土壇場《どたんば》に至っては、最早《もはや》、何も言うことはできない。

最後の戦いが迫っている今、そんなことを言っても、もう何も意味はない。

ただ……空《セリカ》。

貴女《あなた》はそれでいいの？　本当にいいの？

今さら、私にこんなことを願う資格なんて微塵《みじん》もないだろうけど。

私は、ただ——貴女が痛みと嘆きを重ねて創り出す未来の世界で。

貴女にも、笑っていて欲しいのだ——

# 第五章　セリカ

「…………」

──白昼夢を彷徨《さまよ》っていたグレンの意識が、ふと我に返る。

気付けば、グレンは走っている最中。

そして、ここは先ほど突入した《嘆きの塔》内部。

今までよく転ばなかったものだと、自分でも感心するしかなかった。

「先生……大丈夫ですか？　今、何かぼんやりしていましたけど……？」

グレンの右隣を走るシスティーナが、心配そうに見上げて来る。

「しっかりしてよ。ここは敵陣よ？　油断は禁物なんだから」

グレンの左隣を走るナムルスが、呆《あき》れたようにぼやく。

しばらくの間、グレンは今、垣間見《かいまみ》た夢の内容を反芻《はんすう》しながら押し黙って。

やがて、ぼそりと口を開いた。

「なんとなくだが……俺が時折、垣間見るこの夢の正体がわかった気がする」

そう言って、グレンはちらりとナムルスを見る。

「……は？　何を言ってるの？」

「何でもねえ、急ごうぜ」

そう言って、グレンはさらに走る速度を早めるのであった。


ついに、セリカの後を追って《嘆きの塔》内へと侵入したグレン。

だが、その踏破は拍子抜けするほど簡単なものであった。

第1階層から第9階層《覚醒への旅程》。

第10階層から第49階層《愚者への試練》。

その二つを、ほんの数時間で、グレン達はあっさりと突破してしまったのである。

本来、《愚者への試練》は、定期的に自動再生成される複雑怪奇な迷宮と、恐るべき罠《わな》や守護者《ガーディアン》、ゼロマナ地帯が行く手を拒み、ただただ侵入者を嘆きと絶望の淵瀬《ふちせ》へと沈める人外魔境だったのが――

「……だから、言ったでしょう？　前回の突入の際に、空《セリカ》がその防衛機構の中枢を壊したのよ。数百年単位で時間が経過すれば、それすら自動修復されて、再び侵入者を拒むようになるでしょうけど……まぁ、今だけは、通り放題《フリーパス》よ」

ナムルスから、事前にそう説明されても、なおグレンは信じられなかった。

第50階層からの《門番の詰め所》。結局、ここに至るまで、あの複雑な迷宮は見る影もなく単純なものになり、ほぼ一直線ルートであったのである。

「しかし……ここが《門番の詰め所》……支配階級の魔術師達が住む第二の都か」

グレンが周囲を見回しながら呻《うめ》く。

「……酷《ひで》ぇな」

「そうですね……」

システィーナも顔をしかめて同意する。

第50階層からは、塔の内部でありながら、外周部に無限の空が広がる都市のような区画なのだが……見渡す限り目に入るのは。

死体。死体。死体。死体。死体。死体……

とうに事切れ、原形を留《とど》めぬ魔術師達の死体が、そこかしこに転がっているのだ。

多少は死体を片付けようとしていた跡は見られるが……焼け石に水のようであるらしい。

まだまだあまりにも多くの死体が野ざらしにされている。

幸運にも顔が残っている死体には、例外なく絶望と怨嗟の表情が刻みつけられていた。

「……空《セリカ》の前回の侵攻の際の、犠牲者ね」

ナムルスが何の感慨もなく、淡々と言った。

「……どいつもこいつも、死の間際《まぎわ》に特上の呪詛を吐いたみたい。バカね……彼らの魂はこの場に縛り付けられ、永遠にここを無意味に彷徨うことになるわ。魔術師が自身の言葉の重みを自覚せず、安易に言霊《ことだま》を吐くからこうなる」

「せ、先生……これって……」

「……ああ」

青ざめるシスティーナに、グレンが頷《うなず》く。

この場所には……見覚えがあるのだ。

次々と、嵌《はま》っていくパズルのピース。形作られていく真実の絵図面。

だが、今はそれをじっくり眺めている暇はない。

鳴動《どおん》……ッ！

その時、地をどよもすような大音響が、辺りに響き渡った。

足下が振動し、ぱらぱらと埃《ほこり》が落ちてきて、びりびりと大気が震える。

どうやら音源は下の階層からだ。

「……い、今の音は……？」

「戦ってるな、あいつが」

システィーナの呟《つぶや》きに、グレンが頷く。

「……なんだろうな……なんか、とても懐《なつ》かしいぜ。色々」

過去。そして、未来。

奇妙な符合の一致と数奇なる運命の巡り合わせに、物思うことがありつつも、最早、グレンに迷いはない。

「……行くぞ、白猫」

「は、はいっ！」

神妙に返答するシスティーナを伴って。

グレンは、さらに塔の奥、下層への道を急ぐのであった――

――。

駆ける。駆ける。駆ける。

塔内の都市区画を駆け抜け、外周部を回って階段を下り、どんどん階層を下っていく。

通路に、グレン達の足音が断続的に響き渡っていく。

戦いの喧噪《けんそう》は、魔術の炸裂音《さくれつおん》は、どんどん近くなってくる。

「近いな……」

今、グレン達は前方へ真《ま》っ直《す》ぐと延びる通路を通っている。

彼方《かなた》にあるアーチ形の出入り口が、徐々に近付いてくる。

そして、奥のアーチ形をくぐり抜け——

グレンの眼下に広がったのは、まるで闘技場のような大広場であった。

円形フィールドのあちこちで、炎が激しく燃え上がっている。

グレン達から向かってフィールドの遥《はる》か向こう側には、暗黒を湛《たた》えて口を開けた巨大な門が、高くそびえ立っている。

そう、未来の世界で見た時は堅く閉ざされていた門の封印が解かれているのだ。

そして、その門の前で——

「ふん——ッ！」

セリカが、無数の魔術師達を相手に戦っていた。

恐らく、この《嘆きの塔》の生き残りの魔術師達は、この場所を自身らの最後の戦いの場所に選んだのだろう。

多くの魔術師達が集まり、セリカに向かって必死に魔術を撃っている。

だが——その趨勢《すうせい》は歴然だった。

「《《失《う》せろ》》ッ！」

ただ一言の呪文で起動された、黒魔《くろま》【プラズマ・カノン】、【インフェルノ・フレア】、【フリージング・ヘル】——上位のＢ級軍用攻性呪文《アサルト・スペル》。

極太の収束稲妻砲撃が、滾《たぎ》る灼熱業火《しゃくねつごうか》の津波が、絶対零度の凍気結界が、セリカと対峙《たいじ》する魔術師達を破壊して、破壊して、破壊し尽くす。

「……雑魚《ざこ》が」

記憶を取り戻すことで、その技量が最早、神域に達したセリカが振るえば、近代魔術《モダン》すらも神業であった。

「はぁあああああああああああああ——ッ！」

セリカが投げる破壊の隙間を縫うように、竜の少女が右手を振り上げて突進する。

魔術師達の群れの中へと飛び込んでその細腕を振るえば、魔術師達がバラバラに引き裂かれて、散華《さんげ》していった。

「ぎゃあああああああ——ッ⁉　ガハ……ッ！」

「お、おのれ……おのれぇ……ッ⁉　裏切り者めぇ……ッ！」

「嫌だ、死にたくない……死にたく……」

「《うるさい・死ね》」

惨《みじ》めたらしくのたうちまわる魔術師達へ、セリカがさらなる破壊を叩《たた》き込む。

落とされた稲妻の乱舞に、悲鳴と焼け焦げた不快臭が入り混ざった。

あらゆる者を破壊し尽くし、あらゆる者がひれ伏すその渦中《かちゅう》にただ一人、孤高に佇《たたず》む

その絶対的な姿は——まるで、魔王のようであった。

そんなセリカの姿を……グレンは神妙な目で見つめて。

やがて、ゆっくりと階段を下りていく。

中央の円形フィールドへと向かって歩み寄っていく。

システィーナとナムルスも顔を見合わせ、グレンの後に続く。

そして——グレンが、フィールド上に立つ頃には……もう戦いは終わっていた。

どおんっ！

一際《ひときわ》高く燃え上がる超光熱の火柱と共に、泣きながら命乞いをしていた魔術師達が、灰も残さず消滅していた。

「……ぜぇ……ぜぇ……ッ！　はぁ……はぁ……ッ！」

フィールドの中央で肩で息を吐くセリカの元へ、グレンは歩み寄っていく。

「せ、先生……」

「空《セリカ》……」

「あ、貴方《あなた》達は……ッ⁉」

システィーナ、ナムルス、竜の少女の三人は、ただ黙って遠巻きに様子を窺《うかが》う。

やがて、グレンはセリカの背後に立ち……ゆっくりと声をかけた。

「……なんか懐かしいな」

グレンは苦笑していた。

「ははっ……そういえば、前にもこんなことあったよな」

奥の黒光りする巨大な門を見上げながら、そう言う。

すると。

「そう……だな……」

当然、グレンの接近には、とっくに気付いていたらしい。

ぼそり、と。

セリカはグレンを振り返らずに、そう返す。

そして、グレンへ問う。

「何しに……来たんだよ……？」

「何度言っても、まったく学ばねえ、頭の悪いお師匠様を連れ戻しに、だよ」

「何で……来たんだよ……？」

「家族を助けるのに理由がいるのかよ？」

「…………」

しばらくの間、セリカは無言を貫いて。

「バカ野郎。早く帰れ」

そう、グレンを突き放すように言い捨てた。

「ああ……クソ、そうか……この時点では特異点の因果が確定してないから、まだ元の時代には帰れないのか……だったら、これから私がキッチリとカタをつけてやるから、タウムの天文神殿で待ってろ。私は――」

そう言って、一度もグレンを振り返らずに、セリカは門へ向かって歩き始める。

「……待てよ、そうはいくか」

グレンは、そんなセリカの肩を後ろから掴《つか》んだ。

「放せよ」

セリカが、そんなグレンの手を振りほどこうとする。

が――グレンはしっかりと掴んで放さない。

「放せ」

「嫌だ」

「放せったら」

「嫌だよ」

「放せっつってんだろ！」

「嫌だっつってんだろうがッ！」

しん……

二人の剣幕に、場が静寂する。

「……お前さ……この期《ご》に及んで聞き分けないこと言うなよ……」

セリカがぶるぶる震えながら呟く。

「私の正体……お前、もうわかってんだろ？」

「ああ、そうだな……」

グレンは深く息を吐き、最早《もはや》、自明の事実を、改めて噛《か》みしめるように言った。

「セリカ……お前が、〝正義の魔法使い〟だったんだな」

「…………」

「なんだか、不思議だよなぁ……」

グレンが感慨深げに言う。

「かつて、俺はお前によって救われて……お前みたいな凄《すご》い魔術師になりたいと思って……だから、童話で出てくる〝正義の魔法使い〟に憧れた。

でも……その童話の〝正義の魔法使い〟が、まさか、お前自身だったなんてなぁ……本当に不思議だよなぁ……」

「……そんな大層なもんじゃない」

セリカが力なく呟いた。

「私は……お前が憧れているような、杖《つえ》の一振りで誰しもを幸せに、笑顔にしたという〝正義の魔法使い〟なんかじゃない……ただの醜い、救いようのない悪鬼だ。

誰かを守りたかったわけじゃない。魔王に、全てを奪われ、殺されて……死んでも死にきれなかった……魔王をこの手でブチ殺してやらなきゃ気が済まなかっただけの……とっくの昔に、終わった死人だ」

「…………」

「魔王を殺す……ただそれだけのために、あらゆる者を犠牲にしてしまった……こんな私を慕ってくれた者や、信じてくれた者もいたのに……全部、犠牲にした。

もう、私の手は色んな者達の血でベタベタだ。お前に憧れて貰《もら》えるような……そんな大層な存在じゃないんだよ……」

「……復讐《ふくしゅう》、か」

グレンがぼそりと返す。

「それが……お前の忘れていた使命か？」

「そうだ」

「だから……お前は、この時代に帰還したというのか？　その復讐を果たすために」

「……そう──」

「──違うだろッッッ！」

首肯しかけるセリカの言葉が、グレンの吠《ほ》え声で遮られる。

「今のお前が、そんなくだらねー理由で、俺達を捨てて、この時代にノコノコ来るわけねーだろ⁉　何年、一緒にいると思ってるんだ！　俺にはわかる！

お前は……俺達のために帰ったんじゃないのか⁉　俺達の未来を守るために、こうして、この時代に帰ってきたんじゃなかったのか……ッ⁉」

「──ッ⁉」

そんなグレンの叫びに、言葉を失ったのはナムルスと竜の少女であった。

二人は信じられないものを見るような目で、押し黙るセリカを見つめている。

「そうだ……俺達の時代では、〝魔王は倒されている〟！　つまり、お前が帰還して、魔王を倒さねーと、因果が崩壊する！

お前がやらねえと、俺達の時代はどうなるかわからねえ！　最悪、お前が〝行かない〟と決意した瞬間に、俺達の世界が消滅する可能性だってある！　だから——……」

「そう……だな。うん、そうだ」

どこか自嘲気味にセリカが、ほんの少しだけ口元を歪《ゆが》めた。

「実を言うとな……記憶を取り戻し、かつての魔術を取り戻した私なら、〝放っておく〟って選択肢はあったんだよ……」

「……セリカ……？」

「限定的だが、私を取り巻く小さな世界だけを、次元樹から……因果律から切り離し、未来のない、どこにも向かわない箱庭の小世界を作って……そこで、お前達と一緒に、永遠に幸せな夢を見続ける……そんなことも、できたと思う……」

未来に向かわない、閉ざされた箱庭の世界。

そう聞いて、グレンが思い出すのは——アルザーノ帝国代表選手選抜会の時の、永遠に繰り返される一週間——ル＝キル時計によって未来が閉ざされた世界のことだ。

「……でも……そんな格好悪いこと、できないよな……そんなの……お前が憧れた、〝正義の魔法使い〟のやることじゃないもんな……」

「…………」

「私は、お前と約束したんだもの……あの雪山で……私は、お前が一生かかっても追いつけないくらいに格好いい〝正義の魔法使い〟になるって……そう、約束したもんな」

「…………」

「だから、私に任せて、お前は帰れ」

グレンに背を向けたまま、セリカは明るい声でそう言った。

「大丈夫だ。お前、小生意気にもちゃんと私のこと、わかってるじゃん？　私はやけっぱちで、ここに来たんじゃない。クソ魔王に対する復讐心がまったくゼロといえば、さすがに嘘《うそ》になるけど……お前の言う通り、私はお前達の未来を守るためにここに来たんだ。ははは、どうだ？　ちょっと格好良いだろ？　私……」

ナムルスと竜の少女が、今度こそはっきりと驚愕《きょうがく》の表情となる。

あのセリカがそんなことを言うなんて……そう言わんばかりの表情の二人を他所《よそ》に、セリカは穏やかに続ける。

「だから……ここから先は、私に任せろ。お前は先に帰っててくれ。大丈夫だ……魔王は必ず私が倒してみせる。お前達の未来を守ってみせる。だから……」

そう諭すように、セリカがグレンに言う。

だが――

「…………」

グレンは、セリカの肩を掴む手を離さない。

「……どうして、ここまで聞き分けないんだろうな、お前という子は」

そんな風に苦笑するセリカへ。

グレンは鋭く問う。

「お前……もう帰って来るつもり、ないんだな？」

その言葉に、黙って見守っていたシスティーナも唖然《あぜん》とするしかない。

「…………」

対するセリカは無言。

それは、何よりも雄弁に肯定を示す無言。

「お前は、俺達の未来を守って死ぬつもりだ。……違うか？」

そんなグレンの問いかけに。

「……百年」

セリカは、そんなことを力なく呟《つぶや》いた。

「あの日、ラ＝ティリカと契約した私は、百年の時をかけて魔術師としての力を高めた。色々と時期尚早ではあったが――魔王に最初の決戦をしかけた時、私の魔術師としての力は、間違いなく人間という種の極限まで高まっていた。……少なくとも、あの時の私に、あれ以上の位階はなかった……」

「…………」

「それでも――私は魔王に敗れた」

セリカの肩が震え始める。

「そうだよ……私は百年もの間、寝ても覚めても、魔王を殺すことを考え、そればかりに邁進《まいしん》し続けたというのに……結局、魔王には届かなかったんだよ……」

「…………」

「そして、今回が二度目だ。今の私の力は……かつての私とは、最早比べるべくもないほど弱ってる。……無理だよ……こんなんじゃ勝てるわけない……私は……もう負けるわけには……いかないのに……ッ！　きっと、私は勝てないんだよ……ッ！」

「…………」

「だったら、もう――命をかけるしかないじゃないかぁッ!?　なんとか、刺し違えてやるしか他にないだろう!?」

そして、ついに——……

「ああ、嫌だ、嫌だッ！　帰りたい！　お前と一緒にあの時代に帰りたい！　あの時代でお前と一緒に過ごしたいッ！　やっと、安らげる場所を見つけたのに、どうして、私がこんなことをしなきゃならないんだよぉ……ッ⁉　でも……私が戦わないと、お前と生きたあの時代すら、なかったことになるから……お前と過ごした幸せな時間も、なかったことになるから……だから……だから……ッ！」

溢《あふ》れる涙がセリカの頰を伝って、地面をポタポタと叩《たた》く。

「……セリカ……ッ！」

「うるさい！　どっか行け！　バカ弟子ッ！」

グレンの呼びかけを、セリカは子供のように拒絶する。

「私がなんのために、お前を置き去りにして、こんなクソ時代に帰ったのか、わかんないのかよ⁉　お前の姿を見たら、間違いなく決意が折れるからに決まってるだろ！　全て投げ出したくなるに決まってるからだろ⁉　だというのに、お前というやつは、私をわざわざ追いかけてきやがって、このバカ……ッ！　このバカ野郎ぉ……ッ！」

「……ッ！」

「もう長い付き合いだ！　いい加減分かってんだろ⁉　私は強くないいんだよ、弱いんだよ！　何が魔王だ、何が正義の魔法使いだ！　そんなのどうでもいいんだよ！　誰かに支えてもらわないとロクすっぽまともに歩けない、弱っちい女に、そんなもん押しつけんな！　ふざけんな、ふざけんなよぉ！　ぁあああああ――ッ！　うわぁあああああああああ――ッ！」

今まで胸の内にせき止めていたものを全て吐き出すかのように、号泣して。

やがて……セリカはごしごしと目元を拭いながら、消え入るように呟いた。

「ぐすっ……それでも……ひっく……これは……私が書き始めたお伽話《ものがたり》だから……」

「…………」

「最後まで……最後まで、ちゃんと書ききらないと……読者達《せかい》に申し訳ないだろう？」

そう言って。

「だからさ……グレン……どうか、私を行かせてくれ……」

セリカは、自分の肩を掴《つか》むグレンの手に、優しく手をのせる。

すると、するりとグレンは手を離した。

「……良《い》い子だ」

セリカは、くすりと微笑《ほほえ》んだ。

「大丈夫だ……この因果は必ず繋《つな》ぐ……お前達の未来は守る……だから――」

そうして。

セリカが、ついに一度もグレンを振り返ることなく。

門へ向かって歩き始めようとした……その時だった。


ぐいっ！


グレンが腕を回してセリカの両肩をしっかり摑み——強引に、セリカを振り向かせた。

「……ぁ……」

涙でぐしゃぐしゃになったセリカの赤い瞳が丸くなり、グレンの顔をついに映す。

途端、さらに涙が溢れ出し……セリカは、がっくりとうな垂れた。

「……なんで……なんでだよ……グレン……私は……もう……」

そんなセリカの言葉に重ねるように。

グレンは言った。

「だったら——俺にも、お前のお伽話《ものがたり》を一緒に書かせろよ」

「……ッ!?」

「別にいいだろ。師匠と弟子の合作だってよ。まぁ、プロット滅茶苦茶《めちゃくちゃ》になるが」

「ば、バカ……ッ！」

セリカが泣き顔でグレンを睨《にら》み付《つ》ける。

「お前……何、バカ言ってるんだ……ッ⁉」

「……別に、俺は大真面目だぜ」

「お前が戦う⁉　あの魔王と⁉　その貧弱な魔術で⁉　三流魔術師のお前が⁉　あの魔術の王と⁉　のぼせてんのか……ッ⁉」

「…………」

「お前は……魔王を知らないから、そんなことが言えるんだッ！　あいつは、滅茶苦茶強いんだぞ⁉　滅茶苦茶恐《こわ》いんだぞ⁉　私だってもう二度と戦いたくない！　そんなやつを相手に、お前ごときに一体、何ができるってんだ⁉」

「……できるさ。セリカ、お前と一緒なら……ッ！」

そんなグレンの言葉に、セリカが言葉に詰まる。

「俺だけじゃねえ、白猫も、ナムルスもいるッ！　それに、俺の背中を押して送り出してくれた、学院の生徒達皆《みんな》の思いを背負って、俺は、ここにやって来ている……ッ！　皆、お前を助けようとしてくれているんだ……ッ！

お前は一人じゃねえ！　決して、一人じゃねえんだよ！

一人で無理なら、二人で！　二人で無理なら、皆で背負えばいい！　皆で正義の魔法使いになればいい！　ただ、それだけの話じゃねえか……ッ！」

「ぐ、グレン……」

「どうして、お前はいつも、一人で背負っちまうんだよ……ッ⁉　どうして、学ばない……ッ⁉　今までだって、何度も何度も言ってきただろう……ッ⁉」

「だって……だって、今回ばかりは……お前を巻き込むわけにいかないじゃないか……元の時代に帰れる保証はない……勝てる確率は限りなく低い……それでも、私は戦わなければならない……因果を繋がなければならない……

そんな戦いに、一体、誰を巻き込めるっていうんだよ……？　誰を頼ればいい……？

私だって、辛《つら》い……辛かったんだよ……」

「だからと言って……お前が俺を置いて、一方的に出て行った時……俺だって、泣き叫びたくなるくらい、辛かった……ッ！」

グレンは、セリカを至近距離で真《ま》っ直《す》ぐ見つめて言った。

「理屈じゃねえんだよ、家族ってのは！　いちいち困難が来る度に、それを乗り越えられそうかどうかで、家族になったり、やめたりするもんじゃねえんだよ！

お前は記憶を取り戻した時……素直に全てを打ち明けて、俺に一言、言えばよかったんだ！　〝助けてくれ〟って！」

「……ッ!?」

「そりゃ、勝てるかどうかなんてわからねえ！　だけど……少なくとも、お前一人だけに全てを背負わせて、辛い思いをさせることはねえ！　生きるも死ぬも、俺が一緒だ！　お前の重荷を、ほんの少しだけでも背負ってやれる……背負わせてくれよ……ッ！　ここで何も背負えないことの方が、俺は辛《つれ》ぇよ……ッ！」

　そんなグレンの訴えかけに。

「……、……け……て……」

　セリカは……

「た……け……、……」

　ついに……

「……助けて。……私を助けて……」

　ぼろぼろ涙をこぼしながら、グレンに取《と》り縋《すが》る。

「……バカ野郎……最初から素直にそう言やいいんだよ、バカ野郎……」

　グレンも、目尻に涙をにじませながら、そんなセリカを抱きしめるのであった――

――――。

しばらくして。

「……足手纏《あしでまと》いが増えた」

ようやく落ち着いたセリカが、目を真っ赤に腫らした仏頂面《ぶっちょうづら》で、不機嫌そうに明後日《あさって》の方向を向いていた。

「おまけに、もの凄《すご》く恥ずかしい姿を、皆に見られた」

「うるせえ、言うな。俺だってわりと後悔している」

グレンがちらりと横目で見れば。

システィーナ、ナムルス、竜の少女が、気まずそうに目をそらしていた。

グレンが、この雰囲気をどうしたものかと頭をかいていると。

「グレン……」

不意に竜の少女が、グレンに話しかけてくる。

「お前は……あの時、俺達を助けてくれた……」

「あの時の意味がよくわからないけど。私は、ル＝シルバ。空の従者《セリカ》よ」

薄く微笑みながら少女――ル＝シルバは言った。

「ありがとう、グレン。貴女《あなた》は孤独な空《セリカ》に寄り添う太陽になってくれたんだね」

「うるせえ。変に詩的《ポエミー》に言うな、恥ずかしいだろうが」

　くすり、と。ル＝シルバが笑う。

「成る程、未《いま》だ因果の確定せぬ特異点の渦中《かちゅう》……未来はどうなるかわからない。それでも……空《セリカ》が勝った先には良《い》い未来が紡《つむ》がれる……貴方《あなた》を見ているとそう確信できる」

「買いかぶり過ぎだ。未来の世界でも、人間は相変わらずバカで、同じ失敗を何度も何度も性懲りもなく繰り返しているよ」

「それでも……希望がある。そう思う」

「やれやれ……荷が重いぜ」

　肩を竦《すく》めながら、グレンはセリカへ声をかける。

「さて、どうする？　セリカ。もう時間はねえが……」

「当然、先に進む」

　一通り泣き倒して、何かを吹っ切ったらしい。

　セリカが毅然《きぜん》と言った。

「だが……それは、やけっぱちな復讐心《ふくしゅうしん》からでも、義務感からでもない。私は、お前達の未来のために戦う。魔王を倒す。……それだけだ」

そんなセリカの答えに、グレンがにやりと笑う。

「じゃあ、行くか。あの《叡智《えいち》の門》の向こう側へ――」

「は、はいっ！」

システィーナが慌てて同意し、ナムルスとル＝シルバが頷《うなず》く。

だが――その時だった。


『なるほど……それがお前の選択か、空《セリカ》よ……』


場に特濃の闇が蟠《わだかま》り……門の前に、一つの影を形成していく。

緋色《ひいろ》のローブで全身を包み、フードの奥は無限の深淵《しんえん》を湛《たた》え、その表情は窺《うかが》えない。眼光一つ差さない。

左手に紅《あか》の魔刀。右手に漆黒の魔刀。

携えられたその全身から立ち上る、闇色の霊気《オーラ》。

まるで、闇そのものがローブを纏《まと》い、人を形作った――そう思わせる魔人。

「ちっ……そうだったな……門の前にはお前が居たな……ッ！　三回もブチ殺してやったのに、まだ迷い出てくるとは……ッ！」

セリカが忌々《いまいま》しげに舌打ちし、その魔人を睨む。

グレンもその魔人には見覚えがありすぎた。

「マジかよ……《魔煌刃将《まこうじんしょう》》アール＝カーン……ッ！　ここで出てくるのかよ⁉」

「そんな……ッ！」

システィーナも、ナムルスも、ル＝シルバも表情を硬くして固まっている。

アール＝カーンは、魔王配下の魔将星の一人だ。

いかなる理屈なのか、以前、戦った時より、その魔人の全身に漲《みなぎ》る魔力は数段上だ。

遥《はる》か数千年の時を経ることで、あの時は弱体化していたのか。

あるいは別の理由でもあるのか。

グレンは与《あずか》り知らぬが、この門を守る魔人との戦いは、想像を絶する死闘になるであろうことは間違いない。

（クソ……時間もねえ上に、魔王も残っているのに……ッ！）

グレンがそんな風に、歯噛《はが》みして身構えていると。

「……？」

ふと、グレンは奇妙な違和感に気付く。

アール＝カーンは、確かに漲る魔力こそ凄《すさ》まじいが、以前、叩《たた》き付けられたあの暴力的なまでの殺気と圧力がまったくない。

『…………』

アール＝カーンも、空《セリカ》以外の者にまったく興味ないのか、グレン達のことなど一瞥《いちべつ》もくれず、ただ空《セリカ》だけを真っ直ぐ見つめていた。

今は触れない方が良いと判断し、グレンは静かにセリカとアール＝カーンの動向を窺うのに徹することにした。

「……ふん。それで？　また、やるのか？」

セリカが、門に向かって歩きながら、挑発するように言った。

「いいぞ？　何度殺しても死なないというならば、死ぬまで殺すまでだ」

『今の汝《なんじ》と戦うつもりはない。以前までの汝ならば、容赦なく斬ったが』

だが――

アール＝カーンはあっさりと、そんなことを言った。

「……？　どういうことだ？　お前は魔王配下の魔将星だろう？」

『然《しか》り。だが、我はそれ以上に、我に相応《ふさわ》しき主《あるじ》を求めている』

「はぁ……？」

『そのために、我は《夜天の乙女》と取引し、十三の命を、〝人のカタチ〟を手に入れたのだ……』

グレンには、あの魔人が何を言っているのか、さっぱりわからない。

わからないが……今はただ見守るしかない。

『空《セリカ》よ。我は、我を振るうべき、真なる主を求めている』

「……？」

『ティトゥス＝クルォー……この分枝世界《ぶんし》で、曲がりなりにも我の主たりうるのは彼奴《きゃつ》のみだった。だが……空《セリカ》、今、汝が彼奴に挑まんとするその意思の輝きに、我は汝にも資格を見た……汝こそ、我の真なる主に相応しき者……やもしれぬ』

「……はぁ？」

『わかるまいか。汝等《なんじら》、人《ヒト》が真に立ち向かうべき、底の見えぬ邪悪《じゃあく》を。暗黒の渦中にありて全てを嘲笑《あざわら》い、闇より出《い》でて闇より這《は》い寄《よ》る〝無垢《むく》なる闇《やみ》〟の存在を。汝はわかるまいか。わかるまいか』

「アール＝カーン……お前は一体、何を言っている……？」

『今はまだ、その時ではない。闇を畏れよ、だが、恐れるな。汝等、人の意思のみが、その邪悪を討つ刃《やいば》となる――……』

そう言って。

魔人はついぞグレン達に、一瞥すらくれることもなく。

その姿を、ゆっくりと闇に溶かしていく……

『我が〝本体〟は、この尊き《門》の向こう側にて待つ……いずれ、その時が来たる時……我の主となる者が、汝であることを祈ろう……空《セリカ》よ……』

最後にそう言い残して。

魔人の姿は……気配は……完全に消えてしまうのであった。

「な、なんだったんだ、あいつ……？　まぁ、以前、戦った時も、似たような電波発言してたけどよ……」

緊張が解かれ、グレンが深いため息を吐《つ》きながらぼやく。

「魔王の配下——魔将星。彼らは様々は理由で魔王の軍門に降《くだ》り、魔王の尖兵《せんぺい》となった最強の魔術師達です」

システィーナも、冷や汗を拭いながら言った。

「彼らが魔王に従う理由、行動原理は様々ですが……基本的には、人の欲望の延長線上……人に理解できないものではないです」

たとえば、富、権力、知識、武力、闘争……それらを求めたり。

あるいは、魔王に付き従うことこそ、世界にとっての最良の道だと信じたり。

同意はできないが、理解はできる……魔将星達の行動原理は、基本、そうなのだ。

「だけど……《魔煌刃将》アール＝カーン……彼だけは、最後までその行動原理がよくわからなかった……童話『メルガリウスの魔法使い』の著者、ロラン＝エルトリアも、《魔煌刃将》の扱いには困ったらしく、〝真の主を求めて彷徨《さまよ》う武人〟としてのキャラ付けを、無理矢理したらしいですし……」

「まぁ、当たらずとも遠からずではあるが……結局、最後まで謎の魔人……か」

グレンが、頭をかきながらそんなことをぼやいていると。

「……まぁ、今は好都合だ」

セリカが、門に向かって歩き始めた。

「なんだかようわからんが……アール＝カーンと戦わずにあの《叡智の門》をくぐれるのは僥倖《ぎょうこう》だ。前回も、ここで散々消耗させられたからな……」

「セリカ……」

「行こう、グレン」

セリカは、グレンを振り返って言った。

「私は必ず魔王を倒し、この過去と未来の因果を繋《つな》ぐ。お前達の未来を守る。……だから……お前も私に力を貸してくれ」

「ああ、もちろんだ。終わらせようぜ」

そう力強く頷いて、グレンはセリカの後に続く。

こうして。

一行は《叡智の門》の中へ、ゆっくり入っていくのであった。


――最後の戦いは近い。

だが、不思議と――グレンは負ける気がしなかった。

そうだ。かつて、自分が憧れた〝正義の魔法使い〟……それも正真正銘の本物と一緒に戦うのだ。何を恐れることがある？　むしろ、気の高ぶりさえ覚える。

自分がまさか、このような歴史の分水嶺《ぶんすいれい》に立ち会えるなど。

もし、この戦いで死んでも……多分、自分はまったく後悔なんてしない。


――――。

そんな風に、どこか浮ついていたから。

グレンは、ついぞ最後まで気付かなかったのだ。

……セリカの台詞《せりふ》。

〝因果を繋ぐ〟

〝未来を守る〟

セリカはただ、そう言うだけで――

〝グレン達と一緒に、未来の世界へ帰る〟

ただの一度も、そう言っていなかったことに――……

# 断章　メルガリウスの魔法使いⅤ

夢を――見る。

それは、今は遠き昔、遥か昔の物語。

とある一人の魔法使いの物語――


――。


「――がはっ！　げほ――」

空《セリカ》が血反吐《ちへど》を吐いて、膝をつく。

「愚かだね、空《セリカ》」

魔王が微笑する。

ついに始まった、空《セリカ》と魔王の戦い。

様々なものを犠牲に、ついに空《セリカ》はここに辿《たど》り着《つ》いた。

だが――魔王は圧倒的だった。

ある程度の善戦はしたものの、空《セリカ》は為《な》す術《すべ》なく瀕死《ひんし》に追い込まれてしまった。

空《セリカ》は、魔王の前で無様にひれ伏すしかなかったのである。

「なんで……なんでだよ……畜生ッ！　お前をブチ殺すために、私が何年かけたと思ってるんだよ……ッ！」

怨嗟《えんさ》と罵倒、悔し涙を零《こぼ》しながら、空《セリカ》が床を叩《たた》く。

「クソッ！　妹を返せ……妹を返せよぉッ！　大人しく私に殺されろよ、お前……ッ！」

「ははは、それは勘弁かなぁ？」

魔王が嘲笑う。

「正直ね……僕の配下の魔将星を何人も撃破したから、君はどんなに凄《すご》い魔術師なのだろうかと、内心ビクビクしてたんだけどさ？　……はっきり言って、全然だよ」

「……く……ッ!?」

「結局、君はただ〝優れた魔術師〟ってだけさ。足りないよ。それじゃ僕の領域には、まるで届かない」

魔王は両手を広げて言った。

「僕には、やるべきことがある。為さねばならないことがある。そう、全ては、この世界を正しく救うため……僕には、揺るぎなき信念がある」

「……ッ！」

「対し、君はなんだい？　僕がムカつくから倒す？　しかも、そんな嫌々に？　ははは、万人のために、全てを捧《ささ》ぐ僕の信念と覚悟の足下にも及ばない。

〝汝《なんじ》、望まば、他者の望みを炉にくべよ〟……どんな大仰な魔術理論よりも、根本的な魔術の大原則だ。魔術は世界の真理を求め、この世の理《ことわり》を操る以前に……自身の心を突き詰めるものなのだから。その志の違いが、こうして僕と君の差として出る」

「……偉そうに……講釈を……ッ！」

「弱いよ、君は弱い。弱すぎる」

「うるさい……妹を返せ……返せよぉおおおおお──ッ！」

「残念ながら、それはできないな」

魔王が残酷に微笑《ほほえ》む。

「彼女はとっくに死んだよ。……そんなこと、君もわかっていただろう？」

「くそぉ……くそがぁ……ッ！　ぁあああぁ……ッ！」

「でも、君の妹は、魔術の実験素体として素晴らしかった。彼女のお陰で、万が一の時の保険……【マグダリアの受胎儀式】も完成した。彼女自体はすでに滅んで久しいけど、彼女の肉体のジーン・コードと霊魂体の霊域図版《セフィラ・マップ》は完全に保存してある。

だから、《復活の神殿》で、僕は彼女を簡単に復活させることができる。いつでも彼女を〝使う〟ことができる。

これでもう、僕の負けはなくなった……そして、もうじき、禁忌教典《アカシックレコード》もこの手に入る……僕は、僕はついに勝ったんだ……ッ！」

「何を……わけのわからないことを……ッ！　わかるのは、お前が相変わらず糞蟲《くそむし》以下の屑野郎《くずやろう》ってことだけだ……ッ！」

「……やれやれ。やっぱり志が低いよ。だから、君はその程度なんだよ」

そう言って。

魔王は空《セリカ》の前で腕を振った。

空間が裂ける。次元が裂ける。

世界の全てが、無限の虚無へと変貌していく。

「君ほどの魔術師をただ殺すだけでは、少々不安だ。なにせ、蘇生《そせい》や復活の手段などいくらでもあるから。だから、これが一番いいだろうね」

空《セリカ》が、その虚無の彼方《かなた》へと吸い込まれていく。

彼方へ、彼方へ、彼方へ、飛ばされていく──……

「さようなら、空《セリカ》。君を異次元へと追放する。もう二度と君に会うことはない」

「くそぉ……くそぉおおおおおおおお――ッ！」

そして。

空《セリカ》は――……

…………。

……。

# 第六章　真説・メルガリウスの魔法使い

「…………」

これで白昼夢も何度目かになれば、もう慣れたものだ。

グレンは、自然と目を覚ます。

今、グレン達は《叡智《えいち》の門》をくぐり、奥へ向かっている真っ最中だ。

辺りは真っ暗。まるで塗り潰したかのような深い闇。

だが、なぜか互いの姿が見えないということはない。まるで無限の虚空《こくう》を歩いているかのようだ。

先方には、ナムルスとル゠シルバ。

後ろには、システィーナがおっかなびっくりついてきている。

そして、グレンの隣には――

「…………」

セリカが並んでいた。

見れば、一見、セリカは毅然《きぜん》として歩を進めているように見えるが……その肩は細かく震えていた。

「……恐《こわ》いのか？」

「ああ」

グレンの問いに、セリカが前を見据えたまま、包み隠さず答えた。

「私の主観では……もう四百年以上前の話か。その時、私は私の全てを尽くして……魔王に挑み……そして、敗れた。そんな相手とまた戦うなんて、震えが止まらない」

「…………」

「だが……大丈夫だ。お前がいるから」

「そうか」

そんなやり取りをしつつ。

グレン達は、ゆっくりと闇の中を歩いていく。

やがて——闇の通路が尽きる。

前方に、眩《まばゆ》いアーチ形の出口が見えてくる。

それを——くぐる。

世界が、真っ白に白熱していって——

意識が遠く、遠くなっていって──

そして──

──。

「ここは……？」

ふと、気付けば。

グレン達は、びょうびょうと激しい風が吹《ふ》き荒《すさ》ぶ場所に立っていた。

あまりの風圧に、油断していると身体《からだ》が浮きそうなほどだ。

「……な、なんだここは……？　地下じゃないのか……？」

時分は、恐らく黄昏時《たそがれどき》だ。

夜の帳《とばり》で黒ずみ始めた、真っ赤に燃ゆる空が限りなく近い。

空気は薄く、雲が足下を流れ去っていく。

そこは空に浮かぶ、小さな島のような場所──その外周部だ。

背後には、今まで自分達が通ってきた門。

島の周辺や頭上には、大小様々な形状の建造物や、巨大な結晶体が無数に浮かび、そのどれもに不思議な紋様がびっしりと刻まれ、魔力が漲《みなぎ》っている。

島の中心の方には、やはり奇妙な造形の城のような建造物が、巨大な結晶体構造物と混然一体となって聳《そび》え立《た》っていた。

頭上を見上げれば無限に広がる大地。

眼下を見下ろせば、無限に広がる大空。

背後を振り返り、彼方を見やれば、天地真逆の地平線。

紅蓮《ぐれん》の太陽が、そんな地平線に上半分を沈め、天と地の境界を真っ赤に燃やす。

重力法則から外れた、全てが逆しまの世界。

「ちょっと待て……なんなんだ、ここは……ッ⁉」

グレンが混乱しかけていると。

「嘘《うそ》……まさか……そんな……ここって……」

システィーナがぶるぶると震え始めていた。

「お、おい……どうした、白猫？　この場所について何か知ってるのかよ？」

「わ、わからないんですか⁉　ここがどこか⁉」

システィーナが、信じられないと言わんばかりの表情でグレンを凝視してくる。

「だって、ここ……私達、いつも見てるじゃないですか⁉」

「……ッ⁉」

システィーナの指摘に気付く。

この島や建造物には……確かに見覚えがある。

そう、距離と仰角が違うから、いまいち気付かなかったのだ。

それに頭上に広がる大地――それこそよく見覚えがある地形だ。

その地形上に広がる、広大なる古代都市。その中心に聳え立つ巨大な四角錐《しかくすい》状建造物は
――《嘆きの塔》だ。

「おい、待て……まさか、そんな……ここが……？」

ようやく、ここがどこか察したグレンの声も震え始める。

そうだ、童話『メルガリウスの魔法使い』だって、正義の魔法使いと魔王の最終決戦場は、そこだったじゃないか。

「まさか……ここが……ッ⁉」

――メルガリウスの天空城。

フェジテの上空に浮かぶ、幻の城。

数多くの魔術師達の夢を集め、吸い上げ、打ち砕き、地に落とし続けて来た、魔導《まどう》考古学最大の謎。

それが、今、ここに。

天地が逆しまとなった自分達の目の前に――ある。

「ああ……これが……これが……ッ！」

感極まったシスティーナが、まなじりが千切れんばかりに目を開いている。己《おの》が網膜に、この光景の全てを焼き付けようとしながら、呆《ほう》けたように呟《つぶや》く。

「この光景こそが……お爺《じい》様が求めた光景……見たかった世界……私の……私達の夢……本当に……本当に……」

風が吹き荒ぶ音だけが、辺りを支配している。

放っておけば、システィーナはいつまでも無限に、この光景を眺め続けるのだろう。

「こんなんわかるかよ……まさか、地下のあの場所がここに通じてるなんてよ……」

「なんでか感慨に耽《ふけ》っているところ、悪いんだけど」

ふと、ナムルスがそんなシスティーナへ水を差すように言う。

「そんな暇はないわ。お出迎えよ」

そう言って――頭上を見上げる。

そこには——

「我が居城——メルガリウスの天空城へようこそ」


上空に浮かぶ、一人の青年の姿があった。

黒を基調とした絢爛《けんらん》たるマントを纏《まと》い、風にはためかせた、黒髪黒瞳の青年だ。

一見、人物としては、何の特徴もない、どこにでもいそうな平凡さだが、長い年月を生きた者特有の思慮深さと貫禄《かんろく》を自然と身に纏っている。

何より、その一見穏やかな瞳に宿る煮《に》え滾《たぎ》るような狂気と、その瞬《まばた》きだけで全てを圧殺しかねない、圧倒的な存在規格。絶対的な魔力。

それだけの存在感を持っているのに、他の魔将星達が自然と感じさせるような圧迫感、威圧感がまるでない、どこまでも自然体の存在。

それゆえに——誰よりも恐ろしい。

人が逆らってはならない存在だと、本能レベルで感じさせる存在。

そう、彼が。彼こそが——


「魔王——ティトゥス！　全ての元凶……黒幕……ッ！」

「元凶とは人聞きが悪いなぁ。僕はただ、この世界の全てを愛しているから、だから、全てを救うために、今までずっと頑張ってきただけなのにね……」

「な、何、言ってやがる……ッ⁉」

いきり立ちかけるグレンを、セリカが制する。

「グレン、無駄だ。やつとの問答はどこまでいっても時間の無駄」

「……セリカ」

「私達がかわすべき言葉は、互いを滅する呪文だけだ」

「その通り」

セリカの言葉に、魔王がにこやかに応じた。

「この場所は《嘆きの塔》第90階層『地の民の都』といってね……あの城に至るための最終防衛ラインなんだよ」

グレンが周囲を見回せば、確かに周囲に逆しまに聳え立つ構造物や、空に浮かぶ建造物は、そのように見れば、都と呼べるようなものにも見えなくはなかった。

「今は《門の神》と交信する儀式の最終段階……何人たりとも、あの城の内部に入れるわけにはいかない……だから、こうして僕自身が君達を迎え撃ちに来たというわけさ。……先の空《セリカ》との戦いのようにね」

「……ッ！」

「そうだ……後少し、もう少しで、僕は禁忌教典《アカシックレコード》を摑《つか》める……ッ！　全ての悲願を果たせる……ッ！　この世界を真に救済できるんだ……ッ！」

するとと魔王は突如、火がついたような激情を燃え上がらせ、叫んだ。

「邪魔はさせない……させてたまるかぁああああああああ——ッ⁉」

その瞬間——

どんっ！

天地を震わせながら、魔王の魔力が高まった。暴力的な魔力が周囲に渦を巻く。

その勢いに、思わず一歩下がるグレン達。

そして——そんな激情に荒ぶる魔王を、背後からそっと抱きしめる者がいた。

背中に異形の翼を持つ少女。

ナムルス、あるいはルミアにそっくりなその少女は——……

「レ＝ファリア……ッ！」

ナムルスが憎々しげに、その少女を見据える。

「あら、ご機嫌よう、裏切り者のラ＝ティリカ姉様……」

くすくすと、鈴を鳴らすように上品に笑うレ＝ファリア。

「バカ妹！　貴女《あなた》、いつまでその頭イカれた、クズ男に尽くしているのよ⁉　いい加減、目を覚ましなさいよ⁉」

「黙ってよ、裏切り者の浮気者《うわきもの》……姉様こそどうして、こんな可哀想《かわいそう》な人を、無慈悲に無《む》惨《ざん》に捨てたの？　貴女に人の心はないの？　その女、何？」

ぞっとするほど感情のない瞳で、レ＝ファリアがナムルスを見下ろす。

そして、さらに憎々しげな目を、なぜかグレンにも向ける。

「しかも、ただ浮気しただけじゃ飽き足らず……まさかの二股？　あははっ！　呆《あき》れた尻軽女ねぇ？　姉様」

「は？　二股？　貴女、何を言って――」

二人はまさに一触即発――まさに、その時だった。

轟《ごう》ッ！

突然、猛烈な風の砲弾が、明後日《あさって》の方向からグレン達を目掛けて飛んで来たのである。

「先生！　教授！　危ないッ！」

咄嗟《とっさ》に、システィーナが、同じく風を纏った両手でその風の砲弾を分解する。

左右に分かたれた猛烈な風のエネルギーがその場に渦を巻き、周辺を抉《えぐ》り、強烈な破壊をもたらしていた。

システィーナが、その風の砲弾が飛んできた場所──中空に浮かぶ塔の天辺《てっぺん》を見れば。

「……ついに来たのですね、システィーナ」

最後の魔将星──魔王に最も忠誠厚き、《風皇翠将《ふうおうすいしょう》》シル＝ヴィーサが現れる。

「言ったでしょう？　次に対峙《たいじ》する時は敵だと」

「くっ……ッ!?　シル＝ヴィーサさん……ッ！」

睨《にら》み合《あ》うシスティーナとシル＝ヴィーサ。

グレンは、そんな二人を交互に見やりながら、思った。

（くそ……そういえば、童話でもいたな、そんなやつ……今まで出てこなかったから、このまま出てくるなと思ってたんだが……そこは甘くねえか）

グレンとしては、なぜシスティーナとシル＝ヴィーサが互いを知っているのか、二人の間にどんな因縁があるのか、まったく与《あずか》り知らぬことだが。

いちいち説明を求めている暇は微塵《みじん》もない。

状況的に、シル＝ヴィーサはシスティーナに任せるしかないようであった。

「……この類いの問答は、前回の戦いの前に散々やった。もうこれ以上、魔王と言葉を尽くすのは無意味であり、時間の無駄だよ」

竜の少女ル＝シルバが、グレンの脇を通り、前に出る。

ことこの期《ご》に及んでは、竜種という世界最強の前衛要員である彼女の存在が、ひたすらに頼もしく思える。

もっとも、外見が外見なので、少々心苦しいし、竜種の力があの魔王にどこまで通用するのか、甚だ疑問ではあるが。

「じゃあ、やるか」

「そうだな」

グレンとセリカが頷《うなず》き合って、身構える。

「始めよう！　終末と始まりの狂騒劇を――ッ！」

魔王が両手を広げて、さらなる魔力を高めて、天高く飛び上がり――

童話『メルガリウスの魔法使い』、正真正銘の最終決戦の幕が上がるのであった――

――。

「――《王者の法《アルス・マグナ》》――ッ！」

開幕は、ナムルスの能力全力解放から始まった。

ナムルスの振りまく光の粒子が、グレンとシスティーナへ降り注ぎ、二人の魔術能力を極限まで強化する。

今、この時のみ、二人の能力は、世界最高峰レベルの魔術戦に、辛《かろ》うじて介入できるだけの高みへと至る——

「グレン！　システィーナ！　私の力を手加減抜きの全開にしたわ！　別に死ぬわけじゃない……遠慮なく、私という存在を使い潰しなさい！」

最後方で叫ぶナムルスの身体《からだ》が、光の粒子のまき散らしながら、少しずつ消滅していっている——

「すまねえっ！」

グレンは魔銃《クイーンキラー》を抜き、迷わずぶっ放した。

超威力の弾丸、グレンのイメージ通りの弾道を描いて、上空への魔王へと飛ぶ。

だが——

「《虚空《こくう》より来たる我・——》」

——魔王がすでに呪文を唱え始めていた。

「《沈黙の支配者・空に至る王冠はついに魔天を掴み・その血を捧《ささ》げし兎《うさぎ》の宴《うたげ》に血酒を乞い捧げることだろう・汝《なんじ》、六天三界の支配者たらんと名乗りを上げる者ゆえに——》」

魔王が、ゆるりと腕を振って。

「──空天神秘【INFINITE ZERO DRIVE《インフィニットゼロドライヴ》】」

そう宣言した──その瞬間。

魔力の鳴動音と共に、世界が──変わる。

全てが暗転し──光の格子模様《こうし》が世界の消失点まで広がる、無限の異空間と化した。

途端、魔王に向かう弾丸はその推進力を失い、ぽとりと落ちる──

「くっそ! それが、彼我の距離を無限大にするチート技、本家本元かよ⁉」

グレンが歯噛《はが》みする。

無限大の距離。単純明快にして絶対的な盾。

それを前に、あらゆる攻撃は為《な》す術《すべ》がない──

だが。

対するセリカも片腕を掲げて叫んでいた。

「《時の最果てへ去りし我・──》」

魔王が先ほど唱えた呪文の響きと似て非なるものを口ずさむ。

「《慟哭《どうこく》と喧噪《けんそう》の摩天楼・時に至る大河は第九の黒炎地獄へ至り・その魂を喰《く》らう黒馬は己の死を告げる・我、六天三界の革命者たらんと名乗りを上げる者ゆえに──》」

そして、セリカが宣言する。

「──時天神秘【OVER CHRONO ACCEL《オーバー・クロノ・アクセル》】ッ！」

刹那、やはり世界が──変わる。

魔力の線が迸《ほとばし》り、絡《から》み合い、頭上に、足下に、超巨大な時計のような紋様を描く。

その時計の針が、双方逆回転で猛烈に回転し始める──

魔王が展開した世界結界。

セリカが展開した世界結界。

その二つの世界が喰らい合うようにせめぎ合って拮抗《きっこう》し、無数の魔力の紫電が辺りに弾《はじ》けていた。

「安心しろ、グレン。それは対策済みだ」

魔力を全開で放出して世界結界を維持しながら、セリカが言った。

「全ての距離を無限大にされるということは、即《すなわ》ち、攻撃の到達時間を無限大に引き延ばされるということだ。だったら、その到達時間を無理矢理、刹那にしてやればいい」

「おう、言っている意味がよくわからんぞ！」

「やれやれ、理解が鈍いなぁ、それでも彼女の弟子かい？」

すると、二つの異空間がせめぎ合う魔界で、魔王が大仰に手を広げながら笑った。

「時間と空間は表裏一体の概念。切っても切り離せぬ密接な関係を持っているんだ。そうだね……僕がいた前の世界では、アインシュタインの『特殊相対性理論』……なんて呼ばれていたかな？

たとえば、この次元樹、あるいは銀河の果ての膨張──光速度は、全ての観測者に対して不変でありつつも、時間は全ての観測者によって異なるということ。

つまり、僕と空《セリカ》はこの空間を世界から切り離し、双方が望む相対的な四次元ユークリッド方向に、超光速異次元移動させているんだよ」

「つまり、この限定結界内では、魔王は全ての空間を自由自在に支配し、私は全ての時間を自由自在に支配する」

「だが、時間は空間に支配され、空間は時間に支配される。それらは、切っても切り離せぬ表裏一体の概念ゆえに」

「ゆえに──相殺《そうさい》。わかるだろ？　なぜ、魔王に立ち向かえるのが、私だけだったか」

「わっかるか、アホォ!?」

あまりにも次元の違うレベルの大神秘を当たり前のように披露されて、頭が痛くなってくるグレンである。

そんなグレンへ、ナムルスが言った。

「私がセリカに授けた、時天神秘。レ＝ファリアが魔王に授けた、空天神秘。どちらも展開した瞬間に、勝利が絶対確定する文字通りの必殺術式よ」

「そりゃそうだ、どんな超威力の攻撃だって、何かしらの時間と空間のパラメータを持ってる……効果時間をゼロにされたり、彼我の距離を無限にされたり、到達時間を永遠にされたり、効果範囲をゼロにされたり……そんな根本的なパラメータを勝手に、一方的に弄《いじ》くり回されちゃ、勝負になんねえよ！　チートってレベルじゃねーぞ⁉」

「そして、あらゆる物質は時間と空間で定義される。分子結合間を無限にされて崩壊しない物質はないし、無限の時間の経過で朽ち果てぬ物質もない。だから……」

「あー、わかったわかった！　要はなんだ⁉　アレだな⁉　セリカがそのアホ結界を展開すれば、俺達はやっと勝負になるってことだな！　長《なげ》ぇよ！」

グレンが身を翻《ひるがえ》し、魔銃《ペネトレイター》を抜き撃った。

火線が真《ま》っ直《す》ぐと、魔王へ向かって飛び——

魔王が軽やかに身を捻《ひね》って、かわした。

「その通りだよ。僕の空天神秘に対し、空《セリカ》が時天神秘を展開することで、ようやく、勝負になる。僕と同じ舞台に立てる。だけどね……彼女、いつまで保《も》つかな？」

そんな魔王の指摘に。

「ごほっ⁉」

セリカが血を吐いて、よろめいた。

「セリカ……ッ⁉」

「私に構うなッ！」

気合いで意識を繋《つな》いで、セリカが叫ぶ。

「元々そういう勝負なんだよ！　アホほど消耗する限定結界を、いかに相手より長く維持するか……そんな我慢比べだ！　そして、その勝負になれば、私は果てしなく分が悪い……前回だって、全然勝てなかった！」

「……ッ！」

「さて……互いにルールを理解したところで始めようか……世界最高峰の魔術戦を」

魔王が余裕の表情で、ゆるりと身構える。

あの目眩《めまい》がするような限定結界を片手間に維持しながら、空間に指を走らせて文字を書き、身の毛もよだつ超絶的な神秘の数々を、さらに何十と高速展開していく——

「グレン！　あの神秘を一発だって、撃たせたら駄目！」

ル＝シルバが、そんな魔王へ向かって、猛然と突進を開始する。

「わかってるよ、糞《くそ》ぉ……やってやらぁあああああああああ——ッ！」

グレンも半ばやけくそになりながら、魔王へと突進するのであった。

「ち――」

セリカも矢継ぎ早に呪文を唱え始めて。

壮絶なる魔力と魔力が超新星となって、その場に炸裂《さくれつ》するのであった――

………。

「な、何なの……あの戦いは……」

システィーナは、グレン達の戦いを遠くから呆然《ぼうぜん》と見ている。

二つの無限空間に明滅する、無数の爆光。

それはまるで星々がぶつかり合い、砕け散る様のようであった。

システィーナのいる場所は、グレン達が戦う二つの世界結界の外側だ。

時と空の異次元世界に取り込まれる瞬間、その外に連れ出されたのだ……シル＝ヴィーサの風によって。

「余所見《よそみ》している暇はないわ、システィーナ」

システィーナに、シル＝ヴィーサが硬い声色で言う。

「シル＝ヴィーサさん、どうして……ッ!?」

はっと我に返り、システィーナが振り返って叫ぶ。

「貴女《あなた》は、もうわかっているんでしょう!? 一体、何が正しくて、何が間違っているのかって！ 今の貴女のしていることは正しいことなんですか!?」

「間違っているわ。私がやってきたことは、ただの人類に対する冒瀆《ぼうとく》に過ぎなかった」

「だったら──」

「だからこそ──よ。私には責任がある。さぁ、来なさい、システィーナ。魔王に与《くみ》する愚かな魔将星を、見事、貴女の手で討ち果たしてみせなさい！」

シル＝ヴィーサがそう言って、緑色の鍵を取り出し……自分の胸に挿して回す。

その瞬間、凄《すさ》まじい風が緑に輝く剛風となって、シル＝ヴィーサから溢《あふ》れ出《だ》し、渦を巻いていく。

そして──シル＝ヴィーサの姿が変貌していく。

妖艶《ようえん》な女のシルエットを保ちつつも、全身を真っ白なローブが包み、フードから覗《のぞ》くは無限の闇色。その全身に立ち上る強大かつ暴力的な魔力。

魔将星──《風皇翠将《ふうおうすいしょう》》シル＝ヴィーサ。

その姿がついに顕現す。

「言っておきますが。貴女が相対する私は、ある意味、魔王より過酷ですよ？」

「……ッ⁉」

「私は、《風皇翠将》シル＝ヴィーサ……イターカの神官。即ち、外宇宙の邪神の一柱、風統《す》べる女王、風神イターカの巫女《みこ》」

シル＝ヴィーサがそう宣言した、その時だった。

ごごご……不穏な鳴動と共に。

この世界の虚空《こくう》に亀裂が走る。

無限の虚無で満たされた亀裂が走る。

そして、その亀裂の奥から、何者かが不気味なまでに白く巨大な手を差し入れ、その亀裂を開いていく。なんとかこちらの世界に侵入してやろうと、強引に広げていく。

びしびし……と。さらに広がっていく空間の亀裂。

やがて——その広がった亀裂の隙間から、こちらの世界を覗いてきた、巨大な目は。

その名状《めいじょう》し難《がた》き冒瀆的な偉容を持ち、人の存在など塵芥《ちりあくた》だと否応《いやおう》なく悟らせる、存在規格の違い過ぎるその存在は——その神性は——

「ぁ、あああ、ぁあああああああああああああああああああ——ッ⁉」

常識と正気が、非常識と狂気に押し潰される時に発する声に似た音が、システィーナの喉奥から絞り出される。

「イターカ——それは知るべきでない名、理解してはならぬ存在」

そんなシスティーナへ、シル＝ヴィーサは淡々と告げた。

「ただ一陣の風と共に、あらゆる星間と次元を超えて渡り歩く、旧時代の支配者が一柱。時渡る狂気と暴威。風によりて永劫《えいごう》を引き裂きし者。約束するは三千大千世界の終焉《しゅうえん》と終末——システィーナ、貴女の正気はこの戦いに耐えられるかしら……？」

シル＝ヴィーサが誘うように、手をゆらゆら動かせば。

その何者かが広げている空間の亀裂から、猛烈な〝黒い風〟が吹き込み、システィーナへと殺到した。

否《いな》、それは最早《もはや》、風ではない。爆発的な指向性をもった〝空間の歪《ゆが》み〟だ。

触れれば、人間なぞ即座に消し飛びかねない、その超威力の風の猛威を前に。

「ああああああああぁぁぁぁ——ッ！」

正気を打ち砕かれた衝撃で叫んでいたシスティーナが、不意に、ガリと歯噛《はが》みして……

シル＝ヴィーサを睨《にら》み据えて……

「——《我に従え・風の民よ・我は風統べる姫なり》ぃいいいいい——ッ！」

そのまま、吠《ほ》えながら黒魔《くろま》改【ストーム・グラスパー】を起動——ナムルスから受けた

《王者の法《アルス・マグナ》》を乗せて、全身全霊出力全開で展開する。

自身に襲いかかる黒い風を、すんでのところで捌《さば》く。

左右に割れる暴風。渦巻く嵐が空間をねじるようにかき混ぜていく。

システィーナが纏《まと》う白いマントが、ばさばさばさーっ！　と激しくはためいていく。

後、ほんの刹那でも展開が遅れていたら、自分は粉々の血煙と化して消滅していた……

そんな事実に、システィーナはぞっとするものを抑えきれない。

「私の見込んだとおり、強い子ね」

すると、そんなシスティーナを見て、シル＝ヴィーサがにこりと笑った……ような気がした。

「貴女は、彼女を見て、自我を崩壊させなかった。それに……やっぱり、良《い》い風を持っているわね、システィーナ」

「な、何を……？」

「だが、貴女の風はまだまだそんなものじゃないはず。見せてみなさい、貴女のさらなる高みの風を。それが出来ないなら、貴女はここで死ぬだけですよ」

一方的に言い捨てて。

シル＝ヴィーサは、虚空の隙間より、更なる風を放つ。

さらに、さらに、際限なく強まっていくシル＝ヴィーサの風を。

「う、ぁあああああああああああああああ——ッ！」

システィーナは吠えながら、魔力全開で捌き続けるのであった。


——。


「《紅蓮《ぐれん》の獅子《しし》よ・憤怒《ふんぬ》のままに・吼《ほ》え狂え》——ッ！」

グレンが、魔王に向かって駆けながら、黒魔【ブレイズ・バースト】を唱え、魔王へ火球を投げつける。

ナムルスの《王者の法《アルス・マグナ》》が乗ったその呪文には、B級軍用攻性呪文《アサルト・スペル》並の威力がある。

これを牽制《けんせい》に、なんとか魔王の懐《ふところ》に飛び込みたいグレンであったが——

空間を軋《きし》ませるような轟音《ごうおん》。

魔王と、魔王に寄り添うレ＝ファリアを巻き込んだ壮絶な爆圧は、されど火傷《やけど》の一つも与えることはできない。

「くっそぉ！　これなら、どうだ……ッ⁉」

ならば、と。

グレンは、魔銃《クイーンキラー》を引き抜き、即座にぶっ放す。

ぎゅん！　空間を裂いて飛ぶ弾丸がぐるりと円を描いて魔王の側頭部を襲うが——

魔王の頭の傍《そば》に小さく開いた空間の亀裂が、その弾丸を呑《の》み込んでしまう。

すると魔王は、ほんの少しだけ不愉快そうにグレンを見やって。

「うるさい蝿《はえ》だなぁ」

ぱちん、と指を鳴らす。

すると、魔王の頭上に、炎の槍《やり》が数百本生み出された。

超光熱によって真紅に輝くそれらには、グレンの時代の炎の魔術には及びもつかないほどの、圧倒的な熱量が込められている。

グレンの貧弱な魔力では、あの一本たりとも捌くことはできない——

「さよなら」

「げっ⁉」

魔王が手を振り下ろせば、その数百の炎の槍が、グレンへと殺到する。

まるで流星群のように、真紅の線を引いて迫る炎槍《えんそう》の前に、グレンは足を止めざるをえず……そもそも、かわすことも防ぐことも不可能で。

「う、うおおおお⁉」

いきなり死んだ！

グレンが死を覚悟した、その瞬間。

「カァアアアアアアアアアアアアアア――ッ！」

間一髪。

ル＝シルバの【凍てつく吐息《バニシング・フォース》】が吹き抜け、迫り来る炎の槍を全て打ち消していた。

「な――ッ⁉」

「グレン！　貴方《あなた》、前に出すぎ！　もっと下がって！」

そんなグレンの脇を抜けて、ル＝シルバが魔王へと突進する。

シャキン、と伸びるル＝シルバの両手の爪。

それらを凶悪に光らせながら、目で追えぬ、もの凄《すご》い速度で魔王の懐へと入り――

「はぁあああああああああああ――ッ！」

その細腕を振るって、両手の爪を魔王へ浴びせかける。

上、中、下段――空間ごとねじ切らんばかりの竜の膂力《りょりょく》が、幾度となく魔王を襲う。

「やれやれ、さすがは竜……君のパワーは実にやっかいだ……」

魔王が、のらりくらりとル＝シルバの攻撃をかわしていく。

「……空《セリカ》ッ！」

連続攻撃を続けながら、ル＝シルバが叫ぶと。

「ああ、行くッ！」

呪文を唱え終わったセリカが、左手を前方へ向かって突き出した。

その手の平の先に、瞬時に三つの魔術法陣が展開、重なり合い、凄まじい速度で魔力が充足されていき——発射。

極大極光の衝撃波が、魔王へ向かって放たれる。

グレンにはわかる。

今、セリカが使用した術は、黒魔改【イクスティンクション・レイ】を、古代魔術《エインシャント》——

即《すなわ》ち、上位《ハイ》ルーンで改めて括《くく》ったもの……あるいは、こちらが本家本元か。

名付けるならば、古代魔術《エインシャント》【イクスティンクション・ノヴァ】。

視界の全てが、世界の全てが、白く白く、白熱するその極光の蹂躙《じゅうりん》を——

まさしく、人がなしうる最強必滅神殺呪文を——

「……それはさすがに貰《もら》いたくないな」

魔王が眼前に、魔力障壁を展開し、あっさりと受け流してしまう。

だが、当然、それで止まるセリカではない。

矢継ぎ早に次なる呪文を唱え、印を結んでいく。

対する魔王も、次なる呪文を唱え、魔術法陣を眼前に描いていく。

セリカの呪文に応じて、魔王の頭上に無数の隕石《いんせき》が落ちていき――

魔王の呪文に応じて、上がる超光熱の紅炎《プロミネンス》が、蛇のように辺りをのたうち回り、隕石を片端から燃やし尽くしていく。

ならばとセリカは超重力をかけて、魔王を押し潰してやろうと試み――

魔王は、空間を操って、ぐにゃり……と、その場を離脱。

ならばとセリカは時間を操って超加速、離脱する魔王へ追《お》い縋《すが》る。

負けじと魔王は絶対零度を操って、世界の全てを氷結させようとするが――

「はぁああああああああああああ――ッ！」

そこへ、ル＝シルバが魔王へ苛烈に切り込み、攻め立てていく。

彼女の細腕は、魔王の展開する絶対零度の氷結地獄を真っ二つに割って、ただひたすらに、魔王の首を目指して突き進む。

やむなく魔王が杖《つえ》を抜き、ル＝シルバの爪撃《そうげき》を迎え撃つ。

杖と爪がぶつかり合《あ》い、超新星のような衝撃と火花が断続的に上がり続ける。

発生する衝撃波が次元の果てまで突き抜け、空間を軋ませる。

さらに、矢継ぎ早にセリカが次なる呪文を唱えていき――

魔王もル＝シルバの超攻撃を捌きながら、やはり呪文を唱えていく。

セリカの放った、無限熱量の火球。

魔王の放った、絶対零度の凍気。

真っ向から激突し、正負相反する極限大のエネルギーが、虚数となって時と空間をひずませる――

そんな、次元の違う領域の戦いを見ながら、グレンは歯噛みするしかない。

「くそ……あいつらの戦いは異次元だ……ッ！　当たり前だが、俺が一番、弱《よえ》ぇッ！　何もできねえ……ッ！」

結局、まともに魔王と戦えているのは、セリカとル＝シルバだけだ。

グレンとて、これまでの戦いを通じて、戦闘技術は磨き上げられている。だが、圧倒的に及ばない。ナムルスの《王者の法《アルス・マグナ》》の援護を受けて、なお足りない。

根本的に、グレンの手持ちの魔術《カード》が弱いのだ。

どんな工夫やハッタリを効かせても、常にロイヤルストレートフラッシュを構える相手にはまったくの無力であることと同じように。

グレンはセリカ達の戦いに、踏み込むことができない。

ちらりと視線を横に滑らせれば、この時と空のせめぎ合う異次元空間の向こう側で、システイーナもシル＝ヴィーサと戦っている。

彼女達の戦いも、単純な魔術師としての位階と魔力が違いすぎて、グレンの小手先の小技ではついていけそうにない。

薄々わかっていたが、この戦いでグレンにできることは何もないのだ――

「それは違うわ、グレン」

そんなグレンに寄り添うナムルスが言った。

常に力を完全解放しているナムルスは、刻一刻と消滅の一途を辿《たど》っている。

「貴方は、何もできないんじゃない。何もさせてもらえないだけよ」

「……ッ！」

「確かに……貴方の魔術師としての位階は、なぜこの場に立っているのか、不思議なくらいに低い。それは事実。それでも、今の魔王が一番警戒しているのは、恐らく貴方。貴方には、アセロ＝イエロを滅ぼした得体の知れない、あの術がある……」

ナムルスの言葉にグレンが思わず、手に持つ魔銃《ペネトレイター》のグリップを強く握りしめる。

「あの謎の術が、魔王にも通用するかどうかはわからない。でも……まさか、魔王もこの状況で試してみるわけにもいかないでしょう？」

「そうだな。道理で、俺だけは絶対に懐に入れてやらねーって感じなわけだ……くそ、あんなに警戒されてたら、いくらなんでもコイツをブチ込むのは無理だ……ッ！」

そもそも、グレンの切り札は、基本、どれも〝初見殺し〟だ。

グレンは魔都内で、すでに【愚者の世界】も【愚者の一刺し《ペネトレイター》】も切った。その情報が魔都の管理者たる魔王に割れてないわけがない。

その切り札の存在が割れてしまっている時点で、グレンはその強みを大きく失う。

「それでも、魔王の注意が百分の一でも貴方に向いているだけで、それはセリカとル＝シルバへの最高の援護になる。

貴方がここに立っていることで、力量差で一気に押し切られるのを、辛《かろ》うじて拮抗《きっこう》状態にしている……そんな戦いよ、これは」

「……畜生、それでも、もどかしいぜ……ッ！」

直接できることは何もない、弱い自分が嫌になる。

だが、それでも、グレンは己《おの》が役目を全うするために。

遠い間合いから、魔王の死角へと回り込むように駆け抜けながら――

「《猛《たけ》き雷帝よ・極光の閃槍《せんそう》以《もっ》て・刺し穿《うが》て》――ッ！」

決して、通らぬとわかっている呪文を、魔王へと撃ち続けるのであった。

――――。

「はぁああああああああ――ッ！」

「ふう――ッ！」

システィーナの風と、シル＝ヴィーサの風がせめぎ合い、激突する。

黒魔改《くろま》【ストーム・グラスパー】を展開したシスティーナ。

外宇宙の邪神《風神イターカ》の一部を限定支配召喚し、使役するシル＝ヴィーサ。

奇《く》しくも、その魔術の特性は、互いに〝その場、全ての風を支配し、操る〟といった類いのもの。

ならば、勝負の趨勢《すうせい》は単純だ。

より強い風を支配した方が勝つ――……

だが――……

「きゃあああああああああああ――ッ⁉」

迫り来る圧倒的な暴風に抗《あらが》いきれず、システィーナは押し流されるまま、無限の空の彼方《かなた》へと吹き飛ばされていく。

前後左右上下四方八方から、あらゆる角度から同時に叩《たた》き付《つ》けてくる凄《すさ》まじい風が、システィーナを揉《も》みくちゃにし、その視界を、世界を大回転させる。

システィーナは必死に魔力を振り絞って、防御の風を全身に纏《まと》い、辛うじて身体《からだ》が挽肉《ひきにく》になるのを防ぐしかない。

(な、何なの、あの人の風……ッ⁉　これ、本当に風……ッ⁉)

大回転する世界の中、次第に遠ざかる意識を必死に繋《つな》ぎ、システィーナが考える。

(こんなの……ッ！　強制的に敵性存在を彼方へ押し流す法則か何かよ……ッ！)

勝てない。勝てるはずがない。

まだ心は屈していないが、彼我の魔術師としての位階のあまりもの開きに、活路がまったく見出《みいだ》せない。

ぐちゃぐちゃの思考の中、システィーナが必死に考えていると……

「システィーナ。貴方の風への想像力《イメージ》は貧弱よ」

不意に、そんな言葉がシスティーナの耳に届いた。

激しく高速大回転している視界のせいでよくわからないが、回転する視界の端々に、シル＝ヴィーサの姿が時折、映る。

どうやら、無限の彼方に飛ばされるシスティーナを、シル＝ヴィーサが同じく風を纏って追い縋ってきているらしい。

「貴女《あなた》は、風をただの〝気圧差で空気が動く、在り来りな物理現象〟としか捉えていない。そんな貧弱な風では、到底、私に打ち克《うか》つことなどできないわ」

「な……ッ⁉」

「もっと自由に考えなさい。風の本質とは、離れた二点間の物質の移動。すなわち風を操るとは、万物流転《るてん》の加速と支配に他ならない。それこそ魔術の神髄でしょう？

　空気の流れは、そんな風の末端現象の一つに過ぎない。もっと想像を巧みになさい。風の魔術は弱い……風に対するつまらない既存概念など投げ捨てるのです。貴女は知るべき──〝風〟こそ、世界最強の魔術属性であるということを！」

「そ、そんなバカげたこと……ッ⁉　できるわけが……ッ！」

システィーナが、そんなことは不可能だと必死に訴えかけるが。

「できるわ、貴女ならきっと」

なぜか、シル＝ヴィーサはシスティーナを励ますように、そう言った。

「……ッ⁉」

「魔術とは己の心を突き詰めるもの。己の心に問いかけるもの。想像力《イメージ》を巧みにするのです。それが貴女の力になる。そして、それを現実にするのに足りない物は……貴女に託した、その外套《がいとう》が貸してくれるでしょう」

「……え……ッ⁉」

システィーナが、目を見開くと。

突然、纏う白いマントに輝きが灯《とも》り始める。

マントの表面に、光の古代ルーン文字の羅列がびっしりと浮かび、輝き始める。

そして——

「ぁ、ぁ、ぁあああああ……ッ⁉」

突然、システィーナの脳内に、大量の情報が洪水のように流れ込んで来る。

それは——圧倒的な風の魔術に関する知識だ。

とある一族が何代もかけて研鑽《けんさん》し、練り上げた風の魔術。

その深奥《しんおう》と真理に冠する莫大《ばくだい》なる経験値が、システィーナの脳内に、その人格を押し流さんばかりに、一気に流れ込んできたのである。

「それは《風の外套》……私の血族フィーベル家が、遥《はる》か古《いにしえ》より練り上げてきた秘奥《ひおう》と神秘の集大成です。契約により、貴女が知りたい知識は、その外套が教えてくれる」

「……ッ⁉」

「ですが、知識は道具に過ぎません。道具で何を生み出すかは貴女次第。さぁ、想像力《イメージ》を巧みにしなさい。既存概念を捨て、貴方《あなた》自身の新しい風を創造するのです！」

（想像力……巧みに……ッ⁉）

揉みくちゃになる思考の中、システィーナは必死に想像し、創造する。

風は、ただ空気が動くだけの物理現象ではないと、シル＝ヴィーサは言う。

ならば……大事なのは、きっと、もっと概念的な物なのだろう。

世界の理《ことわり》をねじ曲げてまで己が我を通す、魔術の根源的な本質への問いかけ《リドル》。

即《すなわ》ち、その風を何のために生み出すか。その風で何を生み出すか。成すか。

（……）

何者にも負けない強い風。

あらゆる理不尽を吹き飛ばす最強の風。

どこまでも、どこまでも遠く果てまで届く風。

もし、そんな風があれば……いつだって、私達のために果てしなく先を走るあの人の背中に追いつけるだろうか。守ってあげることができるだろうか——

（…………ッ！）

想像力《イメージ》が固まると、話は早かった。

外套が与えてくれる知識を使って既存の魔術式を壊し、新しい式を再構築していく。

自分でも恐《こわ》くなるほど、システィーナの脳内で、すんなり数千数万の魔術関数が並び、億百の法陣が描かれ、絡《から》み合《あ》い——今まで学んだ全ての魔術式が再編されていく。

それは、決して即興で作った精度の甘い構築ではない。

それは、これまでシスティーナが必死に弛《たゆ》まぬ努力と研鑽を続けて来たからこそ、為《な》せる、到達できる一つの極み。システィーナの魔術師としての集大成。

再構築にかかった時間は、ほんの一分だが、その実、これまでのシスティーナの魔術師としての人生十数年と一分を費やした、至高の魔術式であった。

「《我に続け・颶風《ぐふう》の民よ・——》」

システィーナが、目を見開いて呪文を唱える。

途端、システィーナの外套と全身から、凄まじい魔力が高まって——

システィーナの全身を焼き尽くすように、高まって、高まって、高まって——

「《我は風を束ね統《す》べる女王なり》——ッ！」

システィーナの風が——変わった。

今までの、ただの空気の流れを操る物理現象とは違う。

美しい緑色に輝く光の風が、システィーナの全身に燃え上がる魔力から、無限に生み出されて、拡散し——シル＝ヴィーサの黒い風を押し返す。

せめぎ合う風と風で、空間が拉《ひしゃ》げる衝撃が世界を震撼《しんかん》させる。

無限世界の無限の彼方まで、その風が広がっていく——……

「できた……ッ！」

ぐるんと身を回転させながら、体勢を立て直す。

正面にゆるりと佇《たたず》むシル＝ヴィーサを、真《ま》っ直《す》ぐと見据える。

そして——

「今の術……名付けるなら、黒魔改参……ううん……」

システィーナは、頭にふと思い浮かんだ、もっとも相応《ふさわ》しい言霊《ことだま》を叫んだ。

「風天神秘【CLOAK OF WIND《クローク オブ ウィンド》】……ッ！」

システィーナの風と、シル＝ヴィーサの風が激しくせめぎ合い、拮抗する空間の中。

システィーナは、今、己が至った一つの神秘の極みを、そう名付けるのであった。

「なるほど……土壇場《どたんば》で、その天の域に至ってしまいましたか」

対するシル＝ヴィーサは、魔人化しているがゆえに、その表情はわからないが……

「これは手強《てごわ》くなってしまいました……厄介なことです」

そんな言葉とは裏腹に、その端々にどこか嬉《うれ》しそうな雰囲気が滲《にじ》み出《で》ていた。

「正直、今までの貴女は弱すぎてお話になりませんでしたが……これで、ようやく少しは

戦いを楽しめそうですねぇ……ッ！　あはははっ！」

シル＝ヴィーサが両手を頭上に掲げる。

どこまで移動してもピッタリとついてくる頭上の空間の亀裂と、その亀裂から覗《のぞ》く強大な存在へ、命令を下す。

新たな、黒い風が、システィーナの存在を否定せんと爆発的に生まれる——

——が。

「ねぇ、シル＝ヴィーサさん……」

対するシスティーナは、どこか哀《かな》しげだった。

「なんですか？」

「私達……本当に、戦わなくちゃいけないんですか……？」

「…………」

纏う光の風で、黒い風を吹き散らすシスティーナの顔は、どこか切なげであった。

「私には……どうしても、貴女が倒さなければならない相手だとは思えないんです」

びゅごお、びゅごおと激しく鳴る風切音《かざきりおん》に、システィーナの言葉が流れて行く。

だが。

そんなシスティーナの言葉を。

「くどいですね」

シル＝ヴィーサは一笑に付した。

「私は、ティトゥス様に永世の忠誠を誓いし、百世不磨、悪逆非道の魔将星──王に牙剣《む》く愚者の民は須《すべか》らく鏖《みなごろし》にするのみ……ですよ」

「……ッ！」

歯噛《はが》みするシスティーナ。

そんなシスティーナへ、シル＝ヴィーサは容赦なく黒い風を放つ。

システィーナを前後に押し潰さんと迫る、壮絶なる暴威。

「はぁ──ッ！」

やむなく、システィーナも左手を前方に突き出し、魔力を全開にする。

身に纏う白い外套がばさばさと激しくはためき、その表面を無数の古代ルーンが激流のように走っていく。

そして、さらなる光の風が生み出され、それを黒い風へと叩き付ける。

空間がねじ切れるような衝撃音と爆音。

風の衝撃波が、四方八方へと吹き荒れるのであった──

──────。

戦い続ける。

セリカ達と魔王が戦い続ける。

システィーナとシル＝ヴィーサが戦い続ける。

二つの限定結界がせめぎ合うその空間とその周辺は、時の流れすら一定ではない。

日が沈み、夜が訪れ、深夜となり、日が変わり──

天空城の外では、目まぐるしく、激流のように時間が流れて行く。

そして、時の流れが歪《ゆが》む中。

あらゆる常識を消し飛ばすかのような戦いを、セリカ達は延々と繰り広げていく──

──────。

「はぁぁぁ───ッ！」

ル＝シルバが、魔王へと殴りかかる。

「ふ――ッ！」

魔王がその眼前に巻き起こした、超新星にも似た爆発が、ル＝シルバを吹き飛ばす。

震撼する世界。

「くたばれ――ッ！」

そして、そんな魔王へセリカが突撃する。

それは、いかなる魔術か。

セリカの諸手《もろて》に握られるは、目を灼《や》かんばかりの圧倒的な光で構成された超巨大な剣。

セリカが突進の勢いを乗せて、光の剣を大上段から振り下ろす。

斬撃の瞬間、その光の剣は無限大の長さとなって、空間そのものを真っ二つにせんと一《いっ》閃《せん》、彼方《かなた》まで迸《ほとばし》った。

だが、その刹那――魔王の眼前に展開される数百もの防御結界。

たった一枚で【メギドの火】を数百発、完全カットするその結界を――

光の剣と結界の激突。

セリカの光の剣は、その数枚を斬り破り、硝子《ガラス》のように砕け散らせる。

だが、魔王まではあまりにも遠く、分厚い――

「おおおおおおお――ッ！」

だが、セリカは、何度も何度も執拗《しつよう》に光の剣を振るい、その防御結界を数枚ずつ破壊していく。

己の防御結界が、次々と破壊されていく様を眺めながら、されど魔王は余裕の笑みを浮かべて、セリカを嘲笑《あざわら》った。

「必死だねぇ？　空《セリカ》」

「ぁあああああああああああ――ッ！」

構わず、セリカは光の剣を振るい、魔王の防御結界を壊し続ける。

防御結界を壊す都度、凄《すさ》まじい魔力の爆光が上がり、硝子の欠片《かけら》のような結界の破片が幾億光年の銀河へと四散していく。

「盛り上がっているところ悪いんだけどさ……君、弱いよ？」

構わず、セリカは光の剣を振るい続ける。前へ。前へ。

「だって、もう息が上がってる。まだ戦いが始まって然程《さほど》、時間も経《た》ってないのにさ」

構わず、セリカは光の剣を振るって、結界を壊す。

じりじりと、それでも確実に前進していく。

「三日前、戦った時より、すごく弱い。次元追放した君が、どうやって帰還したのかわからないけどさぁ？　やっぱ色々無理があったんじゃないの？」

構わず、セリカが光の剣を振り回す。振り回しながら前進する。

「ねぇ、本当に勝てると思ってるの？　僕に」

構わず、セリカが剣を薙《な》ぎ払《はら》う。前に出る。

「だって、見るからに君、もう限界じゃないか。そんなにボロボロになっちゃって。そんなに血反吐《ちへど》を吐いちゃって」

構わず、セリカが剣を叩《たた》き込む。さらに前へ。

「そんなに君の国を滅ぼしたこの僕が憎い？　君の妹を奪った僕が憎い？　ねぇ？」

構わず、セリカが剣を全力で振り下ろす。前進。前進。前進──

結界が壊れる。壊れる。壊れる──

「あはは、その執念や、見事。う～ん、いくら弱体化した敵とはいえ、君ほどの魔術師を失うのは、やっぱり惜しいんだよね……」

結界の残数は。

後、十──九──八──七──……

「ぁあああああああああああああああ──ッ！」

ラストスパートとばかりに、セリカがさらに光の剣へ渾身《こんしん》の魔力を込めて、長大化させて、魔王へと斬り込む、斬り込む、斬り込む──

「そんな君に、提案があるんだけどさ」

結界は後、六――五――……

「君、僕の仲間にならないかい?」

結界は後、四――三――……

「僕は、君のような魔術師が現れるのを待っていたんだよ。もし、僕の仲間になれば、世界の半分を君にあげるよ」

結界は後、二――一――……

「どうだい? 僕の仲間になるかい?」

そんな魔王の問いかけに――

「死ね!」

セリカは全霊の光の剣の一撃を以《もっ》て答えた。

最後の結界ごと斬り伏せんと、魔王へ剣を振るう――

「ふっ、愚か者め。思い知るがいい」

ぐにゃり……

魔王が空間を歪めて、セリカから遠ざかる。

セリカの全霊の攻撃は虚《むな》しく空を斬って、戦いの円が途切れる。

「ってね？　あははっ、一回やってみたかったんだよね、この問答……僕が元いた世界じゃ、わりとテンプレな様式美だったからさ」

「ぜぇー……っ！　ぜぇー……ッ！　ぜぇ……ッ！」

応じる余裕もなく、セリカは片膝をついていた。

「セリカ！　お前、大丈夫かよ……ッ!?」

「……なんて無茶を！」

グレンとル＝シルバが、セリカの傍《そば》に駆け寄るが、当のセリカは返答する余力もない。

激しく息を吐き、ぶるぶると震えるだけだった。

「無様だね。前から思ってたんだけど、僕は君のことがまったく理解できないよ。どうして、そこまで僕に楯突《たてつ》くのかな？　復讐《ふくしゅう》にしては、少々度が過ぎてやしないかい？」

「黙れ」

セリカが地の底から響き渡るような声で、魔王の言葉を遮った。

「もう復讐なんかどうでもいいんだよ。私はお前をぶっ倒す」

「困った人だね。でも、そんな弱い君に何が出来るんだい？　ほら、見なよ……」

その時だった。

びしりっ！　と空間が裂け、一際《ひときわ》激しい稲妻が世界を迸った。

「空《セリカ》。君は、もう限界だ」

魔王がそう宣言した瞬間。

魔王の空天神秘【INFINITE ZERO DRIVE《インフィニットゼロドライヴ》】が、セリカの展開する時天神秘【OVER《オーバー》 CHRONO ACCEL《クロノアクセル》】を浸蝕《しんしょく》していく。

格子《こうし》模様の世界が、時計模様の世界を徐々に押し込んでいく——

その浸蝕はもう、止まる気配を見せない。

「な……セリカ……ッ!?」

「ま、まずいわ……ッ！　このまま限定結界を完全に押し切られたら、もう私達には為《な》す術《すべ》がなくなる！」

グレンとナムルスが縋《すが》るようにセリカを見る。

だが、当のセリカは苦しげに、ガクガクと震えながら、力なく荒い息を吐くだけ。

時折、げほごほと血を吐いて蹲《うずくま》るだけ。

再び立ち上がる気配は……最早《もはや》、微塵《みじん》もなかった。

「あはははは っ！　もう終わりだね！　うん、やっぱり前より全然、弱かった！　あっははは っ！　あはっ！　あはははは っ！」

無限の彼方で、魔王が手を叩いて子供のように笑っていた。

「くそぉぉぉ……ッ！　ここまでかよ⁉　もう駄目なのかよ……ッ⁉」

グレンが歯噛《はが》みしながら、打つ手なく破滅の浸蝕を眺めているしかできないでいると。

すっ……と。

今まで苦しむだけだったセリカが、不意に立ち上がっていた。

不安げなグレン達を他所《よそ》に。

「大丈夫だ」

セリカは、ぐいっと口の端を伝う血を右の親指で拭って。

崩壊していく世界の中、ゆっくりと魔王へ向かって歩いて行く。

「魔王」

「なんだい？」

「お前……今の私を弱いと言ったな？」

「言ったよ」

「本当にそう見えるか？　今の私が弱く見えるか？」

「ああ、見えるよ。現に全盛期の君とは、比べるべくもない」

「そうか。だったら——……」

セリカが魔王へ見せつけるように、左手の甲に、右の親指で血文字を描いていく。

「お前の目は――節穴だ」

その瞬間。

カッ！　セリカの左手の甲に描かれた血文字が燃え上がった。

セリカの足下に複雑怪奇な魔術法陣が、瞬時に世界の果てまで展開され、そこに凄まじい魔力が疾走し、漲《みなぎ》っていく――

途端、魔王の【INFINITE ZERO DRIVE《インフィニット ゼロ ドライヴ》】の世界侵食が止まった。

セリカの【OVER CHRONO ACCEL《オーバー クロノ アクセル》】が再び、世界を押し返していく――

「……延長戦だ、魔王」

「な……ッ⁉　その術は……命天神秘【SOUL SONG SACRIFICE《ソウル ソング サクリファイス》】⁉」

「ああ、白魔儀《しろまぎ》【サクリファイス】の本家本元――最も原初の換魂の儀式魔術！　私自身の魂を擦り削って、無限の魔力へと転化する最後の切り札だ……ッ！」

そんなことをのたまうセリカに。

「バカ野郎ォオオオ――ッ⁉　セリカ、お前、何やってるんだ⁉　死ぬ気か⁉」

グレンが叫ぶ。

「止《や》めろ！　早くその術を解けッ！　止めろぉおおおお――ッ！」

セリカに摑《つか》みかかろうとするグレン。

だが、ル＝シルバは苦渋の表情で、グレンを背後から羽交い締めにして押さえた。

「クソッ！　離せ……ッ！　離せぇえええええ──ッ！」

グレンが暴れるが、ル＝シルバの人外の膂力《りょりょく》は、グレンではどうにもならなかった。

「……バカな……空《セリカ》……」

対する魔王も、セリカの暴挙に唖然《あぜん》とするしかない。

「君が今、一体、何をやっているのか、わかっているのかい？」

「…………」

「死ぬよ、君。間違いなく死ぬ」

「…………」

「まぁ、有り得ないけど、君の目論見《もくろみ》が奇跡的に上手《うま》くいって……君が死ぬ前に、僕を倒すことができたとしよう。

だけど、魔術師としての君は確実に終わる。霊魂にそれほどのダメージを負っては、君はもう、二度と魔術を振るうことはできなくなる。

およそ、数百年にわたる君の魔術師としての研鑽《けんさん》の全てが無に帰してしまうんだよ？

惜しくないのかい？　悔しくないのかい？」

「…………」

「なんでだ？　何が君をそこまでさせるんだ？　それほどまでに……僕が憎いのかい？　それも、自分の魔術師としての存在全てを無に帰してまで……僕を滅ぼしたいのかい？　ほぼ無駄だっていうのに⁉　僕には、君がまったく理解できない！」

そんな風に動揺する魔王を。

「……根本的にズレてんだよ、お前」

セリカはおかしそうに、一笑するだけであった。

「グレン」

そして、セリカは背を向けたまま、グレンへ声をかける。

「……ありがとうな」

「なんだよ……なんで、礼なんて言うんだよ……？」

「お前がここにいてくれたおかげで……お前が見守ってくれたおかげで……私は迷いなくこの切り札を切ることができた。

もし、お前がいなかったら……私は未練たらしく、この切り札を切ることをいつまでも躊躇《ためら》って……そのまま何もできずに殺されていただろうな」

「ふざけんなぁあああああああああああああ──ッ！」

グレンが吠《ほ》えた。

「俺は！　お前にそんなふざけた術を使わせるために！　わざわざ、こんなクソ時代までお前を追いかけてきたわけじゃねえんだぞッッ⁉」

「ははは、そりゃそうだ。悪いな……でも、もうこれしかねーんだわ」

セリカが戯《おど》けて肩を竦《すく》める。

「長かった……本当に長い……長い時間を旅してた……そんな長い旅路の果てに、私はようやく、私の真実……戦う理由を見つけた。

守りたいものがあるって……守るべきものがあるって……それは、とても幸せなことなんだな……それを思うと、自然と身体《からだ》の底から力と勇気が湧いてくる……何度だって、立ち上がって、立ち向かってやろうって気になる……ああ、もう何も恐《こわ》くない」

「セリカ……ッ！　セリカ……ッ！　止めろ、頼む……ッ！」

グレンが止める声も聞かず——

セリカは熱く燃える魂に任せて、魔王へと駆け出していった。

「さぁ、覚悟しろ、魔王ッ！　私はお前を倒すッ！　そして——世界《みんな》を守るッッ！」

そして——天地神妙を慟哭《どうこく》させる、二人の魔術師の最後の戦いが始まるのであった。

「────」。


そこは、宇宙開闢《かいびゃく》を思わせるかのような、常軌を逸した空間だった。

セリカと魔王が、互いに全力全開で魔術を振るっている。

無限の空間を、壮絶なる破壊力が幾百幾千と激突し、炸裂《さくれつ》烈華に明滅している。

せめぎ合う時間と空間。

光すらも置き去りにする、神域の魔術戦が──そこにはあった。

「土壇場《どたんば》に来て……空《セリカ》はさらに、魔術師としての位階を一つ上げたわね」

ナムルスがぼやく。

「……そして、それは魔王も」

「うん……もう、私すらもあの戦いには介入できない……後はもう……空《セリカ》に全部託すしかない……ッ！」

グレンを押さえつけるル＝シルバが、悔しげに呻《うめ》く。

「でも、あんな戦い方が長く保《も》つわけないわ……ッ！」

ナムルスが歯噛みして言った。

「精々、十分よ！　空《セリカ》の魂が完全に燃え尽きて消滅するまで十分！　それまでに魔王を倒せなかったら、空《セリカ》は――……」

「クソッ！　セリカッ！　セリカァアアアアアア――ッ！」

グレンが目尻に涙を浮かべながら、叫んでいると。

「いい加減にしなよッッッ！」

ル＝シルバがグレンの耳元で、怒声を上げていた。

「空《セリカ》が何のために、自身の存在を擦り削って戦っていると思ってるの⁉　貴方《あなた》を……貴方達の未来を守るためでしょう⁉」

「――ッ⁉」

「いつまでも子供みたいに聞き分けなく叫《わめ》かないでよ⁉　貴方は空《セリカ》の弟子なんでしょ⁉　だったら、貴方だけは空《セリカ》の覚悟を毅然《きぜん》と見届けるべきでしょ⁉」

「…………」

そんなル＝シルバの正論に、グレンは押し黙って。

「……お前……今、何て言った？」

不意に、呆《ほう》けたように、そんなことを呟《つぶや》いていた。

「え？　いや、だからさぁ……貴方だけは、空《セリカ》の覚悟を――……」

そんなル＝シルバを無視して。

「そうだ……そうだった……ッ！　俺は、セ、リ、カ、の、弟、子、だ……ッ！」

グレンは一人で勝手に合点し、思索に耽《ふけ》り始めた。

「俺は、あいつからこんなことは教わってねえッ！　窮地に際して、泣き叫きながら指咥《くわ》えて黙って見てろなんて……あいつから一度たりとも教わってねえ……ッ！」

ナムルスと顔を見合わせて呆気《あっけ》に取《と》られるル＝シルバを振りほどいて。

グレンは片膝をつき、足下に取りついた。

「考えろ！　魔術師なら、こういう時こそ考えるんだッ！　この詰んだ盤面を打開する何かを！　俺じゃ戦力的な貢献はできねえッ！　じゃあ、なんだったらセリカの戦いに貢献できる⁉　今の俺に何をやれる……ッ⁉」

最後の切り札を切ったセリカは、厳しい時間制限付きではあるが、なんとか魔王と互角の領域に立つことができている。拮抗《きっこう》状態である。

ならば――この拮抗を崩すには、どうしたらいい？

（たとえば、この戦いの大前提、この戦闘空間の絶対律法《ルール》――魔王の【INFINITE ZERO《インフィニットゼロ》 DRIVE《ドライヴ》】と、セリカの【OVER CHRONO ACCEL《オーバークロノアクセル》】……これの拮抗を崩すことができたら、どうだ……？）

そう、よしんばセリカと魔王の魔術合戦があまりにも高い領域にあるから、失念していたが……本来は、この二つの魔術のどちらかが、完全に場に通ったら、それだけで勝負が決まる話なのだ。

（たとえば、俺がこのセリカの【OVER CHRONO ACCEL《オーバークロノアクセル》】に魔術介入をして、何らかのブーストをかけることができたらどうだ……？　拮抗状態にあるこの場を、完全にセリカの支配下にしてしまえば、どうだ……？）

間違いなく——セリカは魔王に勝てる。

魔術の技量や魔力総量で、どれだけ魔王がセリカに勝っていても関係ない。

時天神秘【OVER CHRONO ACCEL《オーバークロノアクセル》】とは、そういう性質の魔術なのだから。

（だが——そんなことが俺にできるのか⁉）

グレンが、その場の【OVER CHRONO ACCEL《オーバークロノアクセル》】の術式に触れる。

見るからに莫大《ばくだい》で、膨大で、複雑怪奇で、超高度な魔術式が無限に羅列し、触れただけで情報量オーバーで、グレンの脳を焼き切ろうとする有様《ありさま》だ。

おまけに使用されている言語は、上位《ハイ》ルーン。

グレン達が使用する下位《ロー》ルーンとは規格外に難解な魔術言語《ルーン》だ。

（ナムルスの《王者の法《アルス・マグナ》》のアシストがあれば、俺達でも上位《ハイ》ルーンを扱えるのは、すでに証明済み……問題は……俺がこの魔術式を読み切れるかどうか！）

一目見ただけで、グレンの脳内を嫌な単語がぐるぐると回る。

無理。不可能。無駄。駄目。手に負えない――

だが、そんな弱気をかみ殺して、グレンは魔術式に向かい合う。

（やるんだよ……それでも！　いや、この世界でそれができる奴《やつ》がいるとしたら……それは、俺しかいねえッッッ！）

子供の頃から、ずっとセリカに憧れていた。

ずっと、ずっと、セリカの背中を追い続けてきた。

セリカの魔術をずっと見続けてきた。

決して、自分には届かぬと心の底のどこかで悟りつつも。

グレンは、ただ純粋な憧れ一つで、セリカという魔術師を、ずっとずっと見つめ続けて来たのだ――

（あいつの教えは全部、この身に刻んだ！　あいつの論文は全部、読んだ！　それを魔術として自分の物に昇華できるかどうかは別として……この世界で、もっともセリカの魔術を知っているのは俺だ！　セリカにもっとも近い魔術師は……俺だ！　俺なんだよッッッ！　それだけは譲れねえッッッ！）

だから――……

（やってやるッ！　セリカの【OVER CHRONO ACCEL《オーバークロノアクセル》】……俺が必ず、読み切ってやる……ッ！　やるしかねえんだ……ッ！）

グレンの魔術師としての全ての知識と矜持《きょうじ》をかけて。

グレンだけの最終決戦が、ここに始まるのであった。

――――。

「はぁああああああああああああ――ッ！」

「――ッ！」

システィーナとシル＝ヴィーサ。

その激闘の終止符は、あまりにも唐突に打たれた。

――否《いな》。

終止符を打ったのだ……シル＝ヴィーサが。

シル＝ヴィーサは、なぜか、常にシスティーナと互角の戦闘運びを続けていた。

恐らく、シル＝ヴィーサが初手から本気を出せば、システィーナなど、この世界に髪の毛一本すら残すことなく消滅していたはずだったのだ。

だが、シル＝ヴィーサはそれをしなかった。

まるでシスティーナを試すように、少しずつ少しずつ実力を披露していった。

システィーナは、それに必死に喰《く》らい付いていく。

譲り受けた《風の外套《がいとう》》の力を行使し、その使い方に習熟し、それに伴ってシスティーナの風の魔術は鍛え上げられていった。

シル＝ヴィーサとの戦いの火によって、洗練されていった。

最早《もはや》、システィーナの風天神秘【CLOAK OF WIND《クローク オブ ウインド》】は、土壇場で成した付け焼き刃ではなかった。

震えがするほど研ぎ澄まされ、完成された一つの神秘であった。

そして、システィーナが完成すると同時に──シル＝ヴィーサは突然、戦いの幕を引いたのである。

システィーナの放った風の次元刀攻撃を、あえて防がずに受け入れることによって──

「……けほっ……見事……です……システィーナ……」

存在を維持できず、シル＝ヴィーサが光の粒子と砕けて消滅していく。

正直に言えば。

システィーナは、この結末を薄々予感していた。

そういうつもりなのだろうと思っていた。

だけど。それでも。

「……どうして……ですか……？」

システィーナは、消え逝《ゆ》くシル＝ヴィーサへそう問わずにはいられない。

「……言ったでしょう？ これが私の贖罪《しょくざい》だから」

消え逝くシル＝ヴィーサは、穏やかに笑っている……そんな気がした。

「私は……旧《ふる》き盟約により、ティトゥス様へ直接敵対する行動が取れません……一族の安全と引き替えに、そういう魔術契約をかわしたから……」

「……ッ！」

「私は……貴女《あなた》達と共に戦うことはできない……だから……貴女に託すことにしたのです……私が贖罪できるのは……もうこのくらいだから」

そう語るシル＝ヴィーサの声は、どこまでも穏やかだった。

「ふふ……なぜでしょうね？ 貴女を一目見た瞬間、理屈を超えた運命を感じたのです……貴女なら……きっと、私の力と意思を受け継いでくれると……」

「シル＝ヴィーサさん……」

「深海の底より罪深い私には、もう何もできない……でも、イターカの神官として一定の完成を得た貴女なら……あるいは」

「……ッ！」

「もし……私が貴女に授けた力で、貴女が未来を守ることができたのなら……こんな罪深い私が、無様な生を続けた意味も……少しはあったのかもしれませんね……」

シル＝ヴィーサが消えていく……消えていく。

光の粒子と砕けて……跡形もなく、もうどうしようもなく消滅していく――……

「さようなら、システィーナ……最期《さいご》に……貴女に会えて……よかっ……」

そして。

ついに、シル＝ヴィーサは完全に消滅してしまった。

後に残されたのは、虚空《こくう》に浮かぶ一本の〝緑色の鍵〟。

だが、それも風化して、風に流れて行く――

《風皇翠将《ふうおうすいしょう》》シル＝ヴィーサ。

童話『メルガリウスの魔法使い』によれば、魔王にもっとも忠義厚き魔将星。魔王のためならば、いかなる残虐非道もやってのけたという、冷酷無比なる無慈悲の魔人。

その彼女が何を思い、何を考えて逝《い》ったのか──最早、誰も知らない。

ただ一人、シル゠ヴィーサと同じ髪の色をした少女を除いて。

「さようなら、シル゠ヴィーサさん。ありがとう……私の遠い遠い御先祖様」

ぺこ、と。小さく吹き抜ける風に向かって一礼して。

システィーナは頭上を見上げる。

天一面にセリカと魔王が展開した、空と時の異次元空間が広がっており──最早、そこは、常人には決して立ち入れない魔界だ。

だが──今のシスティーナならば、その領域に踏み込める。

「私は自由な風。あらゆる時と空間を超えて吹き抜ける一陣の風。……私の行く先を阻《はば》めるものは何もない」

ごうっ！

システィーナが猛烈なる光の風を纏《まと》って、それが渦を巻く。

そして、頭上の空間を目掛けて、一直線に飛翔《ひしょう》を開始するのであった。

──。

難解という言葉では表せない、難解さ。

限られた時間。

見ただけでくじけそうになるほどの無限の式の数々。羅列。

だが、憧れの魔術師の背を追い続けたその人生、そして、その僅かな意地。

グレンは、追い求めた師匠の生涯最高の術式を、完全に理解することはできずとも——

その基本骨子をある程度、読み解くことができたのだ。

「……読めた……ッ！　わかる、わかるぞ……ッ！」

奇跡だった。

この読解は、他のいかなる天才魔術師にも不可能だった。

ただ一人、セリカの背を追い続けたグレンだからこそ、できた業。

セリカという魔術師への造詣《ぞうけい》、極限まで高まった集中力、人生最高に研ぎ澄まされた頭脳回転……それらがあって初めて成し得た——土壇場《どたんば》の偉業だった。

「……いける……やれる……ッ！」

読み解ければ、セリカの術式に介入できる。

ナムルスの《王者の法《アルス・マグナ》》があれば、それが可能だ。

今、セリカと魔王の術式は、完全に拮抗《きっこう》状態にある。

だが、そこにグレンが加わり、セリカの術式を強化すれば。

それが喩《たと》え、大海に小石を一個投げ込むような後押しであっても、際《きわ》どい拮抗は崩れ──趨勢《すうせい》は一気にセリカへと傾くだろう。

だが──

「いや、ちょっと待て……バカな……なんてこった……ッ！」

最後になって、グレンはそれに気付いてしまい、愕然《がくぜん》とする。

術式から読み取ってしまった残酷な事実。

〝この権能の行使は、《時の天使》ラ＝ティリカの契約者にのみ許可〟

この術は、根本的にナムルスの権能を使用したものだったのだ。

「……つまり、セリカの固有魔術《オリジナル》みたいなもんか……ッ⁉　畜生、考えてみりゃ、そんなの当たり前じゃねーか！」

即《すなわ》ち、グレンではこの術式に介入できない。触れられない。

「ナムルスッ！　俺もお前との契約なんとかならねーのかよッ⁉」

「なるわけないでしょう⁉　私と契約者は一対一よ！　多重契約は、律法違反《ルール》なの！　たとえ今、貴方《あなた》と契約しても、セリカとの契約が無効になる！」

「くそ……ッ！　せっかく希望が見えたのに……ッ⁉」

グレンが顔を上げる。

そこでは──


「ぐぅうううううう──ッ⁉」

「あっはははは！　命の薪《たきぎ》もそろそろ燃え尽きる頃合いかなぁ？」

──相変わらず、セリカと魔王が壮絶な魔術戦を繰り広げていた。

魔王が連射で放つ数百の炎の槍《やり》が、流星群のように赤い尾を引いて迫って来るのを、セリカは同じ術で片端から迎撃していく。

だが──あからさまにセリカの分が悪い。

セリカの顔は苦しげで、今にも押し切られそうだった。

そして──最早、時間もなかった。

「ここまでか……ッ⁉　ここまでなのか……ッ⁉」

さしものグレンも、この突きつけられた絶望と現実に、頭を抱えるしかできないでいると。

『……諦めないで、グレン』

不意に、聞き覚えのある声が脳内に響き渡っていた。

「ナムルス？」

「は？　何よ？」

それは確かにナムルスの声だと思い、振り返るが……当の本人は不思議そうな顔だ。

だが、幻聴かと思われた声は、グレンの頭の中でさらに続く。

『そっちの私じゃないわ。こっちの私……貴方の未来の私よ』

（……ナムルス……ッ⁉）

一体、なぜ？　と問う前に、未来から語り掛けるナムルスが続ける。

『説明している暇も時間もないから、手短に話すわ。結論から言えば、貴方にはそのセリカの術式を行使する権限がある』

（はぁ⁉　何を言ってるんだ⁉　俺は、ラ＝ティリカの契約者じゃ……）

『契約はすでに為《な》されているわ、我が主様《マイマスター》』

（——ッ⁉）

『そう、とても奇妙な逆説だけど……貴方と私の契約は、すでに為されてるの』

（そ、それは一体、どういう……ッ⁉）

『ことここに至り、因果は一つの解答を得た。ゆえに──貴方と私は再び繋《つな》がった。……考えなくていいわ。貴方は貴方の魂が赴くままに、行いなさい……』

（……ナムルス……ッ！）

再び、未来のナムルスの声が遠くなっていく。

理屈は、何一つわからない。考えている暇も時間もない。

ならば、後はもう突っ走るだけだ──

「《時の最果てへ去りし我・──》」

グレンが、魔力を高めつつ、呪文を唱え始める。

「な……ッ⁉」

「グレン⁉」

途端、ナムルスとル＝シルバが、ぎょっとする。

「何をやってるの⁉　その術はセリカにしか使えないのよ⁉　貴方には──……」

だが、構わず、グレンは矢継ぎ早に呪文をまくし立てていく。

「《慟哭《どうこく》と喧噪《けんそう》の摩天楼》ッ！　《時に至る大河は第九の黒炎地獄へ至り》──ッ！　《そ

の魂を喰《く》らう黒馬は己の死を告げる》ッ！　《我、六天三界の革命者たらんと名乗りを上げる者ゆえに——》ッ！」

　途端、どくん、と。

　不穏な魔力がグレンから胎動し——世界にまた、新たな時計のような紋様の法陣が、展開されていく。それらがセリカの法陣と一致する。

「えっ⁉　嘘《うそ》ッ⁉　なんで、貴方がそれを⁉」

「ナムルスッ！　足りねえ！　力を……ッ！　もっと力をよこせぇえええええ——ッ！」

　反射的に、ナムルスが最後の《王者の法《アルス・マグナ》》を解放。

　全身に漲《みなぎ》る魔力と万能感と共に。

　今、グレンは満を持して、起動を宣言する——

「時天神秘【OVER《オーバー》 CHRONO《クロノ》 ACCEL《アクセル》】ううう——ッ！」

　世界が——

——さらに変革する。

————。

「な──ッ⁉」

その瞬間、これまで常に余裕を崩さなかった魔王が、今、はっきりと驚愕《きょうがく》した。

「そ、そんなバカな……ッ！　その術は空《セリカ》に固有の魔術だったはず……ッ！　なぜ、あの男が──ッ⁉」

そんな一瞬の動揺の隙を狙って──

「はぁああああああああああああああああ──ッ！」

セリカも最後の力を振り絞り、大呪文を通した。

放つは、【イクスティンクション・ノヴァ】。

現在のセリカが為せる、最高最大火力の極大極光衝撃波が、まっすぐ魔王を襲う。

「く──ッ⁉」

魔王が空間を操って、迫り来る極光波動を受け止める。

「ぁあああああああああああああああ──ッ！」

【イクスティンクション・ノヴァ】を、最大出力で放ち続けるセリカ。

「ぐぅうううううう──ッ⁉」

【イクスティンクション・ノヴァ】を、受け止め続ける魔王。

激しく明滅する世界。

再び、拮抗状態になるが——その趨勢はセリカに傾き始めていた。

なぜなら、セリカの【OVER CHRONO ACCEL《オーバークロノアクセル》】がその場を支配しつつある——

「くっ……ッ!?　時天神秘の二重起動……ッ!?　だ、駄目だ……ッ！　僕の魔術の全ての時間パラメータがゼロにされる……ッ!?」

「……大丈夫だよ、ティトゥス」

そんな魔王を、穏やかに励ましたのは、彼の背後に佇《たたず》むレ＝ファリアだ。

「貴方は強い。あんなのに負けるわけない……」

「——ッ!?」

レ＝ファリアも、ナムルス同様、その存在を崩しながらティトゥスを後押しした。

その単純な魔力ブーストに、趨勢は一気にセリカから魔王へと傾いた。

完全にひっくり返る状況。

時の支配を超えて、空間が——ねじ曲がる。

セリカの放つ【イクスティンクション・ノヴァ】を押し返し始める。その力の向かう先が、ねじ曲がった空間によって、セリカへと向き始める——

「させるかぁあああああああああ——ッ！」

ル＝シルバが、咄嗟《とっさ》にグレンへ抱きつき、瞬時に隷属契約を結んだ。

「グレン！　私の新たなる主様《マスター》ッ！　私の魔力も持っていってッ！　全部ッ！」

「おおおおぉあああああああああああああ──ッ！」

ル＝シルバの魔力ブーストを受けて、グレンはさらに【OVER CHRONO ACCEL】《オーバークロノアクセル》へ魔力を込めるが──

「な、ん……だとぉ……ッ⁉」

セリカから魔王に傾く場の趨勢が緩やかになるだけで……もう止まらない。止めることができない。

魔王の【INFINITE ZERO DRIVE】《インフィニットゼロドライヴ》が、場の【OVER CHRONO ACCEL】《オーバークロノアクセル》を凌駕《りょうが》し、浸《しん》蝕《しょく》を始める。

「だ、駄目なのか……ッ⁉　ここまでやっても……駄目なのかよ……ッ⁉」

ナムルスは、もうほとんど存在が消滅しかかっている。

ル＝シルバの魔力も枯渇《こかつ》気味。

さらには、セリカにも時間がない。

今度こそ打つ手が、まったくない──

「くそぉ……ッ！　くそぉおおおお──ッ！」

「あははははッ！　あっはははははははははは──ッ！」

絶望が支配した空間に、ただ魔王の勝ち誇った哄笑《こうしょう》が響き渡る――

「最後に、予想外のことで肝を冷やされたけど……僕の勝ちだッ！　あっはははははははははははははははははははははは――ッ！」

万事休す。

誰もがそう思った、その瞬間だった。

「――まだよッ！」

がっしゃあああああああああああああんっ！

異界と化したその空間に、突如亀裂が入り――

凄《すさ》まじい光の風が吹き込んでくると共に、一人の少女が降臨してくる。

「システィーナッ⁉」

「そんなバカな⁉　一体、どうやってこの空間に入って来たんだ⁉　君の貧弱な魔術でこの場所に介入できるはずが――ッ⁉」

また予想外の事態に、動揺するしかない魔王。

構わずシスティーナは、風を纏《まと》って、ぎゅん！　と光速旋回し、グレンの背後に降り立ち、グレンの肩をしっかりと左手で摑《つか》んだ。

「決めてください、先生ッ！」

一体、ほんの僅か見ないうちに何があったのか。

魔術師としての位階が恐ろしく高まったシスティーナの壮絶な魔力が、情け容赦なくグレンへとなだれ込んで来る。

グレンは驚愕しつつも、それを上手《うま》く御して――【OVER CHRONO ACCEL《オーバークロノアクセル》】へと注ぎ込むのであった。

「ぁあああああああああああああああああ――ッ！」

グレンが己の全てを注いだ――

その瞬間。

押されていた【OVER CHRONO ACCEL《オーバークロノアクセル》】が、ゆっくりと【INFINITE ZERO DRIVE《インフィニットゼロドライヴ》】を押し返し……押し返し……浸蝕し――

やがて、ある定点を越えた所で――爆発的に場を制圧。

魔王の【INFINITE ZERO DRIVE《インフィニットゼロドライヴ》】を無限の彼方《かなた》へと押し流し、【OVER CHRONO ACCEL《オーバークロノアクセル》】が一気に世界を支配してしまうのであった。

「な――……」

「……嘘……」

固まる魔王とレ＝ファリア。

時は、文字通りすでに遅し。

今のセリカは、時の王。

最早《もはや》、この瞬間、この空間においてセリカに敵《かな》う者は――神でも存在しない。

「はぁあああああああああああああああああああ――ッ！」

セリカが――術を押し切った。

セリカの【イクスティンクション・ノヴァ】の極光が――魔王とレ＝ファリアを、真っ正面から呑《の》み込んでいった。

「……ぁ……」

光に包まれた二人の存在が、ゆっくりと……ゆっくりと。

世界の全てを真っ白に染め上げる眩《まばゆ》い極光の中へ、溶け消えていく――

「……ば、バカな……」

最早、魔王は……信じられないと言わんばかりの表情で。

それでも、己《おの》が敗北を受け入れるしかなかった。

「……嘘……だ……ッ！　この僕が……この僕がぁあああああ――ッ⁉」

「うるさい、とっとと逝《ゆ》け……ッ！　負け犬野郎ッ！」

ダメ押しで、さらにセリカが術の出力を上げて。

光が、光が、光が世界を奔流する――……

魔王と、レ＝ファリアが――……消滅していく。

消滅していく……

……こうして。

今、長い長い、暗黒時代が。

ついに、終わりを告げたのであった――……

――。

――。

# 終章　ロラン＝エルトリアはかく語りき

魔都メルガリウスの民衆が、上空を見上げている。

天を仰ぎ見ながら、ざわめいている。

「ど、どうなったんだ……？」

「勝ったのか……？」

空に浮かぶ幻の天空城で展開された、まるで夢のような戦い。

遥《はる》か空の彼方で一晩中続いた、長い、長い戦い。

それこそ夢見心地な気分で、民衆は空をいつまでも見つめ続けている。

赤い髪の少女――イーヴァ＝イグナイトも、ただじっと空を見つめ続けている。

今の時分は――黎明《れいめい》。

永き夜が終わりを告げ――今日の日が、地平線の彼方から顔を出し、薄闇のヴェールをやんわりと払っている。

ごごご……大地を鳴動させ、ゆっくりと地中深く沈んでいく《嘆きの塔》。

清々《すがすが》しい朝日が、そんな崩壊する《嘆きの塔》を照らし、キラキラと輝かせている。

そんな光景は、大地の鳴動は、一つの時代の終わりを告げるラッパの音色であり、新たなる時代の始まりを告げる、これ以上ないほどの産声《うぶごえ》であった。

そして――

空を仰ぐイーヴァは涙しながら、傍《かたわ》らの両親へ言うのであった。

「ねぇ、お父さん……お母さん……私、大人になったら、あの人達のような――……」


――――。


――風が吹いている。

主《あるじ》を失った、メルガリウスの天空城にて。

風がびゅうびゅうと、音を立てて吹《ふ》き荒《すさ》んでいる。

朝の黎明が闇を祓《はら》う中、冷たくも、どこか心地好《よ》い風――

「……………」

そんな風の中心に、セリカは無言で佇《たたず》んでいた。

グレン達に背を向けて、静かに佇んでいた。

そんな、どこか疲れたような、寂しげなセリカの姿に。

「……セリカ……」

不意に、猛烈に嫌な予感を覚えたグレンが……ぼそりと呟《つぶや》く。

「……おい……どうした……？　戦いは終わったんだろ……何か言えよ」

「…………」

「なぁ、これで全部終わったんだろ？　なら、帰ろうぜ？　一緒にさ」

「…………」

「あいつらも待ってる。皆《みんな》、待ってる。お前の帰りを」

「…………」

「なぁ……何か言えよ」

「…………」

グレンが、一歩、セリカに踏み出しかけて……そして、気付く。

「……お前……まさか……？」

「…………」

そんな予感はあった。

そのような人の身に、あまりにも余る大魔術を使って、魔王と戦ったのだ。

【OVER CHRONO ACCEL】《オーバー・クロノ・アクセル》、そして、【SOUL SONG SACRIFICE】《ソウル・ソング・サクリファイス》。

その可能性は充分にある……というより、きっと、そうなるのが必然だったのだろう。

そう悟ってしまったグレンが、声を荒らげる。

「嘘《うそ》……だろ……？　セリカ……ッ！　お前、嘘だろ……ッ⁉」

「…………」

「セリカァアアアアアアアア——ッ！」

もう居ても立ってもいられず。

グレンがセリカへ駆け寄ろうとした——その時だった。

「くっ……くく……ッ！」

不意に、セリカが俯《うつむ》いたまま、肩を震わせて。

「あっはははははははは——ッ！　どうだ、参ったか、魔王⁉　調子乗ってるからだ、ざまあみろ、バーカ！　バーカ！　ぎゃっはははははははは——っ！」

セリカが、不意にバカ笑いを始めたのだ。

「せ、セリカ……？」

ぽかんとしてるグレンの顔を。

「ん？　なんだ、グレン？　何、その今にも泣きそうな顔」

セリカが小悪魔の表情で覗《のぞ》き込んで、煽《あお》ってくる。

「あ、お前、ひょっとして……私がこのまま消えちゃうかもとか思ってたり⁉　くっくくくっ！」

「ちょ——お前……ッ⁉」

「ったく、お前は相変わらずマザコンだなぁ？　よちよち、ママが心配でちたかぁ？」

「ふ　ざ　け　る　なぁあああああああああああ——ッ！」

たちまちグレンとセリカの取っ組み合いが始まる。

そんな、いつも通りの二人を見て。

システィーナは安堵《あんど》の息を吐いた。

「良かった……」

「……空《セリカ》。とりあえずは無事のようね」

そして、ナムルスが、じゃれ合うセリカ達に声をかける。

ナムルスの身体《からだ》は、最早、完全に消失しており……未来の世界でグレン達がよく知る彼女の姿——完全な半透明の霊体状態となっていた。

「ああ、なんとかな。グレンのおかげだ」

セリカがおどけながら応じる。

「かなりギリギリだったが……魂を燃やし尽くす前になんとかなった。まぁ、生存可能な限界ギリギリまで燃やし尽くしちまったからな……もう、これ以上は無理だ」

セリカは、ん〜っ！　と伸びをした。

「私の魔術能力は、ほぼ完全に失われた。……魔術師は廃業だな」

「セリカ……」

グレンの表情が、哀《かな》しげに歪《ゆが》む。

魔術能力の喪失。セリカの魔術師としての死。

あれだけの奇跡をなしたのだ。代償としては当然だろう。

だが、世界最強の第七階梯《セプテンデ》魔術師の喪失。

ずっと憧れ、目指していた人の残酷な結末に、グレンは寂寥感《せきりょうかん》を拭えない。

「……そんな顔するなよ。私は後悔なんて微塵《みじん》もない」

セリカがグレンの頭を撫《な》でる。

「守れたんだからな、お前の未来を」

「セリカ……」

「それに……ほら。私、どうだった？」

「……？」

「いつか、あの雪山でお前と約束しただろう？　今からでも、格好良い、正義の魔法使いになってやるってさ」

「……ッ！」

「どうだ？　私、格好良かったか？」

一瞬、グレンは言葉に詰まり……泣きそうな笑顔で叫ぶのであった。

「ああ！　嫌味ったらしいほど格好良かったよ！　アンタは、俺の……自慢の、最高のお師匠様だよッ！」

そんなグレンの言葉に。

セリカはどこまでも穏やかに、嬉《うれ》しそうに笑うのであった──


──。


こうして。

超魔法文明と呼ばれた、遥か遠き昔話の世界。

童話『メルガリウスの魔法使い』の物語は、静かに幕を下ろすのであった。

これから先、この時代が、この世界がどうなるのか。どうなっていくのか。

それはもう、グレン達が関与するべきことではない。

新たな時代の到来に沸き立つ人々を他所《よそ》に。

グレン達は人知れず、セリカを連れて帰路につくのであった——


「グレン」

「なんだ、セリカ？」

「お前……あの赤魔晶石《あかましょうせき》、持ってきてないか？　いつか、お前が私にくれたやつだ」

「……あ？　ああ、これか？　ほら、しっかり持ってろ」

「おっと、……ありがとうな」

「ったく、もう二度と勝手に手放すんじゃねーぞ？」

「うん、わかってる……わかってるよ……」


——。

――そして。

グレン達は、タウムの天文神殿最深部――大天象儀室《プラネタリウム》までやってきた。

この時代で出会った仲間――ル＝シルバとの別れの挨拶もそこそこに。

ル＝シルバは、天象儀装置の時空間転移機能を起動させた。

「うん、準備できたよ。二人とも」

「はぁ～、ようやっと元の時代に帰れる……疲れたぁ……」

「そうですね！　でも……全部、うまくいって良かったです！」

欠伸《あくび》するグレンに、嬉しそうなシスティーナ。

色々と苦労はあった。

だが、今となってはその苦労も、最早《もはや》、笑い話だ。

「…………」

セリカは、そんな二人を穏やかに眺めている。

「さて、じゃ、帰るか。ル＝シルバ……始めてくれ」

「……わかった」

セリカの目配せに、ル＝シルバが神妙に頷《うなず》いて。

天象儀装置を操作し始めた。

装置が駆動し、場に凄《すさ》まじい魔力が漲《みなぎ》っていく。

足下に時を超える《門》を形成する魔術法陣が、次々と構築されていく。

これで全て終わった……後は、未来の世界へ帰るだけ。

グレンが、安堵の息を吐いていた……その時だった。

不意に、セリカが呟いた。

「じゃあな、グレン。……元気でな」

「えっ？」

グレンが、セリカの思わぬ言葉に硬直していると。

とんっ！　セリカがその場を足音軽く跳び離れて。

その瞬間、時を超える《門》が開かれ——グレンとシスティーナだけを、その効果範囲内に捉えていた。

もう、グレン達は《門》から出られない。

時空間転移機能は、最早、カウントダウン状態であった。

「な——ッ!?」

「あ、アルフォネア教授!?　一体、何を……ッ!?」

戸惑う二人へ。

「……お前達とは、ここでお別れだ」

セリカが、ぼそりと言った。

「過去と未来の因果はな、ちゃんと紡《つむ》がないといけない。知ってたか？　この天象儀装置……後、一回の時空間転移で壊れるんだよ。

でも……未来の世界では、この天象儀装置は使用可能状態だっただろう？　つまり、お前達が帰った後で、誰かが直さなきゃならない。そうだな、後一回……いや、お前達も来るから二回か。後、二回の時空間転移に耐えられる程度には直さないとさ」

「だから、お前が残るっていうのかよ⁉」

「そうだよ。私以外にこれを修理できるやつは、今となってはもういない。それに、私には、他にもやらなきゃならないことが山とあるしな」

グレンの怒声に、セリカが肩を竦《すく》めた。

「そして、魔王を倒した時点で、私とラ＝ティリカの契約は切れた。私はもう《永遠者《イモータリスト》》じゃない。……永遠にお別れだ、グレン」

「待てよ！　帰って来るんだろ⁉　修理して、全て終わらせた後で、お前も帰ってくるんだろ⁉　俺達の時代に！」

「ははは、無理だよ」

セリカが力なくかぶりを振る。

「実はな、このポンコツ装置による時空間転移は、魂に重大な負担がかかる。お前達のような健全な魂ならともかく、私の魂はもうボロボロだ。いつ死んでもおかしくない。……もう……とても時空間転移には耐えられないんだよ……」

「～～～ッ!?　だったら……ッ！」

グレンが、さきほどから切なげな顔で俯《うつむ》くナムルスを見て、叫んだ。

「もう一回、ナムルスと再契約しろ！　なんか半透明の幽霊になってるけど、多分、まだ行けるだろ!?　また《永遠者《イモータリスト》》になれば――……」

「まだ、気付かないのか？　グレン。なぜ、お前が曲がりなりにも、私の【OVER《オーバー》 CHRONO《クロノ》 ACCEL《アクセル》】を使うことができたか」

「……え？」

「因果は、ちゃんと、全て、きちんと繫《つな》がないといけない。……ラ＝ティリカ」

「……本当に……それでいいの？　空《セリカ》」

ナムルスが、哀しげにセリカへ問う。

「やってくれ」

「…………」

セリカの決意に揺るぎないものを感じ取ったナムルスは。

無言でゆっくりと、硬直するグレンへと近付いていって。

そして、《門》ごしに手を伸ばしてグレンに触れて、こう呟《つぶや》いた。

「――接続《アクセス》。契約対象：グレン＝レーダス。我、《天空の双生児《タウム》》が片割れ、ラ＝ティリカは、現時刻・現時点をもって以降、対象を我が主《あるじ》とする。この契約は同軸同次元樹体の全ての対象に有効――以降、どうかよろしくお願いするわ、私の主様《マスター》……」

「な、何を……？」

「同時に……これで、私はついに活動限界に達した。……しばらくの間、私は強制的な休眠状態になる。……各地の霊脈《レイ・ライン》と同化して、能力の回復を図る。５８５３年後に……また、会いましょう……」

そんなことを言い残して。

ナムルスは、とても眠たげに、ゆっくりと……目を閉じていく。

同時にその存在が、どんどん希薄になり……やがて、完全にその姿が消えていった。

「おい……今の、まさか……」

「そう。この時点で、お前とラ＝ティリカの契約は成されていたんだ」

震えるグレンへ、セリカが告げた。

「この世界の因果とは切り離された場所、外宇宙……そこの神であるラ＝ティリカとの契約は、因果の前後関係は問題じゃないんだ。あいつとの契約は、この世界線軸上に存在するグレン＝レーダスという存在そのものに対して有効なんだ。

だから、未来からやってきたお前は、ラ＝ティリカの権能を使うことができた。さすがに本格的に権能を使用できるのは、この時点以降だろうが」

「な、な……」

グレンは、未来のナムルスが、時折、自分のことを主様《マスター》と呼んでいたことを思い出す。

「ちと無責任で心苦しいが……後は、お前達の仕事だ」

セリカが苦笑いする。

「未来の世界は、今、大変なことになってるんだろう？　でも、大丈夫だ。お前達ならきっと、その先の未来を紡いでいける。私はそう信じている。だから……がんばれ」

「ふざけるな……ッ！　ふざけるなよ……ッ！　セリカ……ッ！」

衝動的に、グレンが魔銃《ペネトレイター》を抜き、その銃口を駆動する天象儀装置へと押し当てる。

「せ、先生……ッ⁉」

「な、何を考えているの⁉」

グレンの暴挙に、硬直するしかないシスティーナとル＝シルバ。

場にのし掛かる凄まじい緊張。

だが——

「……なるほど、お前の固有魔術《オリジナル》なら、壊すことも可能だな」

当のセリカは、にっこりと笑うだけだ。

「ただ、同時に……それで壊されたら、もう修復も不可能になるな」

「…………」

「今、壊せば、お前はこの時代に残れる。因果が紡がれないから、後の未来がどうなるかはわからないが……とりあえず、お前は私と一緒に居られる……未来に向かわない、閉ざされた、箱庭の世界となるかもしれないが……」

「…………」

「未来か。私か。……大いなる選択だな。……どっちを取るんだ？　グレン」

「……ッ！」

カタカタと震えながら銃を構えるグレンを。

システィーナも、ル＝シルバも固唾を呑《の》んで見守っている。

「正直な話……お前にはその銃の引き金を弾いてほしいよ。この時代に残ってほしい。箱庭の世界であったって構わない……お前と一緒にいられるなら」

「…………」

「……でも……きっと、お前はそれをしないんだろ？　だって……お前は、私の自慢の
……最高の弟子だもんな」

そう目尻に少し涙を浮かべて、そんなことを言うセリカに。

「……セリ……カ……ッ！」

グレンは……ゆっくりと……銃口を下ろすのであった。

ボロボロと涙を流しながら、力なく肩を落とす──

「……良い子だ」

くすり、とセリカが微笑《ほほえ》む。

こうしている間にも《門》の魔力が高まっていく。

ゆっくりと時空間転移術式が、起動していく──別れの時が近付いてくる。

「……いよいよ、だな」

セリカが、駆動する天象儀装置を見上げて言った。

「じゃあな！　なんだかんだで、お前との生活！　楽しかったぜ、グレン！」

そして、太陽のように笑って言う。

「お前と会えて、本当に良かった！　お前と会えて、幸せだった！　達者で暮らせ！　適当に世界を救って、適当に良い嫁娶《めと》って、幸せになれよな！　グレ──……」

だが、その時だった。

「母さんッ！」

「──ッ⁉」

グレンの叫びに、セリカの目が見開かれる。

その呼び方は……母親として幼いグレンを引き取って以来、ついぞ今まで一度も呼ばれたことのない呼び方だった。

「俺……嫌だよ、母さんッ！　マザコンって呼ばれても構わねえよッ！　俺、母さんとずっと一緒に居《い》てえよッ！　なんでだよ、なんでこんなんなってんだよ⁉　畜生……畜生ぉおおおお──ッ！　うわぁあああああ──ッ！」

途端。

セリカの目からも、ボロボロと涙が零《こぼ》れ始めた。

「バカ野郎……せっかく、最後は笑顔でってて……そう、思って、いたのに……ッ！　この

「バカ弟子……バカ息子……ッ！」

震えながら、涙を流す母子《おやこ》二人。

「なんでだろうな……？　こんなに……私達、こんなに近いところにいるのに……」

《門》ごしに、セリカとグレンが手を合わせる。

「……どうして、こんなに遠いんだろうな……？」

「…………ッ！」

そして——いよいよ別れの時が来る。

《門》の権能が起動し——グレン達の時空間転移が始まる。

「……いよいよ、か。寂しくなるなぁ……辛《つら》いなぁ……」

がくり、と頭を落とすセリカ。

だが——

「俺は……諦めねえ……」

そんなグレンの呟きに、セリカがはっと顔を上げる。

「何年かかってもいい……何十年……何百年……何千年かかってもいい……ッ！　俺は……いつか、必ず、お前を迎えにいく……ッ！　必ずだ……ッ！」

そう語るグレンは涙を流してはいたが……揺るぎない意志を秘めた目をしていた。

そんなグレンの姿に、セリカは目を瞬《しばた》かせて。

やがて、にっこりと笑うのであった。

「ああ……待ってる」

「……セリカ……ッ！」

「だったら、別れの言葉は、さよならじゃないな」

「ああ……」

そんなことは、お互い無理だとわかっている。

だが、それでも約束をせずにはいられない。

だから……


「「……またな」」


そんな言葉をかわすと共に。

グレンの視界が、真っ白に白熱していって。

全てが、白く——白く——

そして——。

かの童話『メルガリウスの魔法使い』の著者、ロラン＝エルトリアは、その巻末にて、かく語りき。

〝この物語はすでに終わった物語であり、決まった結末が定められている。〟

〝結論を言えば、この物語に救いはない。〟

〝結局、魔法使いは姫を救うことはできなかった。使命を果たした後、愛する者も、友も、全て失った彼は、失意のうちに歴史の表舞台から完全に姿を消し、一人孤独な死を迎えたという記述が、各地から発掘される文献に散見される。〟

〝偉大なる偉業を成し遂げた偉人としては、あまりにも報われない人物——それが、魔王を倒した『正義の魔法使い』だったのだ。〟

〝だからこそ、私はせめて、物語の中だけならばと、魔導《まどう》考古学者としての矜持《きょうじ》を曲げて、この結末をねじ曲げた。〟

〝正義の魔法使いは、魔王を倒して、お姫様を救いだし、皆《みんな》と幸せに暮らした……これは偽りの大団円なのだ。〟

〝実際は、ただの報われない悲劇だったのだ。〟

〝だが。〟

〝もし、これを読む貴方《あなた》が、そのような悲劇の結末を拒絶するならば——ここに、一つの、とある事実を開示しよう。〟

〝それは——……〟

————。

聖暦1854年——ノヴァの月1日。

グレン達が過去へ飛んだ時点から一日後の世界。

——ふと、目を開ければ。

そこは、タウムの天文神殿最深部、大天象儀室《プラネタリウム》。

グレンの背後には、天象儀装置。

今はもう動かない。

全ての機能が停止し、もう二度とその権能を発動することはない。

（……あいつが……セリカがもう、どこにも居ない……そんな時代に、俺達は……帰って来た……）

隣には、どこか神妙な様子のシスティーナ。

そして、目の前には……

過去と、まったく変わらない姿でそこに佇《たたず》んでいるル＝シルバと。

背中に、異形の翼を持つ少女。

その顔や衣装は、ナムルスそのものではあるが、どこか雰囲気が違う。

なぜか、実体がある。

そもそも、この金髪と、優しげな眼差《まなざ》しは——……

「……先生……ご無事で……」

「お前……ルミアか？」

ルミアがなぜ、ナムルスの姿をしているのかわからず、グレンはただ驚くしかない。

『あれから、色々あったのよ。色々と』

見れば、ルミアの肩には、なぜか妖精のように小さくなってしまったナムルスが、ちょこんと腰かけている。

『今の私達は、ルミアの身体《からだ》を、ルミアと私、二人の精神で共有している状態。……なんとか、ルミアの存在そのものを保護することはできたわ。もっとも――』

「……ルミアから一番、ヤバい部分を、件《くだん》の魔王に持っていかれたけどね」

ル＝シルバがため息を吐《つ》いて、補足する。

「あれだけ大見得きっておいて、この体たらく……不甲斐《ふがい》ない……」

「そ、そんな……ナムルスさんとル＝シルバさんがいなかったら、私、今頃、自我をもう一人の私に乗っ取られて、魔王に従う人形になっていました……こうして、私が私でいられるのは二人のお陰です。その……私、人間じゃなくなってしまいましたけど……」

「そう言ってくれると、気が楽になるよ……」

ル＝シルバがため息を吐く。

『ルミアに何が起きたか、今のルミアがどういう状態なのかは、後で話すわ。それよりも貴方達よ、グレン』

ルミアの肩にのるナムルスがちらりと、グレン達を見やる。

『……色々とあったわね、色々と……』

「ああ、そうだな……色んな疑問が解けた。お前が、色んな情報を言わないんじゃなくて言えなかった理由もわかった」

先のことを色々と知ってしまえば、今、この展開になっていたかどうかわからない。

だからこそ、ナムルスはずっと意味深なことしか言えなかったのだ。

「そして……あのセリカの半生を追想した、あの白昼夢の正体も……」

そう。

グレンとナムルスには、最初から〝縁〟があったのだ。

だからこそ、その〝契約〟による、霊的な経絡を通して、グレンはナムルスの記憶を見たのだ。

ずっと、ずっと、セリカと共に生きていたナムルスの記憶を……

「先生……システィ……その……やっぱり、アルフォネア教授は……？」

ルミアの恐る恐るな問いかけに。

「…………」

システィーナが力なく首を振る。

ルミアが哀《かな》しげに目を伏せる。

『グレン。貴方は、私、《時の天使》ラ＝ティリカの契約を、セリカから引き継いだ』

「…………」

『今までは、世界事実に基づいた予定契約みたいなものだったけど、今の貴方は実際に契約の手続きを経由したことで、貴方は、私の権能を――ラ＝ティリカの権能を、魔術として本格的に行使できるようになったわ』

「それに……セリカは、貴方にこれを残した」

不意にル＝シルバは、自分の胸の中にずぶりと手を刺し入れる。

血は出ない。どうやら心霊手術の一種のようだ。

やがて、身体の中をごそごそと捜し……何かを取り出して、グレンに見せる。

「それは……」

見覚えのある赤魔晶石《あかましょうせき》であった。

「セリカは、自身の魔術の知識を、全てその魔晶石に記録したの。貴方でも扱えるようにかみ砕いて。さしずめ、そうね……《世界石》……といったところかな」

「…………」

無言でそれを受け取るグレンに、ナムルスが言う。

『私の権能と《世界石》。無論、根が三流魔術師の貴方じゃ、セリカほどの力は出せないけど……それでも、今の貴方は、〝時間を操る魔術師〟としては、限定的に世界最強となれると思っていい。……その力をどう使うかは、貴方次第』

「…………」

『それでも……正直、分が悪すぎる……帰って来たばかりの貴方は知らないかもだけど……今のフェジテの……世界の状況は……その……』

不安げに目を伏せる、ナムルス、ルミア、ル＝シルバ。

だが。

グレンが顔を上げ、そんな一同の前で力強く言った。

「大丈夫だ」

その言葉は、その表情は、決してやけっぱちのものじゃない。

揺るぎなき意志と信念に満ちた、見る者に希望を与えるような光に満ちていた。

「魔王のバカ野郎が、これまで散々好き勝手にやってくれたようだが……いい加減、そんなクソくだらねえ茶番に、皆でツッコミを入れに行こうぜ？　ああ——そうさ」

グレンが、にやりと笑いながら宣言する。

「〝バカ騒ぎはそろそろ仕舞いにしようぜ〟、ってな！」

「……ッ！」

そんなグレンの言葉に。

「ええ！　もちろんよ、先生っ！」

「私達で終わらせましょう！」

システィーナとルミアも、元気よく応じる。

ルミアの肩に乗るナムルスとル＝シルバも、顔を見合わせて苦笑し合う。

「ってなわけで、早速、一気に行くぜ――ッ！」

グレンが、《世界石》を握りしめた拳を掲げ、矢継ぎ早に呪文を唱える。

すると、場に魔力が漲《みなぎ》り、グレン達の眼前に《門》が口を開いた。

「フェジテ直通の近道だ！　即興で作った！」

「え⁉　今の先生、そんなことできるの⁉　凄《すご》くないですか⁉」

「１００％借り物の力だけどな！　だが、このバカ騒ぎを終わらせるため、精々、使い倒してやるさ！」

そう言って、グレンは一気に駆け出し、門をくぐる。

システィーナ達も頷《うなず》き合って、グレンの後に続くのであった。

「……セリカ」

門の中の通路――光の橋が繋《つな》ぐ無限の宇宙を駆け抜けながら、グレンは物思う。

（……ようやく……ようやく、俺は見えてきたよ。俺がなりたかったものと、そして、為《な》すべきことが。お前のおかげで、ようやくわかってきた。

こんな腐った俺を、今まで辛抱強く面倒みてくれて……ありがとうな。

そして、どうか見守っててくれ！　俺とお前の距離は、今はもう果てしなく遠く離れちまったけど……５８５３年はあまりにも遠いけど……それでも、俺とお前は一緒だ！　俺達は……一緒に帰ってきたんだッッッ！）

無論、哀しい。哀しくないわけがない。
魂が抜け落ちたかのような喪失感が、グレンの胸を支配している。
油断すれば、今にも泣き叫んで、くずおれそうなほどだ。
だが……泣き叫ぶのはまだ早い。
そんな情けないことでは、あの人の弟子だと胸を張って名乗れなくなるから。
だから――
グレンは、ぎゅっと《世界石》を握りしめて。
この胸に抱いた、温かな思い出と想《おも》いと共に。
今、グレンは、フェジテへ威風堂々帰還を果たすのであった――……
――。

——。


年中、吹《ふ》き荒《すさ》ぶ吹雪と、雪と氷に閉ざされた、その地。

後にスノリアと呼ばれる極寒の僻地《へきち》、その山間。

とある洞窟内の奥に、ひっそりと隠れるように築かれた、小さな神殿内に。

セリカとル＝シルバの姿があった。

「……ここに来るまで、随分と時間、かかっちまったな」

「空《セリカ》……」

「私は魔力を失ったからな。お前には私の魔力代わりに随分と世話になった……」

「私は、そんな……」

ル＝シルバは、四角錘《しかくすい》型の巨大な祭壇上に佇んでいる。

「未来のグレンのためにできることは、全部やった」

「うん……貴女《あなた》の赤魔晶石は大切に預かった」

ル＝シルバが、胸に手を触れる。

「後は……ル＝シルバ。お前をここに封じるだけだ」

「………」

セリカが懐《ふところ》から取り出した〝白い鍵〟に、ル＝シルバが神妙に頷く。

「すまないな。メルガリウスの天空城へと続く《叡智《えいち》の門》は閉じなければならない。あの場所は、今の人間が手を出すには早すぎる」

「……そうだね」

「《白銀竜将》としてのお前の存在が、あの門の鍵だ。《白銀竜将》が顕現することで、あの門の封印はなされる。つまり——一度、お前を《白銀竜将》へ戻す必要がある」

「うん。わかってる。私は魔王によって、そういう存在へと作り替えられたのだから。でも、その鍵は、魔王の下劣で邪悪な意思の固まり。それを打たれたら、私は自我をなくしてしまう……多分、混濁する記憶の中、衝動のままに暴れ回ってしまうと思う。だから……私を封印するんだよね？　様々な条件付けをして」

「ああ。遠い未来……私達はここにやってくる。その……今から一応、謝っておくが、もの凄い手荒なことになると思うが……まぁ、とにかく、お前の封印は解かれ、目覚める。その時は……どうか、グレンを助けてやって欲しい。

後……私は、その時、強制的な時空間移動のショックで、粗方の記憶がぶっ飛んでいる最中《さなか》のはずだから……手筈《てはず》通り頼んだぞ？」

「うん、任せて、貴女の記憶の鍵も預かった」

そんなセリカの言葉に、ル＝シルバがにっこりと笑った。

「……お別れだね」

「ああ」

ル＝シルバは、祈りを捧《ささ》げるように手を組んで跪《ひざまず》く。

セリカが、そんな彼女の前で鍵を構える。

すると、ル＝シルバが最後にぼそりと呟《つぶや》いた。

「ねぇ、セリカ」

「なんだ？」

「……貴女の人生……本当に……これで良かったのかな？」

「…………」

「もっと割り切れば……もっとズルく生きれば……貴女はいくらでも幸せになれたはず……だけど、貴女は……」

「ないな」

だが、セリカは穏やかに微笑《ほほえ》みながら返す。

「紆余曲折《うよきょくせつ》あったけど、私は私の歩んできた道と選択に、微塵《みじん》も後悔はない。好き勝手自由にやって大満足だ。私の人生は間違いなく、かけがえのない幸福に満《み》ち溢《あふ》れていた。

こんな私には、もったいないくらいに」

「……そう……それなら……良かった」

ル＝シルバも、目尻に微《かす》かな涙を滲《にじ》ませて微笑んだ。

そして。

セリカは、ル＝シルバの、その胸に鍵を挿した。

その〝鍵〟が、ずぶずぶとル＝シルバの体内に取り込まれていく。

〝鍵〟を挿し込まれたル＝シルバが変化していく。

その腕に、めきめきと白銀色の鱗《うろこ》が生え、身体《からだ》が脹《ふく》れあがりかけたところで、ル＝シルバは苦しげに表情を歪《ゆが》める。

だが――

「……大丈夫だ」

セリカが安心させるようにそう言い、懐から取り出したパピルスの巻物《スクロール》を広げ、そこに記載されている呪文を小さく唱えていく。

すると、巻物に込められた魔力が開放され、ル＝シルバの変貌が止まって元の姿に戻っていき……その小さな身体を、永久氷晶がゆっくりと覆っていく……

「……ああ、本当にお別れなんだね……」

「そうだな」

ル＝シルバは寂しげに微笑んだ。

「私ね。貴女のことが好きだった。目的がどうであれ……それに向かって、一生懸命な貴女のことが大好きだったよ──」

「………………」

「……私、守るから。貴女の大事な人と、その人が進む未来を……私は全力で守るから。だから、安心してね、空《セリカ》……」

「ああ……よろしく頼む。ありがとう、我が友」

「！」

そんなセリカの言葉に、ル＝シルバは驚いたように目を見開いて。

そして、にっこりと笑うのであった──

──やがて。

巨大な永久氷晶の中で、ル＝シルバが静かに眠っている。

その場を後にしながら、セリカは誰へともなく呟く。

「……私の物語は、これで全て終わった。

後はグレン、お前達の物語だ。ここから先は、お前達が物語を紡《つむ》ぐんだ。
伏線なんかグチャグチャでいいし、ドラマチックで感動的な展開や結末もいらない。
ただ——幸せな結末を。皆《みんな》が笑顔でいられる結末を。
とても難しいとは思うが……お前なら、きっとできると思うんだ。
だから——……」
そう言って。
セリカは、ゆっくりと。
洞窟の奥へ向かって、歩いて行く。歩いて行く。
ただ、満足そうな微笑みを浮かべながら——
——。
——。
魔王を倒し、世界を救った偉大なる〝魔法使い〟。
多くを殺し、多くを救い、多くを悩み、多くを成した〝魔法使い〟。
その後、彼《か》の者の姿を見た者は……誰もいない——……

# あとがき

こんにちは、羊太郎《ひつじたろう》です。

今回、『ロクでなし魔術講師《まじゅつこうし》と禁忌教典《アカシックレコード》』第十九巻、刊行の運びとなりました。

編集者並びに出版関係者の方々、そしてこの『ロクでなし』を支持してくださった読者の皆様方に無限の感謝を。

十九巻！　ついに二十巻まで後、一巻！

そして、とりあえず皆様に一言！

以前、どこかで『ロクでなし』は、二十巻で完結とか言ったことありましたけど、これ二十巻じゃ終わりませんね！　もうちょっとだけ続きそうです！

それはさておき。

いやぁ、この十九巻、ついに来たるべき時が来てしまったという感じです。今までの伏線の総決算──『ロクでなし』作中最大の謎であったセリカについて、その真実が明らかになりました。

よくもまぁ、ここまで来た。頑張ったな、僕。自分を褒めてあげたい。

ですが、物語はまだまだ終わりじゃありません。

まだまだ、多くの謎や伏線が残されていますし、『ロクでなし』の主人公・グレン。彼に託された、この物語の根底のテーマ補完が残っています。

様々な思いを背負い、グレンはこの物語の果てに一体、何を見るのか、何を得るのか……作者としては、読者の皆様に、グレンやその仲間達の冒険と戦いに、最後までお付き合いいただければ、これほど幸せなことはありません。

これからも、頑張って書きますので、どうかよろしくお願いします！

また、ロクでなし初の画集『ロクでなし魔術講師と絵画回想《ギャラリーレコード》』、そして、新作『古《ふる》き掟《おきて》の魔法騎士《まほうきし》Ⅱ』なども発売しますので、そちらもよろしかったら是非！

twitterで生存報告などやってますので、DMやリプで作品感想や応援メッセージなど頂けると、とても嬉《うれ》しいです。ユーザー名は『@Taro_hituji』です。

それでは！　次は二十巻でお会いしましょう！

羊太郎

お便りはこちらまで

〒一〇二－八一七七
ファンタジア文庫編集部気付
羊太郎（様）宛
三嶋くろね（様）宛

富士見ファンタジア文庫

# ロクでなし魔術講師《まじゅつこうし》と禁忌教典《アカシツクレコード》19

令和３年６月20日　初版発行
令和６年10月25日　再版発行

著者――羊《ひつじ》　太郎《たろう》

発行者――山下直久

発　行――株式会社KADOKAWA
〒102-8177
東京都千代田区富士見2-13-3
0570-002-301（ナビダイヤル）

印刷所――株式会社KADOKAWA

製本所――株式会社KADOKAWA



※定価はカバーに表示してあります。
●お問い合わせ
https://www.kadokawa.co.jp/（「お問い合わせ」へお進みください）
※内容によっては、お答えできない場合があります。
※サポートは日本国内のみとさせていただきます。
※Japanese text only

ISBN978-4-04-074147-5　C0193　◆◇◇

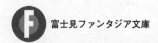

世界最強の
“不可能任務”に挑む少女たちの
痛快スパイファンタジー！
スパイ
教室
竹町
illustration
トマリ

切り拓け！キミだけの王道
ファンタジア大賞
原稿募集中！
賞金
《大賞》300万円
《金賞》50万円 《銀賞》30万円
選考委員
細音啓「キミと僕の最後の戦場、あるいは世界が始まる聖戦」
橘公司「デート・ア・ライブ」
羊太郎「ロクでなし魔術講師と禁忌教典《アカシックレコード》」
ファンタジア文庫編集長
前期締切 8月末日
後期締切 2月末日
公式サイトはこちら！ https://www.fantasiataisho.com/